棄園

古今語言文字考論集

周策縱◎著

周策縱先生之畫作

大雪獨居二首

周策縱

昨夜閉戶讀，未覺北風厲。晨興望庭園，皎潔皆玉砌。瀰空雲失色，氣寒吹可繫。曲巷絕人跡，垂柳斂素袂。比鄰寂如墓，天地無可詣。傳此埋世紛，雪意有真諦。

歲暮人間遠，茫茫何所之。問我終身憂，竟與舉世違。荒古儻絕學，欲繼機已微。後來無知者，當今誰與歸。曠野白愈靜，疎林月亦稀。素心自如雪，偶存未全非。

——辛未年（一九九一）十二月三日，于美國陌地生。

周策縱先生之手跡

古今文字與經典考釋的新典範

——序《棄園古今語言文字考論集》

王潤華（元智大學中語系主任/教授）

一、漢學大師周策縱結合訓詁考據學、歷史語言學、西方漢學、區域研究的治學方法與精神

漢學大師周策縱教授把中國傳統的訓詁考據學、歷史語言學、西方漢學的治學方法與精神結合成一體，再加上他的社會科學專業訓練（政治學與史學）與區域研究中的中國學（Chinese Studies）的現實社會思想相關性問題研究、[1]跨國界的文化視野，因此開創研究古今人文研究新方向與方法，給中國人文學術帶來全新的詮釋與世界性的意義。[2]

這位學問淵博的當代西方「漢學」界的大師，就是用東西方文明為典範而發展出來的，涵蓋性很廣的詮釋模式，建構了他多元的研究方法，其研究成果在很多中國人文領域中都有開創性的表現。如最早期的代表作，先後由哈佛大學（精裝本1960）與史丹福大學（平裝本1967）出版的《五四運動史》（1960，再版1967）是研究現代中國文化、政治與社會思想的經典之作，[3]香港中文大學出版的《紅樓夢案：棄園紅學論文集》（2000）都是相關領域的經典之作。[4]這本

《棄園古今語言文字考論集》，收集了七篇古文字考釋的論文，五篇有關現代語言文字的論述，是周教授一生的精心之作，開拓了古今語言文字考證與研究的新方法、新途徑，這是這個領域研究的新典範。

二、考釋文字與重建古史的新典範

周教授是當今把古文字的名物訓詁、文字考釋、歷史語言學、社會科學、西方漢學、區域研究中的中國學轉向全面用來做名物訓詁、文字考釋、經典考證的關鍵性大師。《棄園古今語言文字考論集》中的第一篇，〈如何從古文字與經典探索古代社會與思想史〉，是本書各篇的導讀與方法論，也證明他的治學精神。當今從事古文字考釋、歷史語言學學者應該細讀的，具有極大啟發性。從下面這段文字，我們知道除了對中國的古文字、歷史文化、經典文獻深厚的知識（這是目前東西方年輕學者的致命傷），更重要的是治學的方法。他採用涵蓋面很廣的詮釋模式，多元的分析方法：「凡古今中外的校勘、訓詁、考證之術，近代人文、社會、自然科學之理論、方法、與技術，皆不妨比照實情，斟酌適可而用之。」

由於他對經典古籍，非常熟悉，同時又精通古文字，所以他能根據實物上的古文字，參考經典誤傳、誤讀、誤釋之文，探索古代未顯的社會生活與思想。從古文字來了解古代文學思想，過去的學者通過金文、甲骨文及其他實物文字之考證，發現古事實之記載，可以補經典所記之缺遺，或正其錯誤。但在過去，學者局限於考釋文字，或再參考經典著作，重建、改正或發掘出中國古代歷史、社會、與思想。周教授認為「皆本於據可讀或已認為正讀之經典著作，考釋新得之古字，或進而以證古史」是正途，由於周教授學問淵深，博學強記，能上天下地般的引經據典，他突破完全依靠考證文字的局限的正途，而開闢另一新途徑。他的方法是：「雖亦據古實物文字與經典，然不必由考識文字；容或有辨正舊釋，亦非以此為主旨；而引用經典，則往往於恒訓常釋之疏失處，或正文隸變傳受之脫誤處，據以推求真象，重建古史。」周教授又指出：「此法於研索古代社會風習，古人日常生活，或觀念思想往往可有所獲。」

周教授根據實物上的古文字，參考經典誤傳、誤讀、誤釋之文，探索古代未顯的社會生活與思想，尤其文學思想，成績斐然，從古文字與經典來發現與了解古代文學思想的，早期最重要的論文，便是以英文撰寫的長文The Early History of the Chinese Word Shih（poetry）history（〈詩字古義考〉），多達60頁。[5]〈古巫對樂舞及詩歌發展的貢獻〉也是最佳的研究範例，後來還發展成《古巫醫與〔六詩〕考——浪漫文學探源》，出版成書。[6]通過繁瑣的考證古文字，深入古典文獻中，確定許多中國文學觀念，這是建立中文學思想的新途徑、新典範。這兩篇都是他原本計劃要寫的中國文學批評理論的大書之章節。

這是周教授所說「慎思明辨，察微顯幽，首要在於拾獨立之旁證；次求博會而貫通」的研究示範。這種窄而深的專題研究（monograph），絕非是中國訓詁考證學者的傳統，在中國、臺灣、香港的古文字考證的學者，絕不會這樣撰寫立論。很明顯的是他多年在哈佛做研究（1956-1962）得來的訓練，那時他與哈佛的漢學家與中國學者的研究成果主要便是建立在這種專題研究上。[7]他在哈佛時，出版的《五四運動史》，這是深受現代史學者費正清（John King Fairbank, 1907-1991），或文化思想如史華慈（Benjamin Schwartz, 1916-1999）領導下研究東亞現代東亞文化、政治外交史典範性的窄而深的專題研究的影響。[8]但周策縱教授卻獨自把中國研究關心現代中國的變遷的學術治學方法轉移到中國語言文字學，哈佛時期寫的收錄在本集中的有〈中文單字連寫區分芻議〉（1954）。

三、從古文字訓詁考釋發現文化科技的新史實

西方的漢學與中國的訓詁考據學都以傳統的文字學與歷史為中心，其學術視角很少落在純文學與其他藝術領域。周教授由於具有多學科的訓練與造詣，打破這個舊傳統，他的古文字考據並沒有圍牆，上面提到他通過考釋「巫」與「詩」字，發現了重要的中國文學批評理論與思想。本論文集中，〈一對最古的藥酒壺之發現：河北省滿城漢墓出土錯金銀鳥蟲書銅壺銘文考釋〉從古文字（銘文考釋）發現這是古代文物如盛藥酒之壺，他為中國科學史、美術工藝史、美術史增加重要的一頁，另外因為是舊詩與書法家，他又論證出這銘文是一首上乘的四言詩、一流的鳥蟲書法。這是一般考據家沒有具有這麼多的學問與能力。另一篇〈四千年前中國的文史紀實：山東省鄒平縣丁公村龍山文化陶文考釋〉，為中國古代歷史社會文化找回失落的十二項史實紀錄。從十一個字的陶片，他繁徵博引，詳盡的考釋陶文每個字，一共考證出十二項重要的發現，包括證實夏代的「夏」字首先出現在文字上，夏代有賜靈龜為禮物的文化及善於觀天象制曆法。周

教授認為此銘文為書法高手所寫，因此可肯定中國文字起源更早。〈說「尤」與蚩尤〉與〈「巫」字初義探源〉都充分表現「專業性很強，研究深入細緻」西方漢學的治學方法與「奇特冷僻的智性追求」精神。

像〈說「來」與「歸去來」〉寫於1965年，曾油印分發給朋友學生，1981年再以十多年的思索的結果加以增刪修訂。這又是漢學的治學精神與方法：立論謹慎，研究要專、窄、深，往往一篇論文寫了幾十年。其實這篇論文探討「來」在古代各種文體中的詞性及其作用，最後論其在陶淵明的〈歸去來兮辭〉的含義。一般的學者，學文學的，只會在文學的作品中尋找例子分析，學語言學的，則注意力落在詞性的分類，但周教授他從經史子集中有出現過的「來」字都要檢查一遍，而且還要放在古文字及古音聲調中去分析。這篇文章除了是古文字、語言學的研究，也是一篇具有西方新批評的，以「細讀」（close reading）來進行的分析，審查每一個字每一句的相關性，語言文字聲音的有機結構。周教授的這篇論文的分析「來」字的關聯性，它的存在不是孤立的，所有意義都是其他文本的重組，因此使人想起Julia Kristera的互涉文本（intertextuality）。這篇論文代表周教授不但採用歷史訓詁考據學，也採用西方受科學分析的文學批評的方法。以前我在威斯康辛大學修讀他的中國文學批評，他也要我們熟讀西方的文學批評理論與方法，特別是分析法。

四、挑戰與反應：思考現代中國語言文字的改革

我說過周策縱教授是把中國的傳統的訓詁考證與西方漢學治學方法相結合，不但轉向中國古典文史研究，尤其古文

字與文學的探討，同時也延伸到現代中國研究。當其他的學者，以挑戰與反應的模式，注重實用性、即時性的課題，把注意力放在近現代史，尤其外交、政治、貿易的轉變，周教授卻獨自開拓中國現代的語言文字與文化思想。《五四運動史》便是劃時代的經典研究。本集中五篇關於現代中國語言文字的論述，如〈中文單字連寫區分芻議〉、〈我對中國語言文字改革與教學的看法——特論簡化字的問題〉、〈漢語檢字法小史及其要點〉、〈「衷」字七筆檢字法〉及〈四聲雜詠〉，就是代表他在挑戰與回應的詮釋模式中，注重實用即時性的精神的主導下，對這個領域的開拓。在第二次世界大戰後，當時美國及歐洲正了解到學習中文的重要性，周教授這些改革語言文字思考與觀點，就是在這樣的背景中，從外而內提出的。

我一再說過，由於堅持西方漢學與中國研究的學術精神與方法，立論謹慎，研究要專、窄、深，往往一篇論文寫了幾十年，周教授把這種研究古代歷史文化的精神也運用在現代語言文字的研究上，這是令人驚訝的。像本書中〈中文單字連寫區分芻議〉，竟然早在1941年提出，1954撰寫於哈佛大學，1968發表在新加坡的《南洋商報》報上，正式發表在學術刊物上已是四十五年以後的1987年。[9]他用精密的統計數字證明，也繁引博徵各種例子來討論中國從古至今從單音變成複音字的趨勢。為了中文教育的普及，周教授提出複音字聯寫，不應該死守單音字的傳統。他以英文為例，證明單音字既已變成複音字，但又保留為單音字的形式，產生許多流弊。此外他也提出簡體、中文書寫橫排的問題。

周教授的學術思考與分析，完全著眼於客觀事實，其中絲毫不涉及道德的判斷或民族的感情偏向，這是客觀的、科學化的史學的思考。古今很多問題在他的眼前，只是一個客觀體，這是奉科學為典範下的人文研究。〈中文單字連寫區分芻議〉與〈我對中國語言文字改革與教學的看法——特論簡化字的問題〉便是這樣的作品。當然由於他對古文字學精深的造詣，加上其他學問的淵博，他繁徵博引的論析，有很多開創性的觀點與思考。

今天全球華人，包括臺灣都已實行中文橫排，而除了臺灣，半個香港，簡體也在全球被使用。他對簡體字的論見，臺灣與大陸的繁簡文字政策執行者，應該細心的閱讀與思考。周教授的單音字與複音字的組合法，雖然出版印刷沒有實現，但今天他的理論已被電腦中文打字輸入系統採用來辨認字。比如微軟的漢語拼音輸入法，其認字系統，就是建構在複音字與上下文字裏，當我輸入xiang它不知道我要的是什麼字，但輸進複音字xiang gang，它就知道我要的是「香港」了。「我去學校上英國文學」，開始一個字一個字輸入，它不知道我要什麼字，句子完成後，它是根據單音字與複音字自動辨認出我要的句子及其意義：「我去學校上英國文學。」[10]

五、結論

在這本論文集中，我們可看出當他把上述的學術造詣轉用到古今語言文字上時，他的百科全書式的窮根溯源，強大的洞察力，驚人的創見，都是因為他具有中國傳統訓詁考證與歷史語言學（philology）學者對古今文字與古典文獻的精深淵博學問、西方的漢學家窄而深的冷僻專題研究的專業精神與方法、社會科學系統性的原理與分析能力、包容多種專業的美國區域研究，還有中國研究的實用性與現代性。

周策縱教授在威斯康辛大學教授最有名的一門課，就是講授《研究方法與資料》，為研究中國古今人文歷史各領域的碩博士生的必修課，凡是修讀過的學者，都感到獲益良多，終生受用不盡。讀完這本論析古今中國語言文字的研究，我又等於再修讀一次他的《研究方法與資料》，他的研究方法與精神，適合用在任何研究的領域上。我希望當今年輕的語言文字學的學者，都細心的閱讀周教授這本論文集。

註　釋

1 關於西方漢學，中國研究的差異，參考杜維明〈漢學、中國學與儒學〉，見《十年機緣待儒學》(香港：牛津大學出版社，1999年)，頁1-33；余英時〈費正清的中國研究〉及其他論文，見傅偉勳、歐陽山(編)《西方漢學家論中國》(臺北：正中書局，1993)，1-44及其他相關部分。

2 國際漢學大師周策縱教授在一九六三至一九九四年，擔任威斯康辛大學的東亞語文系與歷史系的教授，周教授的教學與研究範圍，廣涉歷史、政治、文化、藝術、哲學、語言、文字、文學。1941年中央政治學校學士，一九四八年離開中國前已對中國社會、歷史、文化，包括古文字學有淵深精深的造詣。獲密芝根大學政治學碩士(1950)與博士(1955)。1955-1962在哈佛大學擔任研究員，正是西方漢學(Sinology)轉型成中國研究(Chinese Studies)的重要發展時期，也是區域研究，特別是亞洲研究的成熟期。見本書本人所撰〈國際漢學大師周策縱學術研究的新典範〉。

3 Chow、Tse-tsung, *The May Fourth Movement: Intellectual Revolution in Modern China* (Cambridge, Mass: Harvard University Press, 1960; Stanford: Stanford University Press, 1967.)

4 周策縱《紅樓夢案：棄園紅學論文集》(香港：中文大學出版社，2000)。

5 Chow Tse-tsung, "The Early History of the Chinese Word Shih (poetry) history," in Chow Tse-tsung (ed), *Wen Lin: Studies in the Chinese Humanities* (Madison: University of Wisconsin Press, 1968), pp.151-210.

6 周策縱《古巫醫與〔六詩〕考——浪漫文學探源》(臺北：聯經出版社，1982)。

7 余英時〈費正清的中國研究〉及其他論文，見傅偉勳、歐陽山(編)《西方漢學家論中國》(臺北：正中書局，1993)，pp.6-7。

8 關於這兩位學者的研究與成就，見余英時〈費正清的中國研究〉，林毓生〈史華慈思想史學的意義〉，見傅偉勳、歐陽山(編)《西方漢學家論中國》(臺北：正中書局，1993)，pp.1-44, pp.79-94。

9 羅慷烈主編《教學集》(香港中文大學教育學院二十週年紀念專刊)(香港：中文大學教育學院，1987)，pp135-152。

10 Microsoft Pinyin, version 3.0

目錄

如何從古文字與經典探索古代社會與思想史*

自近代對金文、甲骨文及其他實物文字之研究興盛以來，學者已逐漸能利用此種古文字，參驗經典著作，重建、改正或發掘中國古史之一部分。王國維考定殷先公先王，已為眾所周知之事。後來學者，續有成就。惟此種成績，多本於考識古代實物上之文字，因而發現古事實之記載可以補經典所記之缺遺，或正其錯誤。而多數學者之努力，似仍集中於考識文字；良以此種新發現之實物文字，尚多有未能通讀，此基本考識工作，猶為亟需。凡此皆功不可沒者也。

細審上述兩種研考，即考釋文字及重定古史，在方法上雖有博通與謹限之異，其要似皆本於據可讀或已認為正讀之經典著作，考識新得之古字，或進而以證古史。此固為今日研究中國古文字之正途，亦為古史探幽汲源之大助，且尚有待於繼續發揚。其途徑既已為眾所習知，可不具論。

今所欲言，探索古史之道，雖亦據古實物文字與經典，然不必由考識文字；容或有辨正舊釋，亦非以此為主旨；而引用經典，則往往於恒訓常釋之疏失處，或正文隸變傳受之脫誤處，據以推求真相，重建史實。此法於研索古代社會風習，古人日常生活，或觀念與思想，往往可有所獲；蓋經典於此常疏於詳紀，而後人訓釋尤多昧誤也。且古代文字，象形、指事、會意者尚多，間有視若形聲，細審則可能兼含會意。此對古人原始觀念、心態與情志之探測，尤不失為「其則不遠」之斧柯。

然此道亦最易失之於牽妄。故所獲往往只得其可能，而不能冀其可必。慎思明辨，察微顯幽，首要在於拾獨立之旁證；次須求博會而貫通。凡古今中外校勘、詁訓、考證之術，近代人文、社會、自然科學之理論、方法與技術，皆不妨比照實情，斟酌適可而用之。

今略依上述據實物古文字辨正經典以探索古代社會生活與思想之途徑，就平居揣摩所得，聊舉數例，用期商榷：

（一）《易》離卦九四爻辭：「突如其來如焚如死如棄如。」此辭從來誤讀誤釋。或云不孝之子，去而復來，宜受焚、殺、棄之刑罰。或云鄰居灶突失火，不知禍之將至，為趨炎而忘災者戒。然此應據呂祖謙《古易音義》引北宋晁以道著《古周易》云：京房、鄭玄本「突」皆作「㐬」。及《說文》：「𠫓〔𠫓〕，不順忽出也。從倒子。《易》曰：『突如其來如。』不孝子突出，不容於內也。㐬或從到古文子。即《易》突字。」又：「㐬，突忽也。」及甲骨文育、毓字象產子形。又《說文》：「棄，捐也。從𠬞推𠦒，棄之。從㐬，㐬、逆子也。弃，古文棄。棄，籀文棄。」蓋古人認倒生（逆產，「寤生」）之子將帶來不祥，應焚之、死之或棄之。爻辭乃卜問語，應讀作：「㐬如：其來如？焚如？死如？棄如？」此次序似示三種處分有遞減。此新解可說明后稷被棄名棄，鄭莊公寤生，其母不悅；並可推知古有逆產棄子殺子之忌諱與習俗。棄字造作之始或後來某一階段加畚箕形，即示棄子之義。漢人以道德觀念釋之，故有「不孝子」之說。

（二）《易》泰卦九二爻辭：「包荒用馮河不遐遺朋亡得尚於中行。」此辭舊多釋為聖王虛懷，包容荒遠化外之人，是合於中庸之道。近人高亨君知包借為匏，虛（荒）瓠可為腰舟以涉河。然仍釋全辭為：「用瓠馮河，不棄其友，是臨難不忘舊也。其上將嘉而賞之。」又云：「疑此亦古代故事也。」此蓋拘於書中一字必只有一義，故認朋必為朋友之朋。且未能援甲骨文及他書為證。而所謂「古代故事」，則懸疑無據也。

按《詩·菁菁者莪》：「錫我百朋。」鄭玄箋：「古者貨貝，五貝為朋。」《易》損卦及益卦：「或益之十朋之龜。」《周易集解》引唐崔憬曰：「雙貝曰朋。價值二十大貝，龜之最神貴者。」《觀堂集林·釋朋》：「古貝五枚為系，二系為朋。釋二貝者言其系，釋五貝者舉其一系之數也。」古以朋貝為貨幣，例證極多，毋庸列舉。今甲骨文朋字作[illegible]（《前編》一，三十，五），[illegible]（同上五，十，五），或[illegible]（《後編》下，八，五），猶粗略可想見其形制。至朋友之朋，甲骨文及金文多從人作，如卜辭之[illegible]（《前編》四，三十，二），象人手持朋貝。《說文》：「倗，輔也。從人，朋聲。」今經典皆以朋貝字為朋友之朋而倗字廢。殆以手助人者為友，以貝助人者為朋，故不必從人耶？然朋之初義本指貝而非指人則無可疑。《易》中常見「得朋」、「喪朋」、「得其友」、「喪馬」等。朋可能指人，亦可能指物。但震卦有云：「震來厲，億喪貝，躋於九陵，勿逐，七日得。」此自指喪失其貝，且失而復得。與此泰卦九二爻辭頗相類。

且此爻辭中「包荒用馮河」之「馮」字，最宜細察。《詩．小旻》：「不敢馮河。」毛《傳》：「徒涉曰馮河。」《爾雅．釋訓》：「馮河，徒涉也。」《呂氏春秋．安死》：「不敢馮河。」高誘注：「無舟渡河曰馮。」《集解》引虞翻《易注》亦曰：「馮河，涉河。」是「馮河」乃無舟徒步涉河，其義明白無疑。復考《論語．述而》：「暴虎馮河，死而無悔者，吾不與也。」「馮」本一作「淜」。《說文》：「淜，無舟渡河也。從水，朋聲。」段注：「淜，正字；馮，假借字。」讀此恍然可悟：淜之本義，徒涉所以求取朋貝也。試思今人以黃金為貨幣，故多人麕集金山以掘金。古人以朋貝為貨幣，豈無人爭相入水採貝？而求貝者自莫便於以虛（空）瓠為腰舟而徒涉也。爻辭「不遐遺朋，亡；得尚於中行」。《詩》「下武」及「抑」之「不遐」，毛《傳》及鄭《箋》皆訓為不遠。《說文》：「遺，亡也。」亡即遺失，如《莊子》「俱亡其羊」。《說文》：「尚，曾也。」段注謂「曾」即「增益」。又「償，還也。」「賞，賜也。」賞、償字從尚與朋貝，「尚」義可知。

職此，爻辭宜讀作：「包〔匏〕荒，用馮〔淜〕河，不遐遺朋，亡；得尚〔償〕於中行。」蓋謂用空瓠為腰舟徒涉於河，以採朋貝，不遠即遺貝而失去；但於中流仍能得回或採獲更多。

此爻初義之復原，似可供給中國古代經濟社會生活狀況一重要史料。不如此解，恐終難免於落空也。

（三）自《尚書．堯典》載舜命夔典樂，稱：「詩言志。」數千年來成為中國詩歌與文學批評最重要的指導原則之一。而「詩」亦為六藝五經之名。雖「史」、「樂」、「歌」、「舞」諸字在古實物文字中已常見，一般相信，惟不見有「詩」字。約二十年前，乃試撰英文《詩字古義考》一文〔載《文林》(Wen-lin)，一九六八年威斯康辛大學出版社出版〕，推定卜辭中之□即春秋邿（詩）國之故地，金文為寺若邿。進一步認定金文《楚王能章鐘》末句「其永□用□」中之字，實即另一鐘銘中之□。後者阮元誤釋為「時」。此字在《曾□鐘》中作□及□，在《齊□彝》中作□。此字自應釋作「時」。《朱公牼鐘》中「分器是寺」之寺，乃其初文，義謂擊鐘作聲也。前人以圓圈形字必是「日」字，不知古文字中此亦可為「口」字，致有此誤。而「時」即「詩」之初文，更可從「咏」與「詠」(余曾考定甲骨文中有「咏」字，但無「詠」字）諸類似關係字推知。

阮元及後來學者誤以「時」為「時」，鄙意以為此在經典隸釋時當亦不免。《詩・賓之初筵》：「以奏爾時。」此「時」字疑即由「時（詩）」字誤釋。此詩言及賓筵射禮，並有音樂。毛《傳》云：「時，中者也。」按《大戴禮・虞戴德》：「教士履物以射……時以斆伎，時有慶以地，不時有讓以地。」而《禮記・射義》亦言：「射中者得與於祭，不中者不得與於祭，不得與於祭者有讓，削以地；得與於祭者有慶，益以地。」是「時」有射中義之證。「詩言志」一語，本與其字根有關，古文「詩」從言之，言之與言寺同；言之，言寺並有言志之義；而志與寺亦並與射有關。《書・盤庚》：「若射之有志。」《爾雅・釋器》：「骨鏃不翦羽謂之志。」《石鼓》「避車」：「弓之吕寺。」余頗疑古代射禮，射中者即奏以時（詩），禮經中言射中之「時」，殆本亦時字。又如《論語·鄉黨》：「色斯舉矣，翔而後集。曰：山梁雌雉，時哉，時哉！子路共之，三嗅而作。」愚意此「時」亦即「時」字，有射中之義。關於詩字之古義，拙文推論頗詳，茲不復贅。此僅舉其據金文誤釋可能見經典隸釋之差，或亦可有助於了解古代詩樂之關係。

（四）雅頌之「頌」，學者習知其指舞之容，但於頌詩之原始，未見確說。然「頌」所從之「公」，據甲骨文及金文，實為「瓮」之初文，下象無蓋無鐙之容、量器。「八」者別也，謂量而分之，量必求平，故《說文》言：「公，平分也。」此猶以刀切別之則為「分」也。朱芳圃氏於《殷周文字釋叢》（一九六二）中已知「公」即「瓮」之初文，並即「甕」字，惟其以「八」為「變易詞性，假作他義之形符」，則頗失其旨。「頌」字象人持容器或對容器而舞。此所以慶食物收穫之豐，或禱天恩祖德，謝其恩賜，並乞求更多之收穫與福祉。此習於今日世界各原始民族中，猶有存留，彼等於此種儀式中，往往擊容量器而歌舞。愚意頌詩類名，實源於是。《說文》：「頌，皃也。」籀文作「額」。又曰：「容，盛也。」古文作「宏」，從公。此亦可證頌乃人持容盛之器公（瓮）而舞之貌。擊食器亦可以宣飲食之樂。自來度量衡器，往往演變而成樂器。《易》離卦爻辭：「不鼓缶而歌。」《史記·李斯》列傳諫逐客書：「擊甕〔公〕扣缶」，「真秦人之聲也。」《說文》：「缶，瓦器，所以盛酒漿。秦人鼓之以節謌。象形。」他如鏞、鐘、盆、鼓，例證頗多。

然中國史書，適得其反，往往稱度量衡制皆本於樂律器。以是度量衡史乃成為樂律史之一部分。甚且以黃鐘為萬事之本。此固吾華人喜愛音樂和平偉大思想之一，惟衡之容器，則頗為顛倒。至《詩．大序》言：「頌者，美盛德之形容，以其成功，告於神明者也。」此固係強調道德以解釋頌詩，然一句之中，兼用「盛」（容盛）與「容」字，且「德」亦「得」也，則此釋仍存頌詩古義之痕跡。惟《呂氏春秋．大樂》云：「音樂之所由來者遠矣，生於度量，本於太一。」獨得其實，乃兩千餘年以來，鮮為人所注意。同篇又言：「務樂有術，必由平出。平出於公，公出於道，故惟得道之人，其可與言樂乎！」此「平出於公」之「公」，或義取抽象，然亦巧合於拙論頌詩原於公（瓮）器之歌舞。以上所議，詳見於《清華學報》新十三卷一、二期合刊（一九八一年十二月）拙文《古巫對樂舞及詩歌發展的貢獻》。茲略述於此，以明據實物古文字偶亦可讀得經典之背面，反可得古代社會生活與思想之真相也。

（五）一九六八年河北滿城西漢中山靖王墓出土金縷玉衣，轟動於世。然同墓所出錯金銀鳥蟲書銅壺一對，精美絕倫，銘文有詩二首。其在美術與社會史上之意義，實不下於金縷玉衣，徒以鳥蟲書古代文字極為詭異，通讀有誤，致明珠投暗，未為世所重。前年甲壺在美展覽，余偶得一睹，曾撰文於《大陸雜誌》六十卷二期（一九八一年六月十五日），指出此實為盛藥酒之壺，依銘文可見所盛者為用黃芩所製之藥酒，既以作美飲，復期有充潤血膚、延壽去病之功。乙壺且可能兼有媚藥之用。且可予古代所謂「犧尊」之美術工藝提供一實物佐證。甲壺銘文先錄於下：

蓋銘：有言三，甫金鋉，為荃蓋，錯書之。

身銘：盍圜四叕，犧尊成壺。盛兄盛味，於心佳都。
揜於口味，充閏血膚。延壽去病，萬年有餘。

時賢釋此銘文，不知所盛者為藥酒，乃由於讀兩盇字皆為壺蓋之蓋，於是「為荃盇」句中之「荃」，乃不能不視為形容詞，蕭蘊先生認金同今聲，「荃」應讀「衾」，義為「覆盇」。張政烺先生則謂「荃」應讀作「錦」，亦緣金音，釋為「織文」。然銅壺固無絲織也。范祥雍先生乃云「荃」即「今」字，以為「今盇」即「此盇」。拙文認「盇」即「榼」字，草與木旁，常可互換，如荄、核與蓁、榛等，例證不一。且據金文及朱駿聲等之說，字本作盇（盍），即有蓋之盒。銘文絕無只言壺蓋而不言壺身之理，且四叕（綴、紋帶），實在壺之身，尤不可言壺蓋。然經典中「蓋」已全作覆蓋或虛詞用，已無可佐證。獨於《墨子・備穴》中得下列一段：

盇持醞，客即熏，以救目。救目分方鑿穴；以益〔盆〕盛醞置穴中，大盆毋少四斗，即熏，以目臨醞上。

按《春秋繁露・郊語》：「人之言，醞去煙。」醞乃易於揮發之酒類，可用以禦煙保目。前人皆以為「盇」乃虛詞，義不可通，故或議改作「益」，或「盆」（如孫詒讓及岑仲勉等），然皆無據。且因此乃認此段前後部重複，疑後截再出「救目」以下皆注文羼入者。然此「盇」字實乃「榼」之異體，存盇（盒）之原始意義。緣此段前半言，預先以有盇之壺榼儲醞，倘敵（客）用煙燻穴，可備救目之用。次乃言救目之法，須向各方開鑿穴道通風，然後傾醯於盆，以目臨醯上。「持」乃保持之意，若寬口之盆，豈能保存易揮發之醯？墨子書過去傳習者少，重抄翻印不若其他經典之頻繁，故能留此「葢」字初義之孤證，亦幸事矣。

以上所舉諸例，皆涉及以實物古文字，益以經典誤傳或誤讀誤釋之文，發覆以期求實，而探索未顯之古代社會生活與思想。言不必當，法或可採。故為芹曝之獻，以就正於方家耳。

*本篇原為一九八三年九月在香港中文大學召開的首居「國際中國古文字學研討會」上所宣讀的論文。

——原載香港《明報月刊》二一六期（一九八三年十二月）

說「尤」與蚩尤

殷虛卜辭中「亡尤」一辭，出現無數，自一九二八年胡光煒與丁山二氏釋尤為尤，已成定論。然說解不一，似尚未得其初義。胡氏云：

> 卜辭屢言「亡尤」，余釋亡尤。《呂氏春秋》：「孔子始用於魯，魯人謗之曰：『麛裘而韠，投之無戾；韠而麛裘，投之無郵。』」無戾即亡[illegible]，無郵即亡尤。《說文》：「尤，从乙，又聲。」又、尤、郵古通。（《甲骨文例》下二五葉）

丁山之言曰：

> 殷契中言「亡尤」者，不下數百事。孫仲容《契文舉例》謂即「亡它」。王襄《徵文考釋》謂即「亡猒」。王靜安《戩考》謂其形「不可識」，其義「猶言亡咎亡它」。愚嘗遍徵殷契，寀其形義，疑即《易・傳》之「无尤」。《廣雅・釋言》：「尤，異也。」（縱案：《說文》十四下乙部同。）尤異一聲之轉，其義

故相通。《春秋繁露・必仁且智》曰：「有不常之變者謂之異。異者，天之威也。」《公羊》定元年傳：「異大乎災也。」然則《易・傳》之言「終无尤」，猶言終無災異……卜辭屢見之「亡𡯂」，皆亡災異、亡不利之謂。𡯂皆象手欲上伸而礙於一，猶𢀚之从一，雝川𢀚之从𢀚，而橫上以一也。（〈殷契亡𡯂說〉，《史語所集刊》一本一分）

丁氏繼稱：「古之作一者，今或借為乙，如大一之作太乙，自漢以來已然。許書尤作𡯂，从又，从乙，即卜辭从又从一之譌也。」

郭鼎堂雖亦釋此字為尤，但認其「即𢦏之省文，蓋獸形文省其後體，而存其前體者也」。此說於形聲皆不合，李孝定先生已有論斷，毋庸更評。

丁山之說固較近理，惟所稱「象手上伸而礙於一」，似亦尚有可商。卜辭𡯂字所象之手，伸長者非手而為指，並已橫過於一，與說文釋丂所云「上礙於一」固不相似；且所謂「礙」，亦無解說，若以一為大一之一，則義殊不相類也。

今按𡯂字以一橫畫截斷手指，可視為「七、又」連文，「又」亦聲。象手切傷之意。字於金文作𡯂（〈𩵦伯簋〉：「亡尤」），其形从又（手）無疑。七字在甲骨文及金文皆作十，如丁山〈數名古誼〉（《集刊》一本一分）所說，為切之初文，本象當中切斷形，自常用為七數專名，乃不得不加刀旁，以為切斷專字。今以𡯂為「七、又」連文，於形聲義皆合。七在此不必為獨立之偏旁，惟以一橫畫切斷手指，與切義相合。𡯂為「切手」，蓋古人認以手得物為吉祥，故占卜恒求「受又」，今語猶稱順意為「得手」；至切傷其手，則為過失，為不利，故卜問「无尤」，而「尤」有怨、悔、災異之義。

古卜筮以傷指與否示休咎，屢見於《周易》。咸卦初六爻辭：「咸其拇。」《釋文》引王肅注：「拇，手大指。」《說文解字》十二上手部：「拇，將指也。从手，母聲。」徐鍇云：「將指者，諸指之率也。」惟段玉裁以為將指乃中指。朱駿聲則以為「手足大指皆曰拇。」而《周易釋文》及《集解》謂拇本亦作踇或母，虞翻乃謂「母，足大指也。」然踇字不見於古籍，若為母字，則未別手足。證以《國語・楚語上》所載，楚靈王九年（前五三二）范無宇之言：「有首領股肱，至於手拇毛脉。」韋昭注：「拇，大指也。」又《楚辭・招魂》：「敦脄血拇」，王逸注：「拇，手拇指也。」〈大雅・生民〉「履帝武敏」之敏，本亦从手，乃稱足趾，則朱駿聲之說似可從。惟字既从手，其初義恐仍以訓手大指為宜。今語猶稱大拇指。咸字高亨云「初義當訓斬。」引《說文》：「咸，皆也，悉也，从口，从戌。戌，滅也（縱案：滅，許書原文作悉）。」並據羅振玉以戌戉為一字，義為大斧。而《書・君奭》：「咸劉厥敵。」《逸周書・世俘篇》：「咸劉商王紂。」咸劉猶言斬戮（《周易古經今注》二、一〇八），高說可從。按咸與減古為一字，周禮冢人注、㮚人注及《考工記・輈人》注，《經典釋文》並云咸本又作減。蓋切去即減少也。是「咸其拇」一辭，義為斬傷其大拇指。又解卦九四爻辭：「解而拇，朋至斯孚。」高亨以為拇假為罶，是解汝網之意。此釋若就六五爻辭比觀，原亦無可非議；惟「解」字在各爻辭中不必同義，如朋、孚諸字然。且改字無據。愚意《國語・魯語上》：「晉文公解曹地以分諸侯。」韋昭注：「解，削也。」解又有判剖、脫斷諸義，則「解而拇」當即削斷爾拇之意。《易》以斬削其指為爻辭，乃所以示有傷害。

古人以斫傷其指為忌，又見於其他記載。《呂氏春秋》卷十八〈離謂〉：「周鼎著倕而齕其指，先王有以見大巧之不可為也。」《淮南子》卷八〈本經訓〉亦云：「故周鼎著倕，使銜其指，以明大巧之不可為也。」又卷十二〈道應訓〉：「故周鼎著倕而使齕其指，先王有以見大巧之不可也。」按《左傳》桓公二年（前七一〇）載臧哀伯之言曰：「武王克商，遷九鼎於洛邑。」宣公三年（前六〇六）又載王孫滿答楚子問鼎之大小輕重：「昔夏之方有德也，遠方圖物，貢金九牧，鑄鼎象物，百物而為之備，使民知神姦。……桀有昏德，鼎遷於商。載祀六百，商紂暴虐，鼎遷於周。」《戰國策》首篇亦載顏率說齊王曰：「昔周之伐殷，得九鼎，凡一鼎而九萬人輓之。」又《呂氏春秋》卷二十三〈貴直論〉：「殷之鼎陳於周之廷。」則〈離謂〉等篇所稱著倕象之鼎，殆係九鼎。高誘於〈離謂〉文下注云：「倕，堯之巧工也，以巧聞天下。周家鑄鼎，著倕於鼎，使自齧其指，明不當大巧為也。一說周鼎鑄象百物，技巧絕殊，假令倕見之，則自銜齧其指，不能復為，故言大巧之不可為也。」畢沅認為「前說是也」。高誘於注《淮南子・本經訓》時所陳二說略同，惟更明謂：「周人鑄鼎，畫像鏤倕身於鼎，使自銜其指，以戒後世，明不當大巧為也。」《說文》二下齒部：「齕，齧也。」又曰：「齧，噬也。」《莊子・駢拇》《釋文》：「齕，齒斷也。」疑〈離謂〉之齕，不必示以齒斷傷其指，或應作栔或丯。《說文》四下丯部云：「丯，巧丯也。」字在甲骨文作丯（《殷虛文字甲編》一一七〇片）一直貫三橫，類於切字，示契斷之意。《爾雅・釋詁》：「契、滅、殄，絕也。」郭璞注：「今江東呼刻斷物為栔斷。」蓋鼎象倕雖巧匠，猶自栔斷其指，故云：「以明大巧之不可為也。」焦氏《易林》卷十三〈漸之臨〉：「禹作神鼎，伯益銜指，斧斤既折，撞立獨倚。賣萬不售，枯槁為禍。」亦取損傷之義。又或示指受創則銜於口以止痛，亦人之慣習。《老子》第七十四章云：「夫代大匠斲者，稀有不自傷其手矣。」亦可見古人以傷其手為忌戒。當石器與銅器時代，工具初使，手指斫傷必較頻繁，則「尤」字以切傷其指取義，而殷虛卜辭及周《易》以是問「亡尤」或「无尤」，於理固甚順也。

且古人不僅重切傷其手，於足趾之創傷亦然。《易・大壯》初九爻辭：「壯于趾，征凶，有孚。」又〈夬卦〉初九爻辭：「壯于前趾，往不勝，為咎。」〈大壯〉《釋文》稱：「壯，馬云：傷也。」《方言》三：「凡草木刺人，北燕、朝鮮之間謂之茦，或謂之壯。」郭璞注：「今淮南人亦呼壯。壯，傷也。」壯與戕同，「壯于趾」即創傷於趾之意。其他《周易》中示休咎之詞而關聯於足疾者，如「吝」字漢人引《易》往往作「遴」，《說文》訓「遴」為「行難」，引《易・蒙卦》初六爻辭「以往吝」作「以往遴」。《易・說卦》云：「為吝嗇。」《釋文》謂「吝，京作遴」。又如《易》所常言之「為咎」、「何咎」、「匪咎」、「无咎」，《爾雅・釋詁下》：「咎、閔、痗，病也。」《說文》八上人部：「咎，災也。从人，从各。各者，相違也。」金文〈咎尊〉

作，〈咎卣〉相同，〈集咎簋〉作。高亨於《周易古經通說》已釋為病者居牀之象，惟認各、咎之音，乃魚幽部相轉。愚意吝（遴）、咎二字原皆从舛。《說文》五下舛部：「舛，對臥也。从夊㐄相背。」《廣韻》上聲獮部：「舛，剝也。」段玉裁以為「字亦作僢」。按夊音與㛶、葰同部，《山海經》中往往以帝俊與舜相混。吝遴古今音義全同。是諸字皆從夊得音。㐄同跨音，咎在有部，又在豪部讀與皋同，皋陶古作咎繇。是咎則從㐄得聲。遴、咎皆从倒止相背，初義殆皆為足病違戾艱於行之意〔俗語有「七手八腳」之句，喻手腳之紛亂。據宋釋普濟撰《五燈會元》稱德光上堂偈有此語。按德光卒於宋嘉泰三年，年八十三，生當西元一一二一至一二〇三，在此以前，生於一〇五一至一一〇七之趙令時所撰《侯鯖錄》已有「七上八下」之語，又見於《水滸傳》二十六回，亦喻紛亂不安之狀。其他俗語如七嘴八舌、七抓八拏、七拼八湊、七推八阻、七扭八歪（七歪八扭）、七零八落、七零八碎、七楞（稜）八瓣、七亂八糟（亂七八糟）、七顛八倒（七轉八倒、七顛八起、七轉八起）、七斷八續、七長八短、七縱八橫、七死八活、七事八事等，無不以七八狀紛亂乖戾。以七八並稱，固由來已久，如《莊子・秋水》：「湯之時，八年七旱。」惟可注意者，上舉諸詞中抓、拏、拼、推、扭、轉、起等字多與手足有關，愚頗疑此中「八」字或仍兼存《說文》所謂「八，別也，象分別相背之形」之意，而「七手八腳」等之狀紛亂乖戾，除取數字之義外，或亦兼源涉於切（七）手為尤，各（八）足為咎之字義，惟無確證耳〕。

惟尤可注意者，〈比卦〉初六爻辭：「終來（于省吾以為未字之譌）有它，吉。」〈大過〉九四爻辭：「有它，吝。」〈中孚〉初九爻辭：「有它，不燕。」卜辭中常見之（《鐵雲藏龜》六、三）、（《前編》三、一、二）、（同上三、二八、一）、（《甲編》二、九、七）等，自羅振玉以來，即知其為它上从止（趾、足），或加彳以示行道。其文多作「亡𧉮」、「不𧉮」、「乍它」，或「㞢𧉮」。《說文》十三下它部云：「它，虫也。从虫而長，象冤曲垂尾形，上古艸居患它，故相問無它乎……蛇，它或从虫。」于省吾因謂「㞢它」即「有𧉮」，並與易爻辭合解（易經新證二、八）。蓋古人居於山澤，行道畏蛇齧足，故从止近於蛇首，或更加行道之象。是𧉮字製作之理，殊近於尤字，一儆創其足，一戒切其手；而卜問「亡𧉮」與「亡尤」，有如「壯于趾」與「咸其拇」，尤相類似矣。且以上所引《周易》占問拇、趾、它諸辭共七見，除兩次為九四爻辭外，餘五次皆為初爻，亦可見古人以手足傷損為最日常、最基本災異可警之象。

明乎此，則上古神話傳說中蚩尤之名，可得而說焉。《說文》十三上虫部：「蚩，蟲也。从虫，㞢聲。」虫與它（蛇）古為一字，羅振玉增訂《殷虛書契考釋》已言之，證以契文，頗無疑義。《說文》訓它為虫，即蛇字，而引「無它」一詞，若比照卜辭，則許所云「無它」之它實為𧉮。今許又訓蚩為蟲，虫蟲渾言無別，許書及典籍無𧉮字，則卜辭之𧉮，殆已於小篆變省作它，或作蚩、蚩、蚩。《說文》虫部復出蚩字，云：「蚩，蟲曳行也。从虫，屮聲。讀若騁。」按屮非艸木初生字，實為止，許書於古文㞢、止二字，多有混淆，英文拙作〈詩字古義考〉(《文林》，一九六八年威斯康辛大學出版，頁一九五至一九九）中已加申論。段玉裁於蚩下注曰：「屮讀若徹，屮聲而讀騁者，以雙聲為用也……今讀丑善切。」段所謂今讀，實據《廣韻》，蚩在上聲獮部（與舛同部），釋作「伸行」。而《集韻》上聲紙部又出蚳字，云：「蚳，丑里切，音恥。蟲伸行。或書作蚩。」又《廣韻》之部：「蚩，蟲名，亦輕侮字。从㞢，赤之切。」而《集韻》則曰：「蚩，敕豸切，音弛。蟲伸行。」按止、之（㞢）古多不別。則蚩、蚩、蚩，就形聲義而言，皆極類似，殆皆與甲骨文之壱為一字，初義當為蛇行可以傷足。聞一多亦曾認壱即蚩字，惟未嘗舉證。陳夢家略有論說，但彼既釋卜辭之㐅為豕字，復以為「蚩尤即委蛇亦即修蛇。」(皆見陳著〈商代的神話與巫術〉，《燕京學報》二十期，一九三六年十二月，頁五一一至五一三)，以致扞格不通。尤字無委、修之義。《山海經》稱黃帝使應龍殺蚩尤，或可有以龍殺蛇之命意；惟蚩本有蛇意，固不必尤亦為蛇也。蚩尤之作蚩蚘，典籍首見於鄭玄《周禮・春官・肆師》「大甸獵，祭表貉」注。孫詒讓《周禮正義》云：「賈疏述注作尤。《詩・大雅・皇矣》孔疏，引亦同。阮元云：蚘，俗字也。」後又見於《集韻》：「蚩蚘，古諸侯號，通作尤。」《廣韻》灰部有蚘字，釋作「人腹中長蟲」，而不與蚩連稱。惟《三代吉金文存》卷十八〈魚鼎〉匕（蚰匕）有「參蚩蚘命」之文，字作[illegible]形。上一字从寺，于省吾《雙劍誃吉金文選》釋作蟲，為《說文》及其他載籍所無。惟《說文》十三上虫部：「[illegible]，蟲也。」形義略近，但仍應釋蚩，乃後起緐文，蚘當亦為後起字。然其所从與[illegible]不同，疑是寸即刌字。《說文》：「切，刌也。」又曰：「刌，切也。」字象度切其肘。小篆尤字似由此金文譌變。準此，則仍存尤字切手之意。其加虫旁，或係援蚩而增益。至蚩之同於㞢，自亦可於《詩．衛風．氓》（五八）「氓之蚩蚩」一詞見之。〈召南．羔羊〉（一八八）：「委蛇委蛇」，《釋文》所本作「委虵」，《韓詩》作「逶迤」。馬瑞辰《毛詩傳箋通釋》云：「古从它者，多與也通，故蛇或作迤，見《韓詩》；或作虵，見《釋文》；又或借作施，《莊子．天運》：『乃至委蛇。』《釋文》：『蛇本作施』是也。」〈鄘風．君子偕老〉（四七）：「委委佗佗。」是蛇、佗、迤、施皆同。古它、也、虫本皆一字，而迤、蚩皆从蛇與止，則〈王風．丘中有麻〉（七四）「將其來施施」之「施施」如非單作「施」，殆即與「蚩蚩」同義，亦即《孟子．離婁下》：「施施從外來」之「施施」。「丘中有麻」〈毛傳〉云：「施施，難進之貌。」〈鄭箋〉：「施施，舒行伺閒、獨來見己之貌。」「羔羊」〈毛傳〉稱：「委蛇，行可從跡也。」〈鄭箋〉：「委蛇，委曲自得之貌。」則施施、佗佗、蚩蚩，實皆以蛇行委曲自得之態為狀也。此重字所以形容蛇之動作，但蚩之本義，仍與尤相類，所以示損傷。《一切經音義》十七引《倉頡篇》：「蚩，相輕侮也。」《文選》二張衡〈西京賦〉李善注引同篇：「蚩，侮也。」《說文》八上人部：「侮，傷也。」段注改傷為傷，殆昧於古義。按《詩．小雅．棠棣》（一六四）：「兄弟鬩於牆，外禦其務。」〈毛傳〉：「務，侮也。」《爾雅．釋言》同。《左傳》僖公二十四年及《國語．周語》引此詩皆作「外禦其侮」。左昭元年傳，韋昭訓侮為陵。務从敄，《說文》三下攴部：「敄，彊也。」从手持杖矛，施以彊力，是務、侮本有以力侵陵之意，訓為傷損，當不誤也。

蚩尤之名所由起，固由於古人喜以猛獸毒蟲自命其名以炫其威力，或為他人名以褒貶其功過。然此特以戕傷手足命意，恐確有史實之根據，殆亦可能。古代傳說及史籍記載，皆言蚩尤長於作兵器，殘人為厲。《山海經．大荒北經》：「蚩尤作兵伐黃帝。」此經著作時代，已不能詳。惟《逸周書．嘗麥解》殆確為周成王四年（約為前一一〇一年）或稍後所記，則稱：「蚩尤乃逐帝，爭于涿鹿之河，九隅無遺，赤帝大懾，乃說于黃帝，執蚩尤殺之于中冀，以甲兵釋怒。」此當為史籍對蚩尤最早之記載。其言「九隅無遺」，「以甲兵息怒」，則兵戈殘殺之情可見。又《史記．殷本紀》引〈湯誥〉云：「昔蚩尤與其大夫作亂百姓，帝乃弗予，有狀。」此篇固不必為商代原文，然其所記，當不遠於原誥。若然，則為更早之記載。《索隱》：「帝，天也。謂蚩尤作亂，上天乃不佑之，是為弗與。有狀，言其罪大而有形狀，故黃帝滅之。」愚意帝乃黃帝或赤帝。弗予，弗讓予也。狀應讀作壯，古通用。亦即前引《易》「壯于趾」之壯，謂有甲兵戕傷，此戕殺之行，文義指出於帝或蚩尤或二者，皆可通。又今文《尚書．呂刑》：「王曰：若古有訓，蚩尤惟始作亂，延及于平民，罔不寇賊，鴟義姦宄，奪攘矯虔。」此當係引周穆王（約前一〇二三至九八三）之言，鄭玄注：「強取為寇，殺人為賊。」所稱亦相似。《管子．地數》云：「黃帝……修教十年，而葛盧之山發而出水，金從之，蚩尤受而制之以為劍、鎧、矛、戟，是歲相兼者諸侯九。雍狐之山發而出水，金從之，蚩尤受而制之為雍狐之戟、芮戈。是歲相兼者諸侯十二。故天下之君頓戟一怒，伏尸滿野，此見戈之本也。」《太平御覽》卷二百七十引《世本》：「蚩尤作兵。」《廣韻》庚部兵下注引同書：「蚩尤以金作兵也。」又《路史》後紀四引同書：「蚩尤作五兵，戈、矛、戟、酋矛、夷矛，黃帝誅之涿鹿之野。」以上皆先秦之載記。若秦漢以降，則《史記．封禪書》言，秦祀東方八神將，「三曰兵主，祠蚩尤。」〈五帝本紀〉稱：「諸侯相侵伐，暴虐百姓，而神農氏弗能征，於是軒轅乃習用干戈，以征不享，諸侯咸來賓從，而蚩尤最為暴，莫能伐。」下復言禽殺蚩尤事。《正義》引〈龍魚河圖〉云：「黃帝攝政，有蚩尤兄弟八十一人，竝獸身人語，銅頭鐵額，食沙石子，造立兵杖刀戟大弩，威振天下，誅殺無道，不慈仁，萬民欲令黃帝行天子事，黃帝以仁義不能禁止蚩尤，仍仰天而歎，天遣玄女，下授黃帝兵信神符，制伏蚩尤，帝因使之主兵，以制八方。蚩尤沒後，天下復擾亂，黃帝遂畫蚩尤形像以威天下，天下咸謂蚩尤不死，八方萬邦，皆為弭服。」又《御覽》引《春秋元命苞》云：「蚩尤虎捲威文立兵。」宋均注曰：「捲，手也，手文威字也。」此緯書所言，繪影栩栩，或有藝增。然先民口耳迭傳，不必遜信於史筆。惟此所謂「玄女」，頗類於《山海經．大荒北經》所云：「蚩尤請風伯雨師縱大風雨，黃帝乃下天女曰魃，雨止，遂殺蚩尤。」玄女、女魃，殆為女巫。若蚩尤之手確如「虎捲」，則「尤」字為切手更有關矣。他書多言黃帝殺蚩尤，緯書則但云降伏，且曾令以主兵，復用其形以威天下，是緯書所言，似較右蚩尤。〈肆師〉鄭玄注釋「祭表貉」云：「貉，師祭也。貉讀為十百之百。於所立表之處，為師祭造軍法者，禱氣勢之增倍也。其神蓋蚩尤，或曰黃帝。」鄭說似亦本於傳說，則民間習俗，尚奉蚩尤為神祇，幾類於黃帝。《史記・高祖本紀》與〈封禪書〉及《漢書・郊祀志》亦載漢高祖「祠蚩尤釁鼓旗」。至趙宋之初猶然。《呂氏春秋・明理》、《史記・天官書》及《漢書・天文志》更稱其死後升天為星宿，名曰「蚩尤之旗」。蓋民間視之為殺伐之神與失敗之英雄，似與儒書所載頗有差別。《大戴禮・用兵》記魯哀公與孔子問答之言：「公曰：蚩尤作兵與？子曰：否，蚩尤，庶人之貪者也（貪，《周禮》疏引此文作強）。及利無義，不顧厥親，以喪厥身。蚩尤，惛慾而無猒者也，何器之能作？……人生有喜怒，故兵之作與民皆生，聖人利用而弭之。」儒家崇道德，以用兵所以為「禁殘止暴」，且欲消止之，故極貶蚩尤。若《呂氏春秋》亦否認蚩尤作兵，然用以明兵之不可免。如〈蕩兵〉云：「人曰：蚩尤作兵。蚩尤非作兵也，利其械也（也原作矣，據《御覽》改，當係沿下句而誤）。未有蚩尤之時，民固剝林木以戰矣，勝者為長……長之立也出於爭，爭鬥之所自來者久矣，不可禁，不可止。」此可見儒、法之論蚩尤，足以顯示其對用兵之觀點有異。

總之，如上所述，古代之傳說蚩尤，所重者二事：曰作兵，曰殘殺。二者俱關合其命名。若就其為戰敗者及古書多貶責其殘殺而言，則此名自可能為敵人或後世之惡謚。惟其人既擅作兵，以殺戮威服為功，則彼本人亦極可能欲用常人所畏忌之事以自命名，意味能若毒蛇之戕趾，利刃之切指，用以威懾群眾與敵方。近代無文字之原始社會，酋長命名，猶存此習。則蚩尤之名，殆亦遠古宣傳與心理戰方式之一歟。然若文字為後起，則所書之名當係追加耳。

——原載國立臺灣大學文學院中國文學系編印《中國文字》第四十八冊（臺北：中華民國六十二年，一九七三，六月出版），頁一正至頁七反。

四千年前中國的文史紀實

——山東省鄒平縣丁公村龍山文化陶文考釋

山東省鄒平縣丁公村所發現的陶片，計有五行十一字，為歷來丁公村陶文發現最多文字的陶片，對於研究中國四千年前古文字，自是十分珍貴的材料。本刊於十月號先行邀請饒宗頤教授撰文提出初步釋讀，以引起海內外文字學者的探討。此篇即為周策縱教授的另一種看法，他從甲骨文、金文以及古籍有關歷史的角度，考釋丁公村陶文的內容，可與饒教授的互相比較，是否可以得出更確切的解釋。

——香港《明報月刊》編者

幾天前讀到《明報月刊》本月份（總三三四期，一九九三年十月）饒安頤教授〈丁公村龍山文化陶文的試讀：試揭開中國四千年前古文字之謎〉一文，一方面很欣賞他的高見；另一方面，自己也有些不成熟的看法。現在匆促寫下，請宗頤老兄和海內外學者專家指正。

首先要聲明：我手頭沒有饒文所提到的《中國文物報》

（一九九三年一、三期）和《傳統文化與現代化》（一九九三年三期）等資料；雖曾託人借閱，也無結果，只得到傳真寄來的今年八月份《光華》雜誌一文，圖片已完全看不清了。所以我只能根據《明報月刊》上所載的影片考釋。從圖片的大小式樣看來，《明月》所用的照片，似乎就是《光華》雜誌所載的照片，但已略有縮小，原來都是山東大學歷史系考古隊所提供的，看來還算清晰準確。據《光華》雜誌（十八卷八期，一九九三年八月）陳淑美〈中國最早的一封信？——丁公陶片出土〉（China's Oldest Love Letter?）說：二十餘歲的女技工「董建華發現的陶片，呈一個倒梯形，上下寬度為七點七，四點六，高約三點二，厚約〇點三五公分，整只陶片還沒有半個手掌大。」可見《光華》和《明月》的照片都已經放大了一些。

我現在依《明報月刊》所登的照片把文字按原次序摹寫下來，從右起每字各加列數目字。我的摹寫有幾個字與饒文稍有差別；次序則相反，他是從左讀起，我是從右讀起（見下頁）。下面是我依序對各字的讀釋，甲骨文和金文各字固為專家所習知，但為了明白比照起見，仍略引於下：

第一字象人有所負荷之形嗎？也許還有些問題。甲骨文和金文有幾個字與此字頗形似，如甲骨文：

（許進雄編《懷特氏等所藏甲骨集》，九六一片）

（胡厚宣編《甲骨文合集》，二六八七九）

金文如：

（周〈早何尊〉）

（周〈子何爵〉）

一般都已釋作「何」字。有人則以為應區別為兩個不同的

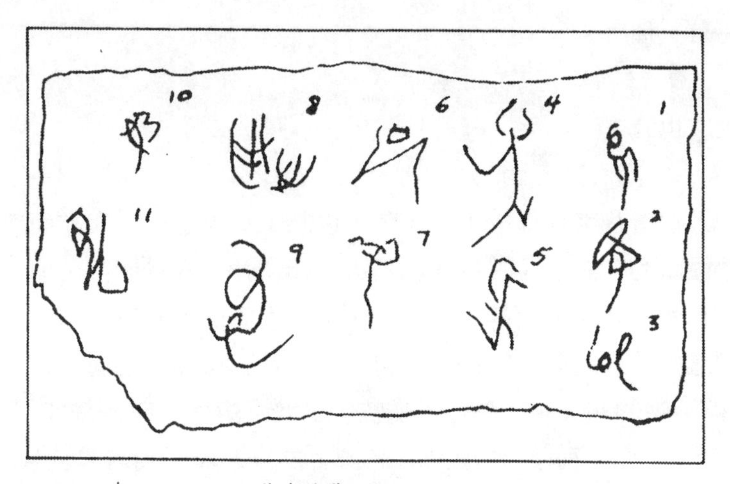

作者臨摹的丁公陶文

丁公陶文陶片

字，這一批字上面是從口，取張口問「誰何」之義（其實也可說是頭、目形的簡化；肩背上也可能有所負荷）。甲骨文另有一種字：

（《合集》二二二四六）

金文也有：

（商〈父乙卣〉）

有人把這些字都釋成「荷」字，以為象負戈之形，與前面那批從口的字有別。其實我認為這些即使並非同一個字，但性質有些相同，上面都象人頭，〈父乙卣〉最近於原形。陶文和這些字形近似，若釋作「何」字，勉強可通。「何」乃負「荷」字的初文，《易經·噬嗑》上九爻辭：「何校滅耳。」「何」一作「荷」。《毛詩·商頌·玄鳥》：「百祿是何。」《左傳》引作「荷」。〈曹風·候人〉：「何戈與祋。」《齊詩》作「荷」。皆其證。不過甲骨文和金文此字都是人名或地名，並不直表字義（「何」上加「日」似是另一人名）。陶文此字應亦是地名、水名、族名或封國名。《尚書·禹貢》和《水經注》都數次提到菏水，古本亦作荷水。〈禹貢〉徐州項下說：「浮于淮泗，達于菏。」豫州項下說：「滎波（播）既渚，導菏澤，被孟諸。」導水項下說：「導沇水，東流為濟，入于河，溢為滎，東出于陶丘北，又東至于菏。又東北會于汶，又北東入于海。」鄭玄注：「濟，一作泲。」《史記正義》引《括地志》云：「菏澤在曹州濟陰縣東北九十里，定陶城東，今名龍池，亦名九卿陂。」《水經》卷八：「濟水又東至乘氏縣（孫星衍云：今定陶）西，分為二：其一水東南流，其一水從縣東北流入鉅野澤（即大野澤）。」酈道元注：「南為菏水，北為濟瀆。」經文又說：

南支的荷水向東經過金鄉縣、魚臺縣、湖陸（陵）縣南東入於泗水（泗水則南通淮水）。又說：向北分流的濟水則通過鉅野澤後，再向東北流經「梁鄒縣北」，漢代的梁鄒縣，就是現在的鄒平縣北部，也就是丁公村陶器出土的地方。唐朝李吉甫著《元和郡縣志》說：鄒平「濟水南去縣三十五里」。黃河則在縣西北八十里處（見卷十一）。我們如再參考《漢書・地理志》，和譚其驤主編的《中國歷史地圖集》（上海：地圖出版社，一九八二年）第一冊，「夏、商、周、春秋、戰國時期」部分，大致可以繪出周代或以前濟水、菏水（荷水），和鄒平縣的關係位置（見下頁）。從這張地圖看來，鄒平離菏澤、荷水，經過曲折的水路，至少有三百公里左右，不能說很近；可是和荷水的主幹濟（泲）水，卻非常鄰近。

宗頤文中引了《水經注》卷八的一句很有意思的話：「荷水又東與鉅野黃水合，荷，濟別名也。」後來編考《水經注》的各家，都認為這兒的「濟」字是「澤」字之誤，所以都改讀為「荷澤別名也」。說鉅野澤或「鉅野黃水」是「荷澤」的別名，似亦無據。而《元和郡縣志》也說：「荷水即濟水也，一名五丈溝，西自金鄉縣界流入，去縣十里，又東南流合泗水。」可見荷水和濟水本來都是濟水。

由於黃河多次氾濫改道，侵入濟水，後來濟水下游幾乎消失，記載上時出時沒，成為歷史上一個謎和一大爭議，甚至康熙皇帝和乾隆皇帝都親自著論來參加討論。岑仲勉以為濟水只是黃河故道，東周以前濟水原是黃河的主幹（岑著《黃河變遷史》，北京：人民出版社，一九五七年，第六、七節）。不過我認為濟水本來自身是一主要河流，《爾雅・釋水》：「江、河、淮、濟為四瀆；四瀆者，發源注海者也。」《史記・殷本紀》引湯曰：「古禹、皋陶，久勞于外，其有功乎民，民乃有安。東為江（似應作淮），北為濟（河），西為河（濟），南為淮（江），四瀆已修，萬民乃有居。」似不為無據。濟水是古代四條入海的大水之一。

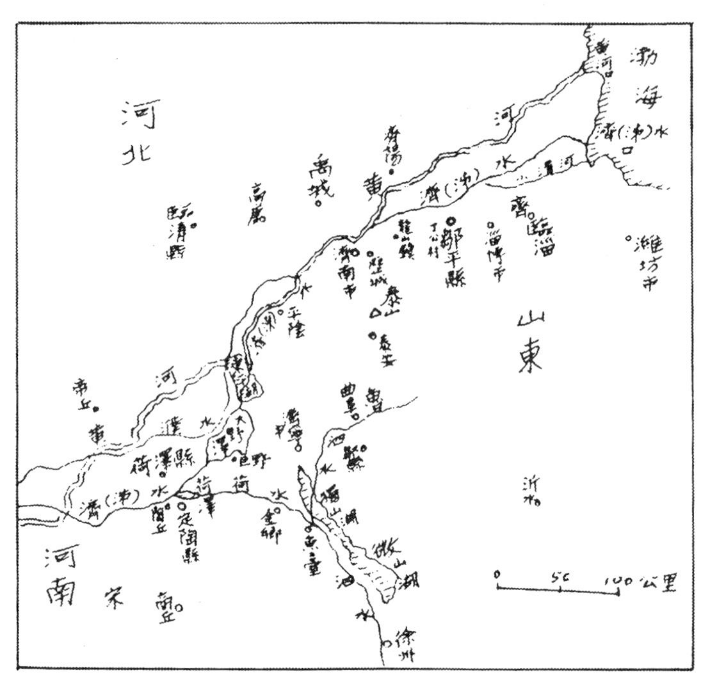

周代或以前鄒平縣與菏水、濟水的關係圖

最奇怪的是，我們知道，濟水古代本稱沛水，上文已提到〈禹貢〉中的「濟」字，鄭玄已指出「一作沛」。段玉裁在《說文解字注》水部沛字下舉出《說文》和《漢書・地理志》在許多地方還保存了這個古字，而周代和漢代的多數書裏卻都寫成了「濟」字。乇音讀姊，《說文》鈰字下則云：「讀作齊。」這個字從來就被忽略和誤解了，小篆偏取對稱形，作𣎵，容易和市相混。《說文》誤入六下「𣎵」部。其實這個字原亦常用，《說文通訓定聲》履部收有從𠂔作的字即有十一個，其中「姊」和胏「第」字更是習用者。可是除小篆外，古文字中竟找不到這個字。日人高田忠周在所著《朝陽字鑑精萃》中列有下面一字，說：「疑為姊字省文，或為沛之假借字」：

[illegible]（古幣文，見《古今錢略》）

他的看法不一定對，他的懷疑卻值得注意。

其實，我在上面所列的陶文、甲骨文、金文被釋作何或荷字的，從字形上看，倒最近於隸變後的𠂔字，而較遠於何或荷字。因此我認為，以上所有的陶文、甲骨文、金文諸字（或者除少數外），本來都應隸變作𠂔字，𠂔這一地區或封國，也就是沛（濟）水所流過的區域（約當今山東省從西南橫貫至東北臨渤海的地區），都以𠂔為名，此字本來該是一個族人的族徽或人名，後來才成為水名、地名和封國名。以後由於沛水南北分派，加以隸變，故分稱濟（沛）水和荷（菏）水。這樣解釋，就可見𠂔這一區域或封國，在夏代原包括後來所稱的荷澤、荷水，和鄒平等地。丁公村陶文此字的發現，對於了解周朝以前濟水和齊國的歷史地理，有很大的功用（當然，如從約定俗成著想，𠂔字既已不單用，讀作荷，認為與濟同，亦無大誤也）。

第二字[illegible]自應讀作「子」字。宋宣和五年（一一二三）在鄒平附近臨淄發現的〈齊鎛〉子字作[illegible]，其他齊器也往往相似，橫畫幾乎和圓圈相接。此鎛銘文有「溥受天命，剮（削也）伐夏司（后）……咸有九州，處禹之堵」。作器者是商湯的後裔，但仍可見齊地對於夏禹的統治，印象特別深刻，書法的風格也許還遠有承傳。〈鄀公平侯盂〉的孫字偏旁子字正作[illegible]。此盂屬上鄀地，後來為晉國所有，晉國本是夏禹的首都所在地，不無影響。又，《詩經》中「齊子」和「齊侯之子」都指國君公侯之女，不過陶文裏的「[illegible]（齊）子」或「荷子」當指爵號，是男是女卻不明白，詳見下文。

第三字[illegible]的左面自是厶，甲骨文及金文皆作[illegible]；右面乃人字[illegible]的草寫，可讀為「以」字。甲骨文、金文和小篆都用厶作「以」，沒有人旁，有人旁者即認為是「似」字。可是「隸變」後卻有了人旁。陶文此字可證「隸變」不為無據。《說文》云：「以，用也。」《尚書・益稷》：「以五采彰施于五色。」陶文「以」字用法與此相似。

第四字[illegible]左上方似手伸出，不像四足獸形。類似這種形象的字在甲骨文和金文裏多已釋作夒字（實同夔），乃是商代王室的先祖，可能即禹在虞舜時代的同僚，後為其臣屬。此字異形頗多，是否為同一字也很難說，現舉甲骨文中最近似於陶文的二例如下：

[illegible]（中國社會科學院考古研究所編《小屯南地甲骨》，北京：中華書局，一九八〇年，五八二）

[illegible]（同上，四五二八）

金文比較繁複，亦舉二例：

[illegible]（〈夒尊〉拓本）

[illegible]（〈夒作且辛彝〉拓本）

值得注意的是，甲骨文也有作張口之形的：

[illegible]（董作賓編《殷虛文字甲編》，上海：商務印書館，一九四六年，珂羅版影印，二三三六）

（方法斂摹《庫方二氏所藏甲骨卜辭》，上海：商務印書館，一九三五年，石印本，一〇一〇）

陶文和上面的各形雖有些相似，但都不全同，最顯著的不同是頭部，陶文趨向圓形。我以為應讀作「夏」字。甲骨文一般人都認為不見有「夏」字，商既篡夏，鮮提滅國，且係卜祭之辭，不提原亦常情。金文亦罕見。《說文》五下夊部云：「夏，中國之人也。從夊，從頁，從臼。臼，兩手；夊，兩足也。古文夏。」魏〈正始石經〉夏字「古文」作。又《隸續》載〈正始石經〉春秋桓公十八年「夏四月丙子，公薨于齊」。夏字古文作。王國維說：

> 《說文》夊部：「古文。」其字殆從目（目部：「古文目。」形近之）從足，與字從頁從夊同意。此從日從正，蓋之訛變；抑石經春冬二字皆從日，故夏字亦從日作與？（引見舒連景著，丁山校《說文古文疏證》，上海：商務印書館，一九三七年，頁四一）

舒連景於引此文後說：「古鈢或作，疑二形為之省變。」縱按：上文所引〈齊鏄〉「伐夏」的「夏」字與古鈢印極相似，字作：

（郭沫若《兩周金文辭大系圖錄考釋》，一九三五年日本初版，北京科學出版社，一九五七年，增修本，頁二四七，郭氏改稱〈叔夷鐘〉）

我以為古鈢夏字右上方的外廓和《說文》古文夏字中

間的形，與陶文所作頭形實很近似。《繆韻》所載〈夏官之印〉夏字作，其上部外圍也是此形的方變。石經的夏字似原是「是」字，〈齊鎛〉夏字左面的「足」字上面的圓圈也應是日形。《說文》二下是部：「是，直也。從日正。」段玉裁注：「以日為正則曰是。」我以為可能有「日規」測時之意，與時字的古文作意相類，《爾雅・釋詁》：「時，是也。」《尚書・堯典》「時雍」即「是雍」。古鉥和鎛文夏字表示夏人用日規測時，後來表測時的「是」字即代表「夏」字。孔子說：「行夏之時。」夏代以曆法著名，從來用的陰曆即是「夏曆」。〈禹貢〉末云：「禹錫玄圭，告厥成功。」《史記・夏本紀》釋作「於是帝錫禹玄圭」。又說禹「載四時」。《周禮・典瑞》鄭玄注：「以土圭測日影。」《大戴禮・五帝德》：禹「左準繩，右規矩，履四時」。古代人相信夏禹手持工具。

這點我在英文《文林》（*Wen-lin*）第二集拙文〈墨家起源新說〉有詳細說明（頁一四一）。其實陶文頭部已趨向作圓形，以後可能即轉化成日字。和石經的夏字也頗為形似。陶文下部象人兩足向前奔走之形，石經古文下部或係訛變。夔職掌音樂歌舞，故其字有持旄牛尾而舞者（朱芳圃說），有些則頭上戴有羽飾，又突出足形（古人有「夔一足」的傳說），或張口而歌。后稷司農事，故字從禾，右面的頭部也變作田形。（見〈詛楚文〉及戰國〈中山王鼎〉）。而夏字則多保存頭部作圓或橢圓形的特徵。如〈秦公段〉夏字頭部作，〈秦公鐘〉夏字頭部作。隸變後的夏、夔、稷等字，仍然強調了這種種區別。

第五字可讀作「長」，即首長之長。我看圖片左面似多出有一斜線，確否待證。果如此，則更與「長」字相合。甲骨文此字作：

（《合集》，二七六四一）

（同上，二八一九五）

金文略同。陶文兩短斜線不過是放置在長直線的左邊，字似係象人頭戴羽飾之形。

關於「𠂔（齊、荷）子」和「夏長」的解釋，按《尚書．皋陶謨》記載禹對帝舜說他自己已經：

弼（輔佐）成五服，至于五千（里）；州十有二師；外薄四海，咸建五長。

所謂「五服」，在〈禹貢〉裏有較詳細的說明，大意是說：從王城起向外延伸，每外延五百里畫一圈，成為一服，最近的一圈區域叫甸服，依次向外為侯服、綏服、要服、荒服。所以從王城向外每方都遠到二千五百里，東西合算和南北合算便各有五千里了（這種劃分，自然已過於理想化，當時大約不全如此，不過大致如此罷）。照《禮記．曲禮》的說法，九州的長官爵號，近於王城的和邊區的各有不同：

九州之長，入天子之國曰牧……於外曰侯，於其國曰君。其在東夷、北狄、西戎、南蠻，雖大曰子。

鄭玄據此，於箋注《毛詩．小雅．蓼蕭》（一七三）的小序「〈蓼蕭〉，澤及四海也」時，便說：

> 九夷、八狄、七戎、六蠻，謂之四海，國在九州之外，雖有大者，爵不過子。〈虞書〉曰：「州十有二師，外薄四海，咸建五長。」

他在《尚書・皋陶謨》這句下也注道：

> 九州，州立十二人為諸侯之師，以佐其牧。外則五國立長，使各守其職。

這就牽涉到「五長」的解釋。《禮記・王制》則說：

> 千里之外設方伯，五國以為屬，屬有長。

這就是說：在傍海邊區，每五國連在一起，設立一「長」做行政長官。古代所謂「國」，和現代的意義不同，是個相當小的領域，鄭玄認為，有「方五十里之國」，「方百里之國」，證諸金文，大概是對的。照這些解釋，夏代在海疆邊區，最高的封爵就是「子」。每五國連屬為一區域，各設一「長」。所以「子」是可能領有好些「長」的。當時鄒平一帶，是所謂「東夷」或近於東夷區域。「子」應該是地方諸侯，「長」則是夏廷委派的官吏。所以陶文要說「𢀖子」和「夏長」。

以上的說法，「長」見於〈虞夏書〉的原文，「子」則是禮書的解釋。後者是否係依周代「五等爵」之制以推測夏制，或另有所據，今不得知。不過我們早已知道，儒家的傳統遠起源於孔子以前，《莊子・天下》說到「古之所謂道術」

時，謂「舊法世傳之史，尚多有之。其在于《詩》、《書》、《禮》、《樂》者，鄒、魯之士，搢紳先生，多能明之」。或者傳聞有自。陶文至少證明〈虞夏書〉和禮經所述夏代臨海區有「子」、「長」之爵位的記載是合於歷史事實的。

第六字，我看影片字上部似有口旁；又左面垂直線上部微有屈折，更近於甲骨文。自係「河」字。甲骨文中，像下面這種字一般都釋成「河」字，而我則以為實應釋作「泲」（此點當然只算假設，尚待考驗）：

（羅振玉編《殷虛書契》後稱《前編》，一九一三年，珂羅版影墨拓，一九三二年，重印，二・四・八）。

（王國維編《戩壽堂所藏殷虛文字》，一九一七年，墨拓石印本，在《藝術叢編》第三集，三三・一二）。

（董作賓編《殷虛文字甲編》，商務，一九四八年，墨拓影印本，二五八五）

這類例子不少；但其他「河」字如：

（同上，六五一）

出現多次，都和陶文相似，只是沒有從口的。惟金文有：

（「同𣪘」，見《兩周金文辭大系圖錄》，冊三，頁七三至七四》

此字前人都釋「河」。字的上半亦見於〈何𣪘〉，沒有下面的水旁，是人名，已釋作「何」。可是從字形說，也有是「𠂔」和「泲」的可能性。〈同𣪘〉原文云：「自淲東至於」。淲應即滹，滹沱河固然也東流入黃河，但《中國地名大辭典》卻也說它通到大清河。大清河正是濟（泲）水的下游。當然，字已從口（可），自然讀作「河」也很恰當。陶文口字在上，古代偏旁位置往往任意移動。河從口也許是指河聲，詩人常用，近代王湘綺寫他實地經過黃河與濟水時還有兩句詩說：「雪收天地色，冰壓泲河聲。」金文有時保存的字形比甲骨文更古，陶文此字正是一例。

第七字應讀作「左」。甲骨文和金文的右多作，左多從作，很少例外。此處在「河」字下，是用來辨別方位的，通常更不會混亂。陶文「河左」似係指河之南，〈禹貢〉：「黑水西河惟雍州，弱水既西，涇屬渭汭。」所說「西河」，實在是指甘肅、寧夏一帶，所謂「河西走廊」，也是如此。「河西」古時又稱「河右」，黃河這段是由南流向北，若面對上游，則西面正在右手。若照此方式（即面對上游）看山東省到山西省南部潼關以東的黃河，則河左即是「河南」或「南河」。我以為所謂「江左」原先也許指江南，後來才擴充改變作為江東，不過關於江，這一點我還未能詳細證實。

第八字饒文定作「悤」很對，不過我認為不應讀成「總」字，「總龜」一詞固然巧合，但到底在唐、宋時代才用到，未見於漢、晉以前。「悤」應是「聰」的初文。《尚書・皐陶謨》：皐陶對禹說：「天聰明，自我民聰明；天明畏（古威字），自我民明威。」《漢書・郊祀志》上：成帝初，丞相匡衡等奏：「陛下聖德，悤明上通。」顏師古注：「悤與聰同。」同書〈揚雄傳〉引《法言》雄自序：「聖人悤明淵懿，繼天測靈。」王先謙《漢書補注》：「官本悤作聰。」皆可證「悤」與「聰」同。此字從心，從囱，本義為心智明慧，與「神明」、「靈明」義相似，故揚雄自序即以「靈」與「悤明」對文。所以「悤龜」也就是「靈龜」、「神龜」之意。

第九字𢀖是「龜」字的草寫。宗頤說得很對，龍山文化黑陶時代已用龜，靈龜信仰可推前至裴里岡文化；山東境內，和鄒平不遠的兗州王因墓、茌平尚莊，都發現有龜甲的使用。關於夏代的龜，下文再論。

第十字[illegible]饒文作為第一字，云：「可能是一人名或氏姓，未識。」我認為這是「易」字的草寫。甲骨文「易」字作：

[illegible]（《殷虛書契前編》七・四・一）

[illegible]（同上，同片）

[illegible]（劉鶚《鐵雲藏龜》，上海：蟫隱廬，光緒二十九年墨拓石印本，二六二・四）

金文「易」字變形頗多，其與甲骨文相似者如：

[illegible]（容庚《金文編》）

[illegible]（同上）

[illegible]（齊鎛）

從上面諸形看來，陶文與此很相似，尤其是甲骨文最後一例和金文三例，都有相似之處。三撇草寫成了「3」似為古今人共同的習慣，如蘇東坡寫「髮」字，右三撇即作連筆：

[illegible]

不過前人以為「易」字原象蜥蜴（許慎說，但亦引「祕書說曰：日月為易，象陰陽也」）；或象酒壺傾酒於酒器，從「益」字簡省（郭沫若說）。我看不然，實象雲氣侵月，氣象變易，故有此義。新月形本有兩種：地球從不同角度所見日光照到的月亮有蛾眉月或橢圓形之新月。甲骨文三例皆作蛾眉月，亦有作橢圓形者，金文二例和陶文亦作橢圓形。倘我的解說確實，則可見中國古代觀察天象的細密準確；且繚繞的曲線更像雲氣陰影，倒是最初之文，三撇反是後來為刻寫方便而作了。再者，陶文的新月中似有曲線橫過作狀，圖片不清，未能遽斷，若果如此，則更象雲氣侵月之形。金文〈齊鏄〉易字月中本有線條，取義相同。這個解釋是否能成立，都不礙陶文此字應釋為「易」字。

「易」字在古代常讀作「錫」或「賜」，即作為動詞的賞賜之意，甲骨文和金文此種用法極普遍，陶文也用此義。

第十一字饒文讀作甲骨文的（《鐵》八九・二），從人跽地伸手形，並引《說文》，「丮，持也，象手有所丮據也。讀若戟。」卜辭所見此字是人名（如《乙》三四〇五）。他說：「陶文此處，可以人名解之。似亦可讀為夙夕之夙。」而他結果還是解讀成夙，即早晨之意。我認為這字應是人名，不是夙字。此字隸變後已不單獨使用，其實就是「執」、「埶」、「孰」等字右面的偏旁，後世通常歸入「丨」部寫作「丮」。所以上舉三字右面的偏旁，如依俗寫，內部應作一橫：「丸」，不好從點與「丸藥」字相混。甲骨文和金文此字多從雙手，固然偶亦有從一手的，如《京津》三〇四九，但字上有口形，是否為同一字，或尚不無可疑；再方面，陶文的腳部形式與此字還不全同；手形草寫成圈，當然可能，如陶文「左」字即如此；不過像第一字的頭形卻也如此草寫。因此我們也不妨拿甲骨文的「望」字來比照看一看：

（日人林泰輔編《龜甲獸骨文字》，一九一七年墨拓石印，一・二四・一四）

（董作賓編《殷虛文字乙編》，一九四九年，墨拓影印，六七三三）

（郭沫若編《殷契粹編》，一九三七年，墨拓石印，一一〇八）

（商承祚編《殷契佚存》，一九三三年，墨拓影印，八七五）

這些「望」字有些是作人名的。腳下和頭部（目旁）頗似陶文，惟沒有右面的垂直線，所以也不全同。或係變體。不過如讀作「望」字，則可能近於古史，《史記・齊太公世家》說：「太公望呂尚者，東海上人，其先祖嘗為四嶽，佐禹平水土，甚有功，虞、夏之際，封于呂，或封于申。姓姜氏。夏商之時，申呂或封枝庶，子孫或為庶人。尚其後苗裔也。」司馬遷當有所據。後人多相信「望」是呂的名字，「太公望」猶「周公旦」之例也。呂望的祖先和陶文此人似乎曾生活或工作於同時期同地域，甚至或者即是同一人。呂望以此命名，是否仍繼承祖先的傳統呢？我認為陶文此字，可讀作「丮」，也可能是「望」，還難肯定。但必是人名，是上文「易」（錫、賜）字的受格，則頗可斷言。如讀作「丮」，或可釋作帝摯的「摯」字之初文，能否如此，尚待證實。

現在我把陶文全文釋讀如下：

朿（齊、濟或荷）子以夏長河左（南）悤（聰）龜易（錫、賜）望（或丮）。

翻譯成白話就是：「朿（齊、濟或荷）地子爵把夏廷長官從黃河以南得來的靈龜賞賜給望（或丮）。」

這一釋讀，還有歷史作證：〈禹貢〉於荊州項下說：

「九江納錫大龜，浮于江、沱、潛、漢，逾于洛（雒），達於南河。」這是說，夏代確有從長江中游九江區域向中央政府進貢大龜的制度；並且特別指出是從湖北諸水水運，越過雒水，運到「南河」；「南河」即「河南」，古人把黃河自潼關東流所經以南地區，如此稱法。陶文說的「河左（南）聽龜」，正與〈禹貢〉所記相同。「納錫」一詞，《史記．夏本紀》引作「入賜」，義同。前人對此詞頗覺費解，「納」、「入」都是向上進貢，「錫」、「賜」乃對下賞賜，怎麼能說「納錫」或「入賜」？《漢書．地理志》引此文，顏師古注：「錫命而納，不常獻也。」以為是命他們納才納，但他用「錫命」一詞來釋「錫」字，實太勉強。近人曾運乾《尚書正讀》卻說：「錫、賜，古者上下通稱，非錫命也。」也無根據。唯有皮錫瑞解釋道：「錫大龜三字當連讀，蓋古天子有錫諸侯寶龜之禮，納錫大龜，謂納此錫諸侯之大龜。」（王先謙《補注》引）陶文「錫龜」一事，可證實皮說。夏天子通過中央任命之官「五長」錫龜給海濱[illegible]地諸侯最高的「子」爵，「[illegible]子」則轉賜與望。望認為這是一大光榮，故作此陶器，以為紀念。

這種作器作銘法，在後來商、周時代，漸成慣習，金文常見。以王所賞之物轉賜臣下，也見於金文記錄，如周代的〈小子[illegible]鼎銘〉：

> 乙亥，子錫小子[illegible]王商（賞）貝，在[illegible]（地名）師（次）。[illegible]用作父己寶尊。[illegible][illegible]（于省吾編《雙劍誃吉金文選》，一九三二年，卷下，頁四）（縱按：此器亦稱〈小子射鼎〉諸名）。

于省吾在「賞貝」下注云：「子以王賞貝賜小子⿱罒廾也。」文例和陶文極相似，甚至錫物者都是「子」，可說巧合。陶文殘缺，是否原有下文，須見到原件才能研判。依金文慣例，則此陶應為「望」(或⿰禾乚)所作，照例不妨定名為〈望(或⿰禾乚)作𠂔(齊、濟或荷)子錫龜陶銘〉。

我這樣讀釋，可得到下面幾點重要發現：

(一)「子」是夏代王畿以外海疆地方諸侯最高爵位的通稱，禮書所說，似非子虛。《尚書・皋陶謨》所記夏禹說的「外薄四海，咸建五長」，從陶文「夏長」一詞看來，可能是紀實。這兩事都證實夏代海疆邊區的官制。

(二)過去考古家只發現新石器時代已使用龜骨，但陶文證明此時代正如〈禹貢〉所記，從「九江納錫大龜」，運至「河左(南)」，以供賞賜之用，確是事實。既證「納龜」、「錫龜」之制，亦可見〈禹貢〉所記，至少此一部分，確為夏代的制度或政事，不能說是後人臆造。

(三)「悤(聰)龜」一詞，首見於陶文，與「靈龜」、「神龜」等觀念相似，可徵此一觀念發生的久遠。如《易・頤卦》初九爻辭：「舍爾靈龜，觀我朵頤」，《爾雅・釋魚》：「一曰神龜，二曰靈龜」等，已有陶文作更早的淵源。

(四)「𠂔」或「荷」字的出現，由於陶片發現於和濟(泲)水鄰近的鄒平，可供說明齊國命名的緣起，和久不能明的濟(泲)水流域及與荷水的關係。

(五)「夏」字首次出現，此乃一重要朝代之名，只緣為商所滅，其名不彰。夏代文物，理應記錄有此名，並顯示其特徵。

（六）「易」字新月及雲氣之形，倘如我所說，則益可見古人觀察天象的精細，及夏代長於曆法之故。

（七）「以」字從人，「河」字從口，皆最早出現，可證後期金文及「隸變」不為無據。

（八）商、周時代青銅器，作器書銘，多用來紀念曾受賞賜，陶文顯示此風俗習慣夏代早已存在，可見事係承傳，並非突有。中國文化思想重「感激」與「紀念」，於此亦可想見。

（九）曹丕《典論・論文》有言：「銘、誄尚實。」此陶銘全屬記載事實，為銘文文體最早之例，開銘文尚實之先河。古希臘、拉丁則有時偏向虛擬和想像。此點我以前曾有短文論及。

（十）陶文十一個字只是一句，卻說了許多事實：如龜是聰明靈智之龜；得之於黃河之南；原為夏廷所賜；現由子爵轉賜與我；而賜者之名銜，首先點出，以示尊敬；自己之名，書於句末，既紀實以留念，亦所以示謙恭。就文法說，「以某物賜某」，已標明直接賓語與間接賓語的使用方式。就修辭說，則龜的三個修飾語「夏長」、「河左」、「聰」，井然有序，不可移易，移動則不明而混亂，似非文章高手不能辦。陸機〈文賦〉說：「銘博約而溫潤。」此陶銘大致可當之無愧色。

（十一）全句寫成五行，提行亦顯現巧思。首行三字自成一系，與下面四行各二字者有別，以表首提賜者；其次三行各二字排比三個修飾語，把「聰龜」連在一起，三行便各有二字，也就是各為兩個音節；末行雖亦二字，但自己名字寫得偏左，以示與前三行性質不同，既可加強「賜」字的特別重要性，又可突出自己的「簽名」和簽名的位置（近代人簽名也往往如此），且顯得是總結。

（十二）至於書法，我認為此銘也是高手，雖然顯得隨便寫來，卻是疏密有致，結構整嚴；線條靈活生動，伸縮適度。（你如不相信我的讚美，請用鋼筆照寫一通吧，看四千年後的現代人，比他或她寫得更好嗎？）這種書法，我以為不妨通俗就叫它作「古文草書」。王愔已是南北朝時人，他的說法本無據；即史游亦已是漢元帝時人，不必以他的書法來定此古體。至於寫刻的程序，我看是陶坯初乾未乾之際，用銳筆劃上去，然後再燒焙的。

我判斷此陶片不屬於唐堯時代，而是夏代早期，上文已對勘《尚書》，可以作證。再則鄒平和龍山鎮緊鄰，自民國十七年（一九二八）首次在此發現龍山文化以來，它的絕對年代，據膠縣三里河的人骨標本碳十四測驗，最早和最晚的年代是西元前：

二四〇五加或減一七〇年

一八〇五加或減一四五年

這一時期，不妨與劉歆《三統》曆所擬古帝王年代對照：

帝嚳　二四三五至二三六六年在位

帝摯　二三六五至二三五七

唐堯　二三五六至二二五六

虞舜　二二五五至二二〇六

夏禹　二二〇五至二一九八（夏亡於一七六六）

這些記載當然不必可靠，但董作賓所校正的，往往只差二、三十年，如他所定禹年為二一八三至二一七七。可見這幾代可能與龍山文化約略相當，所以我們或可用這幾代的記載或傳說來對照研究此陶文。丁公村陶片的絕對年代，據《光華》雜誌報導，經碳十四測驗為西元「前二千二百年（誤差正負一百年），距今約四千二百多年」（頁三五）。和舜、禹年代相當。當然陶文文字技巧既已如此高度發展，則中國文字的起源，可能已在當時三、四百年以前，真要到黃帝（二六九七至二五九八）和倉頡時代了。這自然還無法肯定，不過我們以後若在這種假設的基礎上來研究，也許還算務實罷。

最後要說：饒公說得對，本文這種嘗試「吃力而不討好」。何況我遠居「四海」之外，手頭資料缺乏，真只望拋磚引玉而已。

——一九九三年十月二十九日匆草於
美國威斯康辛州陌地生市之棄園

補正

頃蒙遠流出版公司發行人王榮文先生惠贈《光華》雜誌，得見較清晰的陶文影片：第十字橢圓中確有繚繞的曲線，應摹寫作，仍宜讀為「易」字。第二字右面斜線穿入尖圓圈內，應摹寫為，仍宜讀作「子」字。第七字的直線上部似有左曲線，應摹寫作，此當係一種書法姿態。字仍應讀為「左」。

龍山陶文考釋答饒宗頤教授

很高興讀到《明報月刊》一九九四年四月份饒宗頤教授對我去年十二月到今年二月在本刊三三六、三三七、三三八期發表的〈四千年前中國的文史紀實〉一文的〈書後〉。

現在為了討論方便起見，且先把我們釋讀的結論引錄下來。為恐排錯，希望能影印原文。饒先生的是（看引文甲）：

（甲）

> 今將全文，暫為釋出如下：
>
> [illegible]丮恖（總）龜河右，豸長扃子勻（徇）。
>
> 意思是說[illegible]晨早聚龜於大河之右，豸的首長及扃子陪著巡視。這樣讀來，文從字順，這正是一句紀事的刻辭，語法與卜辭沒有什麼不同。

我的原文是（看引文乙）：

（乙）

> 現在我把陶文全文釋讀如下：
>
> [illegible]（齊、濟，或荷）子以夏長河左（南）恖（聽）龜易（錫、賜）望（或丮）。
>
> 翻譯成白話就是：「[illegible]（齊、濟，或荷）地子爵把夏廷長官從黃河以南得來的靈龜賞賜給望（或丮）。」

饒教授在〈書後〉的開頭說：他

> 作首次的試讀，只是輕描淡寫，提出一些假定；想不到策縱兄卻花了那麼大的氣力獅子搏兔地去上下求索，企圖把問題作全部解決，他求知的徹底精神，令人起敬！可是在未有堅牢不破的結論以前，大家僅能作一種猜想來看待，而周先生在文章題目上竟標明曰「文史紀實」，似乎大有商量的餘地。

我當然承認，我們的釋讀還「未有堅牢不破的結論」，我在文末說：「真只望拋磚引玉而已。」正是希望有人能提出比我更適當的解釋；我絕對不會自認為全對；我也自然承認所有的提議都還只算是一種假設，如有新的證據或更好的釋讀，當然可以部分修正或全部推翻。凡作這種文史考證工作，此乃理所當然的事，也用不著處處多說了。

饒教授特別指出我「企圖把問題作全部解決」，好像野心太大。其實他和我的「企圖」並無兩樣，正如上文所引我們兩人的結論，都明說將「全文」釋讀；不同的只是結果，他有一字「未識」(即他的第一字)，我則識作「易」字（即我的第十字，這是因為他從左讀到右，我是從右讀到左的結果)。我相信比我們見到陶文較早的學者可能有些人都「企圖」過作全部解決，至少最初釋讀人該是大陸的一些學者如李學勤先生等，其次是日本的松丸道雄教授等人，我雖未能見到他們本人的說明，卻從《光華》雜誌得知一鱗半爪，我當然承認並感謝他們和饒先生的各種貢獻和努力。只是各人所能，或假定所能認識的字數多少，有不同而已。在這一點上，我也許是首先假定我已將全文十一字都已讀釋了，而且認定於史書中有文字關聯之確證的人。宗頤兄從這點來批評我，我當然必須招供不諱，恭敬接受。

饒先生又說我「在文章題目上竟標明曰『文史紀實』，似乎大有商量的餘地」。這話如是懷疑陶文為偽作的人說的，我當然無話可說；可是饒教授既已說過這片陶文「絕非一般初學或偽作者之所能為」，又說過「這正是一句紀事的刻辭，語法與卜辭沒有什麼不同」（見上引他的結論）。他在原文的下文又說：這陶文「可能指龜人某聚龜取龜於河上；亦可能是秋收之際，負責官吏的工作記錄」。又引《堯典》，說：「此陶文即記『平秩西成』之事，不僅與祭祀有關，也是日常生活的寫照。」這不是說那是「文史紀實」了麼？可是他竟自我否定了這點，逼著我把確認陶文為「文史紀實」這一主張，只好算作我自己的「首罪」或「首功」了。

真正說來，我和饒先生的不同，只是釋讀內容的不同。他認為陶文是記載唐堯時有某人在早晨聚龜於河右，叫一些官長來巡視。我則認為是記載虞夏時齊（𠫓）地子爵以夏廷長官從河左（南）得來的靈龜賞賜給某人（某人因作此陶器以為紀念）。虞舜統治的最後十七年或二十年，夏禹已當權。我不認為陶文屬於唐堯時，因為即使照饒教授的讀法，聚龜何必巡視，且與《堯典》無關，《堯典》並未說到龜卜。若讀龜作秋，則《管子．四時》原書中「聚收」和「徇時」並非連文，聚與收是平列的兩個動詞，上下文有「聚彼群材，百物乃收」可證。原文又說：「順旅聚收。」注稱：「謂順時理軍旅，聚而收之也。」原文說：「三政曰：慎旅農，趣聚收。」旅和農是二事，則聚和收亦為二事，「聚收」

非動賓格可明，何能換稱「聚秋」？「徇時」如孫星衍所說，徇同循，乃順之意，《白帖》即引作「順時」，並非巡視。

我把那個像直立人形或猿形的字讀作「夏」(山東大學歷史系早已讀作「夒」)。饒教授則讀作動物「豸」字，釋作地名。可是從來就沒有這個地名。不知何以與邶相近。他在《書後》文中說：

> 我最不同意的是「夏」字一說。因為夏字在金文、帛書及戰國文字右旁從頁十分明顯，和[illegible]形全不接近(見附表)，周君提出「夏長」一名，尤為不詞。至易字、望字，在字形結構上亦說不過去，不擬多談。這些一時還不能解決，它的讀法，是左讀抑右讀，便難決定了。至於「聰龜」一詞，在古書所見只有靈龜，沒有聰龜，亦乏佐證。

這段話具體批評到我的考釋之一部分了，我非常歡迎。現在分別答覆如下：

關於「夏」字說，我很慚愧未能使他相信，他當然可以否定它；可是他所舉的唯一理由：「夏字在金文」等「右旁從頁十分明顯」，和陶文那字形「全不接近」，並且附了一表來對照，這倒使我有點詫異起來。他的附表是(見下頁表)：

他舉了春秋、戰國文字來表示夏字從「頁」，和陶文「形全不接近」。可是大家都知道，《說文》云：「頁，頭也。」夏和夒字都從頁，甲骨文和早期金文那個王國維釋作夒字的字，上部都作頭形，可見夒字所從之頁在甲骨文中形

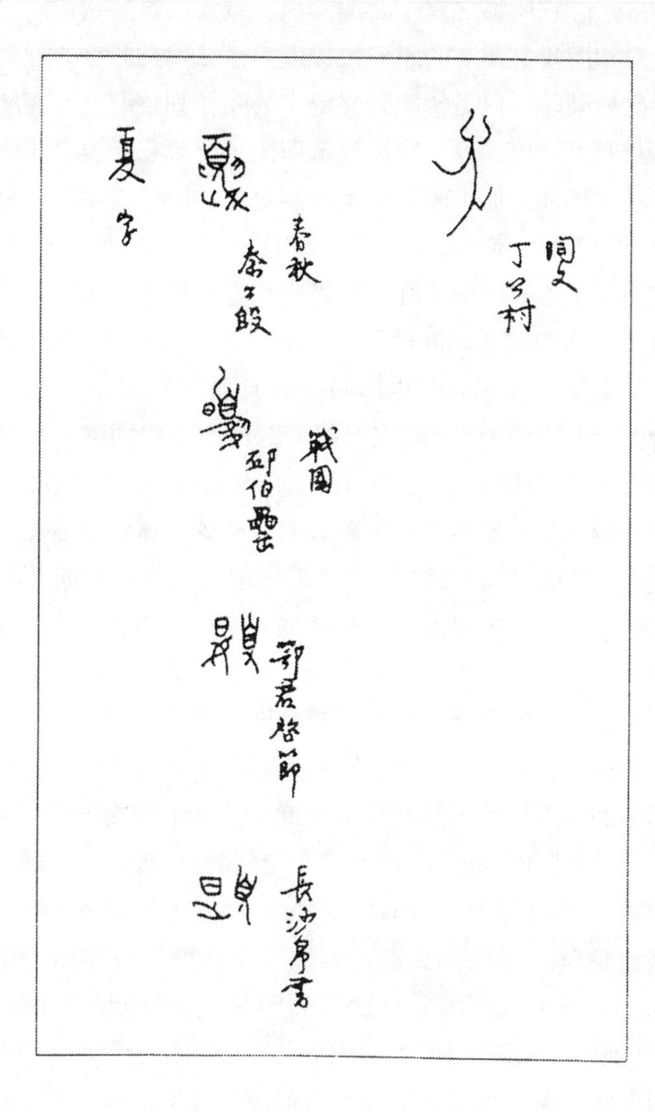
陶文
丁公村
春秋
戰國
邳伯罍
鄂君啓節
長沙帛書
夏字

狀和在春秋、戰國時代的頁並不全同；則夏字所從之頁，亦可類推，即它所從之頁不必與春秋、戰國之頁形狀全同，而可能只和甲骨文夔字的頭形較接近。丁公陶文此字的上部是頭形自無問題，只是較甲骨文夔字的頭較圓整而已。無論如何，我們不能以「夏」字從頁為理由，便說它不會寫成像丁公村陶文那種頭形；因為「夔」字之頁在甲骨文中早已寫成頭形，與春秋、戰國的頁已不全形似了。我在《文史紀實》一文的（中）篇已舉了好些甲骨文和金文例子，指出丁公村陶文那個字的頭部偏向橢圓形，而《秦公毀》和《秦公鐘》及古文夏字的頭部外廓也作橢圓形或圓形（《明報月刊》一月份）。現在饒教授把陶文上部摹寫得像兩根頭髮，左線不曲蓋在上；不提到甲骨文和金文的夔字；又把《秦公毀》夏字的最上部分摹寫成一「筆直的」橫線，當然兩者便不相似了。《秦公毀》夏字上面應如我所摹，是左方與下相連的曲線，此字原拓本上部雖有殘損，但左面與下相連作曲線並無可疑，容庚《金文編》所摹也和我相同。饒教授也許把先秦的金文寫成秦漢以後文字或隸楷了吧？

我把甲骨文、金文夔字和夏字頭部的外廓來和丁公村陶文那字的頭部比照，並非完全虛構，因為甲骨文夔字的頭部內固然多有圓圈或線條以示目形，有些卻只有頭的外廓，如《甲編》三四五二，《前編》六、一八、一等不一而足。金文《史牆盤》亦然。其次，若把《秦公毀》夏字兩旁不連接的手趾符號刪去（此在夔字的甲骨文及早期金文原亦無有），則與丁公陶文便頗為相似，左方伸出之手尤為接近。小川環樹等編《角川新字源》所引籀文固不知其所據，亦不妨參考。現作成表，可與饒表對看（見下頁表）：

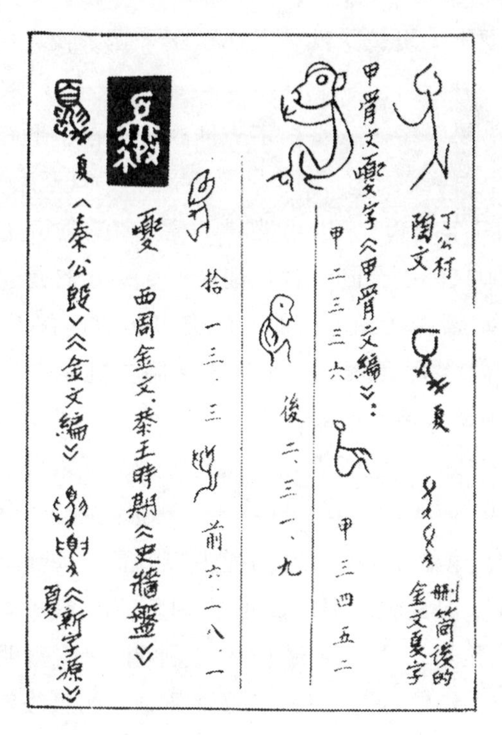

我本來認為上表中《前編》那個夒字和丁公陶文最形似，若釋作夒，和我的整個解釋仍相合，如我在《紀實》文中已指出過，夒原是禹在舜時的同僚，後又為其臣屬。不過從陶文和夏字古文頭部偏向橢圓形或圓形看來，我仍趨向認定那是夏字。我當然承認這都是假設或推測，但和我們釋讀「龜」字方式比較起來，也不算完全憑空。

饒君又說：「『夏長』一名，尤為不詞。」他也許認為那是不能成為詞語或詞彙罷。其實國名加職稱，在古書中頗常見，如「鄭相」、「周史」、「楚將」等，曷勝枚舉。本文首所引饒教授自己的陶文結論中即用「豸長」一詞，說豸是地名，意味「豸的首長」。但夏亦國名地名，「豸長」可用，為什麼用「夏長」就「尤為不詞」呢？我真百思不得其解。

至於「易」字、「望」字，他說：「在字形結構上亦說不過去，不擬多談。」我釋「望」字時，本已說過：「陶文此字，可讀作『𠃨』，也可能是『望』，還難肯定。」因為這兩字和陶文都不全同。我也建議過，這也許是「摯」字的初文。但如讀作「望」，則頗有史事可證。饒教授讀釋作「夙」(晨早)。可是「夙」字從夕，陶文此字並不從夕，所以我認為應是人名。關於「易」字，他說：「可能是一人名或氏姓，未識。」他既不同意我的釋讀，又未提出新釋，只好聽之了。

關於「聰龜」，我早也知道古無此詞，只有「神龜」、「靈龜」等。但我也徵引過揚雄以「聰」、「靈」對文；說明「聰」的本義是「心智明慧」，和「神明」、「靈明」相似，「聰龜」是「神龜」、「靈龜」的淵源詞。如果設定夏代的每一個詞彙商、周時代都還存在又相同，這是可能和合理嗎？即是商代的稱謂，周代及以後便常已不存在，卜辭中的「大邑商」、「婦好」、「受㞢又」等，古書中怎能找到？這當然並不是說，這便證明「聰龜」一詞夏代一定已存在；這只是說，饒教授不能用古書沒有此詞作為唯一的或最強的理由，來否定我的釋讀。

饒教授說他的文章「只是輕描淡寫」，而我「卻花了那麼大的氣力獅子搏兔地去上下求索」。其實據《明月》編者前言所說，他那文章原是為「國際古文字學術會議」提交的論文，當然非常正式嚴肅，我十分敬視；「輕描淡寫」只是謙詞或具見舉重若輕的功力。他的大作發表於去年十月，我於十月中旬才收到，花了十來天去找大陸的材料而一無所得，只好用了一個星期（我還得全時間教書），於十月二十九日匆匆草就該文；我無充分時間，也無獅子之力，陶文更非「兔子」，西人當稱作Monster或「猛獸」。蒙老友「禮貌」，不肯責我，其實應該說「兔子搏獅」才對（我恰好生年屬兔）。這是真心話。

饒先生又說我「花了好大的篇幅，連續數期，想讀者不免有點厭煩」。因此他「不願再作考證文字對讀者給以太多的疲勞轟炸，就此擱筆」。這全是實情，使我慚愧難過極了。我太囉唆。我該深深感謝編者給我那王大娘裹腳布刊登的雅量。我居然還曾經敢要求做一期刊出，真不自量。那時恰逢《明報月刊》正出兩大專號，幸蒙分三期刊出了，占了寶貴篇幅。我一定已給編輯先生「為難」過了。世人多喜歡讀大小殺人犯的故事，而我竟違背時代潮流，以為「文化中國」的同胞、知識分子，怎好不普遍關心祖國發現了可能是最早的文字？（以前所發現早於甲骨文的只是孤立的記號，不成文句，是否為文字或僅是裝飾的花紋，學者還在爭論之中。）現在我真自覺大錯了，連我的老朋友古文字學大家都讀得厭煩，阻塞了他再作考證文字的興致，真是「一粒耗子屎，打壞一鍋湯」。「我實愧則有餘，悔又無益，大無可如何之日也！」

當然，我也不能不替自己辯白幾句：我那拙文花了五分之一（兩頁）的篇幅去討論荷水、濟水的問題，還畫了幅地圖，也不為無故。因為饒教授引了《元和郡縣志》：「兗州魚臺縣下為郜縣。」又指出菏澤在定陶縣，荷水距金鄉縣十里。結論說：

「咼子」即菏澤封地之王子，其地距鄒平不遠。今定此字形為咼，與甲骨文正是一脈相承。

魚臺、菏澤、荷水、定陶、金鄉等地的確和「鄒縣」很近，可是離「鄒平」卻很遠。甲骨文的「咼」字從日從何，不是「荷」字。我為了想要釐清鄒平縣和鄒縣不同，指出荷水和濟水的關係，並說明濟水古寫作泲水，與陶文第一字形似；要辨清一兩件隱晦埋沒而搞混了的問題，愧我無能，就只好流於繁瑣了。這當然還需要大家來嚴格批判。

這好像又是廢話了。但我還是希望古文字學專家和博學多才的宗頤兄發表高見。還有我假設的「河左（南）」，與聯繫〈禹貢〉「九江納錫大龜……達於南河」等問題，都待愈辯而愈明。饒先生說他「絕對沒有成見，亦不堅持自己的假設看法，有幾個字我覺得有改訂的必要」。這態度很好，我亦當服膺。何妨把哪幾個字都明白說出來，使我們有所遵循。我知道《明月》不是純學術刊物，但《光華》雜誌又何嘗是呢，它在一期裏就花了十六大頁來報導解說，當然那是趣味性的。不過饒教授也一定能寫出深入淺出、簡要而又有趣味的文章來。千萬不要因我囉唆的毛病就耽誤罷！

——一九九四年五月二十五夜於美國威州陌地生市。

答周策縱教授

策縱教授吾兄史席：

拜讀五月二十五日大文，深佩鍥而不捨之精神，令人起敬。在我們討論之中，弟覺得最有說服力的是咼及河二字的確認，見於地理上的地名，與出土地點正相吻合。兄力辯荷水與濟水之異，推進一步，此為尊作重要貢獻。雖稍嫌詞費，而搞清問題也需要如此不愧扛鼎之力作。其次為「恩龜」二字，兄用拙說而讀恩為聰，於義可通，不妨兩存。

惟「夏」一字，弟仍以為不可，兄引史牆盤，原文云：「上帝司夔」。夔及甲骨文之夔字與夏完全無關。《說文》夏字下只有「[illegible]，古文夏」。未聞有籀文夏字。兄文中引《角川新字源》之籀文，但尊表中不注明是籀文。該兩夏字應是金文，二者混淆不清。尊意欲從頁字推斷夏字，須知卜辭自有「頁」字，字形完全不同，仍以闕疑為是。尊文云：「夏禹已當權」，既定夏為夏禹之夏，又云「夏亦國名、地名」。但夏墟、夏縣在山西，河南亦有夏遺址，不在山東。以王朝之夏，不宜稱之為令長之長，弟所以說為「不詞」者，以此。至於易字、望字，卜辭習見（俱見附圖），無庸深論。

耑此布覆　順頌

著祺

弟宗頤　七月十二日

見

乙八七八〇　乙八八一五　乙八八四八　珠三二

〇貞人名　坊間二・一九八

錫

甲三三六四卜辭用易為錫

重見易下

夒

甲二三三六　甲三四五二　拾六・九　珠一九

後二・三一・九　庫一〇一〇　乙四七一八

饒宗頤與《明報月刊》編者書

（上略）附帶關於周策縱教授和我討論的文章，其中涉及夏字，我再有一點補充：

古璽夏侯姓作，和楚帛書相同，《汗簡》引〈義雲章〉作，簡直省去頁旁，《說文》古文作，上半是頁之變形。這些字與龍山刻文的都完全不一樣，無法印證。

——原文載香港《明報月刊》三四四期及三四六期，一九九四年八月及十月份

「巫」字初義探源

巫在中國古代史裏占有極重要的地位，對中國古代文明也有不可磨滅的貢獻，我在別處已有所申述。至於「巫」字造作的初義，前人還沒有可信的解釋。我在一九六九年的一次講演中曾提出一個新的假設，後來在《清華學報》一篇文章裏也曾說到過，但很少受到甲骨文和金文專家的注意。這裏且再提出來請大家商榷。

按《說文解字》五篇上「巫」部說：

> 巫：祝也。女能事無形，以舞降神者也（按：玄應《一切經音義》十六引此無「女」及「者」字）。象人兩褎舞形，與工同意。古者巫咸初作巫。𢍉古文巫。

清代好些學者早已懷疑巫字兩旁是衣袖之形。事實上許慎所據者只是篆文，自甲骨文發現以後，他的解釋早已不能令人相信。

甲骨文裏的「巫」字出現多次，絕大多數都作下面這種形狀：

（《殷虛文字甲編》，二一六）

也有一些作下面這種形狀的：

（《殷契萃編》，一〇三六及一二六八）

（《殷虛書契後編》，二・四二・四）

自從唐蘭據秦石刻〈詛楚文〉中的「巫」字與上舉《甲編》的字形相似，定作「巫」字後，已無異議。證之金文〈齊巫姜簋〉中的「巫」字作，唐釋尤為可信。

但甲骨文的「巫」字為什麼如此造作，卻仍然沒有適當的解說。李孝定教授在他的《甲骨文字集釋》（民國五十四年，一九六五）裏說：

> 巫字何以作，亦殊難索解，疑象當時巫者所用道具之形，然亦無由加以證明，亦惟不知蓋闕耳。（冊五，頁一五九八）

這當然是個很審慎的看法。可是已故高鴻縉教授（一八九二至一九六三）在他的《中國字例》裏卻認為，甲骨文裏那個四面對稱的巫字是由兩個「工」字橫直重疊而成。他說：

> 巫字古文橫直从工。工，百工百官也。故巫字橫直皆為工。名詞。《說文》工下謂：「與巫同意」。巫下謂：「與工同意」。其意可驗。（第四篇〈會意〉，頁二八，自序作於民國四十九年六月，一九六〇年）

這個解釋雖然巧妙，可是很不合於《後編》和《萃編》那兩個巫字的形狀。

我仔細查看甲骨文和〈詛楚文〉以及金文與古鉢印文的結果，發現「巫」字造作的初意似乎可作合理的解釋。〈詛楚文〉大約作於秦惠王和楚懷王在世時（約當西元前三二八至三一一年之間）。原件的真實性似無大問題，容庚的〈詛楚文考釋〉（見《古石刻拾零》，民國二十三年十二月北平琉璃廠來薰閣、墨因簃印行）大致可信。其所影印現存拓本，以絳帖本比較完整，全文三百一十八字中，「巫咸」之名出現了五次。汝帖本較殘闕，「巫咸」也出現了兩次。細察絳帖本「巫」字首次出現時，旁邊的兩直畫與中間一橫畫遠離而不相連，中間的豎畫卻仍與上下橫相連成「王」形（如圖甲）。另一個的中間豎畫也頗與上下橫相連，而左右兩直則仍然遠離（如圖乙）。其餘三個「巫」字，周圍四畫雖皆與十字不相連，但顯然地十字的豎劃仍與上下橫較接近（如圖丙）。

實際上，這中間的豎畫大約原是和上下橫相連的，只因末端刻得不深，拓印時為墨汁所浸，所以顯得脫離了，其實和左右那遠離的兩畫並不相似。試看同篇所出的兩個「玉」字，豎畫和上下橫也正有類似的情況（圖丁與戊）：

圖丁的「玉」字和圖甲的中間部分很相

（圖甲）

（圖乙）

（圖丙）

（圖丁）

（圖戊）

似，圖戊的「玉」字也和圖甲的「巫」字相似，只是左右兩撇的位置略有移動。因此我認為古「巫」字最初應是由「玉」字演變而成。

為了要證明這個假設，不妨先來看一看甲骨文的「玉」字。甲骨文「玉」字不外下面幾種形狀：

（《後編》一・二六・一五）
（《前編》六・六五・二）
（《乙編》二三二七）
（《乙編》七七九九）
（《京津》一〇三二）

大家早已知道，這些形狀正好可以證實《說文解字》給「玉」字的解釋。《說文》一上「玉」部云：

> 王：石之美有五德：潤澤以溫，仁之方也；䚡理自外，可以知中，義之方也；其聲舒揚，尃以遠聞，智之方也；不撓而折，勇之方也；銳廉而不忮，絜之方也。象三玉之連，丨其貫也。古文玉。

上列《後編》的「玉」字正象三塊玉連貫成一串，《乙編》的例子則有四塊或五塊。中間一豎，更象其綬或緒。更值得注意的是，《戰後京津新獲甲骨集》那個字形，綬的上下端已不冒出頭，趨向於演變成金文、石刻和小篆的「玉」字形狀（王）了。事實上，甲骨文中从玉作偏旁的字早已寫作王；而《說文》所謂「二〔系〕玉相合為珏」的「珏」字，在甲骨文裏或作（《後編》二・二七・一二），或作玨（《京都大學》，二八九四）。可見貫系不出頭實是後來的省變。

至於〈詛楚文〉中圖戊「王」字和《說文》古文「玉」字兩旁的長點，究竟代表什麼意義？前人猜測不一。徐鍇《說文繫傳》說：「ㄇ亦系也」。清王玉樹《說文拈字》則認為：「帝王之王，一貫三為義。三者天地人也。中畫近上，法天也。珠玉之王，三畫正均，象連貫形。今俗不知近上之義，加點於旁以別之。正韻分玉、玊為二，尤非。」今人饒炯兼取二說，以為由於小篆玉字與王字無別，故「重古文乃加二畫別之。蓋王象佩玉，而玉又益以系飾也」（見所著《說文解字部首訂》）。但清人蕭道管在《說文重文管見》裏卻另有一說：「案旁兩筆象玉在璞中，似金字旁兩注象金在土中。」而商承祚先生在他的《說文中的古文考》裏又有新的解釋。他說玉字「〈毛公鼎〉作王，〈乙亥毀〉作丰。从丨者，象絲組貫玉後露其兩端，从丫者，則結其緒也。玉乃王或王之寫誤。古文字上下向背可任意為之，則丰丰自可作王王矣。《汗簡》引《說文》作玉。」

以上這種種不同的解釋，說明一件事實，就是對文字造作最初的用意，很難得到確切的解釋，幾乎所有的說法都是「不可必」。然而這種解釋對古代思想和社會生活習慣史的了解卻相當有用而重要。西洋文字以拼音為主，我們的古代文字則以象形、會意、指事為主，他們對文字造作初義的研究不會像我們這樣重視，正由於不會像我們的資料這樣有收穫和有用，所以我們這種看來很不可必的探索研究，實際上雖難為別人了解，卻的確有其無愧的重要性。只是要如何細心求得可信的解釋，那就事在人為了。

基於這種原因，我乃勉為其難，提出另外一種解釋，認為「玉」字旁的兩長點和後來省成一點，實是表示玉相擊撞的聲音。原來古人串玉，可能如貫貝為朋，成為單位詞；而玉的重要用處則是作為佩玉，古人常常掛在身上，男女都佩帶。無論串玉或佩玉，都可叮噹發聲。《史記．孔子世家》載孔子見衛靈公夫人南子，說：「夫人在絺帷中，孔子入門，北面稽首，夫人自帷中再拜，環佩玉聲璆然。」這種對佩玉聲音的生動描繪，很可想見古人對玉聲的重視。上文所引《說文》說玉的五德之一便是：「其聲舒揚，專以遠聞，智之方也。」玉可用來製作樂器，如玉磬、玉琯等，乃眾所周知。其實古人冠服多飾玉，並有玉衣，注重行動發出的玉聲。如《禮記．玉藻》說：「既服，習容觀玉聲。」又說：「古之君子必佩玉，右徵角，左宮羽。趨以采齊，行以肆夏，周還中規，折還中矩，進則揖之，退則揚之，然後玉鏘鳴也。故君子在車，則聞鸞和之聲，行則鳴佩玉。是以非辟之心無自入也。」這樣把玉聲說成可以正心，看來有點神乎其神，恐怕也不無道理。總之，古人喜聽玉聲，因此有許多專字來形容這種聲音，如玲、瑲（鏘鏘）、玎、琤、瑣、瑝等字，《說文》都訓作「玉聲」。我看這是別的文化、文字裏很少有的現象。在這般重視玉聲的傳統裏，我認為很有理由把「玉」字兩旁的長點和後來省成一點當作是表示玉之聲。這正類似於「言」、「音」上加長點表示律管可發樂聲；「兮」上用兩長點，「乎」上用三長點表示呼嘆聲；「彭」字用三數長點來象徵鼓聲。我在別處曾指出過中國古代文字裏長點往往象徵液體、紋彩或聲音的振動。近代漫畫家也時常採用這種象徵手法。

前文我根據〈詛楚文〉中的「巫」字（圖甲）和「玉」

字□（圖戊）有相似之處，因此建議古代「巫」字是從「玉」字演變而來，但是甲骨文和金文〈齊巫姜簋〉的「巫」字為什麼都作□，兩旁的長點都和中間的橫畫相連了呢？其實這不過是寫刻時求整齊上下左右都對稱的結果。「玉」字旁的兩長點也曾有和橫畫連接的。例如漢璽印文作□（看高田忠周《朝陽字鑑》）；宋版《說文》古文「玉」字作□；《說文繫傳》作□；漢〈班玉之印〉作□；而《金石索》中的漢鏡文「玉」字更有作□和□的（並看《朝陽字鑑》所引）。這就和甲骨文的「□」形很相近了。當然，既然玉、巫已是兩個不同的字，只有承轉的關係，自然也不會全同。

再就兩字的古音來說，據高本漢（Bernhard Karlgren）重建「玉」字的上古音是ngi̯uk，中古音是ngi̯wok；「巫」字的上古音是mi̯wo，中古音是mi̯u（見*Grammata Serica Recensa*, 1957, pp. 312, 48）。兩字的子音都是鼻音，母音都是合口後元音，玉在侯部入聲，巫在平聲魚部，侯、魚旁轉，關係很近。而且「玉」字的母音既可由上古的u演變成中古的wo，則在上古時便演變成wo自有可能。至於入聲與平聲聲調轉變，目的自然是在用來表達另一字義，那原是不足為異的。

以上只是文字上的根據，重要的還有史實和典籍記載來作證。那就是巫和玉的密切關係。

古代的巫以玉事神，見於好些記載。馬敘倫在《說文解字六書疏證》巫字下說：「周禮大宗伯，以蒼璧禮天，周禮男女巫屬大宗伯。大宗伯即《書．舜典》之秩宗，秩宗掌辨神祇尊卑之序，巫之以玉事神，此其證也。」我嘗以為《周禮．春官》說的「男巫……冬堂贈，無方無筭」。「無」應讀作古「舞」字。正如《儀禮・既夕禮》中說的「踊無筭」也應作「舞」解，其下文有「執筭」與「釋筭」可證。「無筭」即持筭而舞。筭从弄，是象兩手持玉。《周禮・大宗伯》：「以玉作六器，以禮天地四方。」與「無（舞）方無（舞）筭」義當相近。這當然也可證古巫以玉事神。

這裏還不妨指出，金文〈史懋壺〉云：「親命史懋路[illegible]。」又三體石經古文有[illegible]字。容庚《金文編》以為近於《說文》籀文「巫」字，皆釋作「筮」。我頗認為[illegible]、[illegible]和筭應該相同或類似，由此並可看到玉、[illegible]、巫這三者的演變關係。這樣說來，[illegible]亦可能象布筮之狀。不過甲骨文此字又作[illegible]，象三玉有系，則此具原應用玉作，从竹當是後起之制。

巫降神固然用玉，就是祭告巫的祖師神時也要用玉。例如〈詛楚文〉一開頭就說：「大秦嗣王敢用吉玉宣璧，使其宗祝邵鼛布愍，告於丕顯大神巫咸」云云。

玉應該是巫事神的主要道具，甚至可能用它發聲作樂，以昭告神祇。因此才把玉字略加變動整齊化，用為巫的通名。我們知道巫的一個重要工作是呼風喚雨，《周禮・春官・司巫》說：「若國大旱，則帥巫而舞雩。」鄭玄注引「鄭司農云：魯僖公欲焚巫尪，以其舞雩不得雨。」事見《左傳》僖公二十一年（前六三九）。〈春官・女巫〉項下也說：「旱暵，則舞雩。」類似的記載見《禮記・檀弓》。《殷虛文字外編》四一〇片更有「大雨，巫不出」的紀錄。巫祈雨這事也可能從靈字的製作看出來，並可從此看到「巫」字和「玉」字的關係。「靈」字固然有神靈、靈驗諸義，但早期可能與巫同義，而且下面也从玉作。《說文》所列小篆即是如此。原文說：

> 靈：巫也。以玉事神。从玉，霝聲。靈，靈或从巫。

靈、靈既是同一字，上面部分全相同，則下面的「玉」、「巫」兩字當然也就相類了。這實在可證「巫」從「玉」變成之說。

——原載臺北《大陸雜誌》六十九卷六期，

一九八四年十二月十五日

一對最古的藥酒壺之發現

——河北省滿城漢墓出土錯金銀鳥蟲書銅壺銘文考釋

三四個星期前正值年關的時候，我在美國南部道拉斯市附近參觀了正在府地渥滋市肯伯爾博物館（Kimbell Art Museum, Fort Worth, Texas）展覽的中國古代青銅器和秦始皇墓的陶俑，見到有一九六八年在河北滿城西漢中山靖王劉勝（封於西元前一五四年，卒於前一一三或前一一二年，據說是三國時劉備的祖先）墓出土的銅壺甲，上面有纖細金銀絲鑲嵌的鳥蟲書銘文四十四個字，輝煌夭矯，精美異常，可稱世界古文物美術品中罕見的珍品，引起了許多人觀賞讚歎。我當時在成千的觀眾擁擠中匆匆看過，並讀了壁上和說明書上的中英文釋文，發現一些疑義。回來後讀到蕭蘊（後來發現實即張政烺，取「小文」之意）先生在一九七二年九月《考古》第五期裏的釋文，以及張政烺、范祥雍兩先生分別在《中華文史論叢》一九七九年第三輯和一九八〇年第三輯裏的補正與商榷，覺得我當時的一些看法，也許仍值得補充一下，提出來請海內外通人指正。

蕭、張、范三位先生的釋解，使銘文已大致可讀。可是，還有不少的疑問，尚待解決。現在請從蓋銘說起，原釋文是：「有言三：甫金鯠，為荃蓋，錯書之。」蕭先生對第二句的解釋是：「甫讀為敷，即布置或鋪陳之意。」「鯠是魚名，見《廣韻》。敷金鯠指字裏行間擺上的許多嵌金絲小魚而言。」張政烺先生更補充說，疑鯠即金色之鯉。並與「之」為韻。但范祥雍先生卻認為壺上並無魚紋，且本無「魚書」一名詞。因此他建議「甫」讀為「酺」，「鯠」讀為「賚」，這句是指皇帝曾以酺金賚賜。此說自比較符合於以錫金作器的金文慣例，可惜別無文字上通假的例證。若間接說來，《玉篇》既然說：勞賚為勑字。則改而从魚，或亦不無可能。《漢書・文帝紀》詔曰：「酺五日」。注引顏師古（五八一至六四五）曰：「字或作脯」。目前在記載上還未見有用「甫」為「酺」之例。不過金文〈長田盉〉中既有把「豊」讀作「醴」之例，則讀「甫」為「酺」，似乎也不妨類推了。所以范先生的建議仍然還有可能。只是在尚未找到例證之前，只宜暫時放棄。

在另一方面，我認為「甫」即「鏄」字，正是錯金為魚鳥紋的鋪嵌工程。下文我將詳細舉證說明。這裏且先來討論「鯠」字。細審銘文（看圖一），此字右面上部為二橫，本可釋「鮇」。《玉篇》讀莫結切，說是「海中魚，似鮑」。《廣韻》讀莫撥切，但說是「魚名」。不過銘文此字似更應釋「鮇」。《山海經・東山經》說：諸鉤之山「多寐（《集韻》引作『寐』）魚」。郭璞（二七六至三二四）注：「即鮇魚。音味。」《本草》和《正字通》等都說，即是「嘉魚」。後者並說這種魚「長身細鱗」，「味頗美」。「寐」或「味」通常與「之」不叶韻，但漢代偶有通押的。銘文此字不太像「鯠」，不過如要釋成此字，也勉強可以（鉢印文中「來」字上面有近似作

圖一

二橫的），而且音義都很恰當。按《爾雅》釋魚：「鮤，鱴。」從上下文義看來，似乎是說鮤即是鱴或相類。《廣韻》在「鱴」下注為「魚名」，但在齊部則在「鮤」下注曰：「鮤鱴」。朱駿聲（一七八八至一八五八）以為「鮤鱴」即「鰻」，「今俗曰鰻鱺」。李時珍說：「鰻鱺其狀如蛇」。諸書記載多說似蛇而頭小口闊，大致與鱓、鱧相類，也就是現在的所謂黃鱔。李更說：「背有黃脈者，名金絲鰻鱺。」細審滿城此壺錯書，絕大部分正與這種鰻鱺相似。這種魚可為補藥或治病的藥，尤有補血之用。又上文說的「穼魚」或「鮇」，是否即「鰻」？穼、鰻一聲之轉，倘為一物，則銘文不論釋鱴或釋鮇，就沒有太大的關係了。

其次，「有言三」，大家都認為「言三」即「三言」，乃指蓋銘四句三言詩。可是「有三言詩一首」可以省稱為「有言三」嗎？「言」字在古文裏或指一字，或指一句，「有言三」這種句法正如說「有人三」，絕不能解釋成「有三人為一組的隊伍」。如要說有一首三言詩，為什麼不寫成「詩三言」呢？照文法慣例，「有言三」應讀作「有話三句」，即下文所謂「甫金鱴，為荃蓋，錯書之」。若一定要把第二句讀作「酺金賫」，那「言三」也許就是說詔令中有這三個字。漢代人本來就往往把詔令中的話認作「言」，如《詩·小雅·彤弓》鄭玄（一二七至二〇〇）箋：「言者，謂王策命也。」《國語·周語上》韋昭注也說：「言，號令也。」總之，在尚無例證「有言三」可讀成「有三言詩」之前，恐怕還是解釋成「有句三」或「有字三」為妥。「有言」一詞在《詩經》裡常見，如「人亦有言」等。漢古詩開頭有「四坐且莫諠，願聽歌一言：請說銅鑪器，崔嵬象南山」云云，也是詠一銅器的詩。「一言」意固有別，但作為引起之詞則略相似。

這頭一句的解釋問題也許還不關緊要，但下一句「為荃蓋」卻十分重要了。甲乙兩壺的蓋銘和頸銘都有「葢」（隸變多作「蓋」，省作「盖」）字。蕭、張、范三位都把這字讀作壺蓋的蓋。照一般情況說，這本來是對的。但細讀全文，卻不無疑問。假使把前一句讀成「酺金賚」，難道劉勝會用皇帝賞賜的酺金只做一個壺蓋不成？即使把這前一句讀作「敷金�」，試問嵌金鯠與「錯書」不是壺蓋與壺身都是如此嗎？為什麼只說蓋而把敷錯金銀書更多的壺身一字不提？而且壺頸銘文的頭一句「蓋圜四叕（綴）」，若讀「蓋」為壺蓋之蓋，全句便應該讀成：「壺蓋是圓的，又有四條紋帶。」不應使句中突換主詞，改說「壺身有四條紋帶」。而事實上那四條紋帶卻全飾在壺身上。總之，銘文沒有理由一再只描寫壺蓋，而把壺身除外。這和一般金文說鼎身多重，鼎蓋多重，或容多少之例是不相同的。因此，我認為本器銘文中這些「葢」字都應讀作「榼」。字从木或从草，可以互換，這種例子頗不少，如「杼」可寫作「芧」，「楸」可寫作「萩」，「核」可寫作「荄」，「椹」可寫作「葚」，「榛」可寫作「蓁」等，已是常見之事。《說文》：「榼，酒器也。从木，盍聲。」朱駿聲說得頗對：「此〔榼〕字疑即盍之或體。盍為何不之詞所專，因加木旁耳。」他又解釋「盇」字說：「从皿从大，大者象覆蓋形，非會大意。从一，一者皿中物也，指事。今隸作盍……經傳多以蓋為之。俗作盒。」王筠（一七八四至一八五四）也說：「盇為蓋之古文」。金文中蓋書作盇，經籍中二字亦往往通用，如

《禮記・檀弓上》蓋字即讀作盍。《爾雅・釋詁》：「盍，合也。」《易・豫卦》：「朋盍簪」。注亦同。《廣韻》說：「合，亦器名。」同書入聲合、盍二部通用；蓋之一讀又與盍音全同；而榼讀苦盍切，在盍部。這樣看來，盍應該是蓋和榼的初文，頗無疑義。本義即是有蓋的盒子。惟典籍中早已用蓋指覆蓋，以致很難找到讀蓋為榼之例。不過在《墨子・備穴》有這麼一段：

> 蓋持醯，客即熏，以救目。救目分方鑿穴；以益〔盆〕盛醯置穴中，大盆毋少四斗，即熏，以目臨醯上。

這一段是講用一種易揮發的酒類（醯。按《春秋繁露・郊語》：「人之言，醯去煙」），以禦煙保目。第五句中的「益」字應是「盆」字之誤，前人早已指出過了。但首一「蓋」字，過去注家或建議改作「益」或改作「盆」，都無根據（見孫詒讓《墨子閒詁》和岑仲勉《墨子城守各篇簡注》）。但如認這「蓋」即「榼」或「盍」，即有蓋的酒盒（榼本酒器），那就不須麻煩改字了。「持」乃保持之意。易揮發的酒類不能在盆裡保存，故須存放在有蓋的榼裡，臨時才倒到盆裡，置於穴中。原文「客即熏」義為「敵人若用煙熏」。「分方鑿穴」指分向各方開穴通風洩煙。這段如讀「蓋」為「榼」，則前後兩截就並不如前人說的意義重複，因為前面講的是準備儲酒以防萬一，第二個「救目」一句起才講具體禦煙辦法。我以為這應該是「蓋」可讀作「榼」的適當例子。

榼的形制，可能與壺極相似，有時可能用來指同一器具。在較早和稍晚的記載裏，兩者往往相提並論。例如劉勝的堂叔父劉安（前一七九至前一二二）所編著的《淮南子·氾論訓》就說：「霤水足以溢壺榼」。漢〈艷歌〉：「白虎持榼壺」。魏、晉以降如劉伶〈酒德頌〉：「動則挈榼提壺」。庾闡〈斷酒戒〉：「使巷無行榼，家無停壺。」亦其證。『集韻』甚至有「𧯷」字，說：「榼，𧯷，古从壺。」這樣看來，榼似被看作一種壺。但榼也許是一種更廣義而普遍的通名。當然，壺和榼都可以提挈，可是古時說到榼時，似乎更常說那是用來提著走的，而壺倒不一定。如上文舉的例子：「挈榼」(《說文》：「挈，縣持也。」)、「行榼」、「停壺」，皆是其證。又如《左傳》成公十六年（前五七五）：「使行人執榼承飲，造于子重。」較後的記載如唐李肇《國史補》說，李泌有人送酒給他，取來取去，用的也是「榼子」。我的猜想，榼恐怕多是有環耳可懸提的器具。還有，《說文》酉部出「莤」字，云：「一曰榼上塞也」。這字不收入草部，上面所从也許並非草頭，原是象榼蓋上高耳之形，如本器蓋上那三個突出物之類。榼應該有圓形的，也有非圓形的，《說文》：「椑，圜榼也。」(《廣雅》以為乃「隋形」）本器頸部銘文：「蓋圜四㪅」。「蓋圜」當即指「圜榼」，這也可與「蓋」應讀作「榼」的說法相符。

也許有人要問，銘文既然說這是壺，為什麼又說它是榼？其實用幾個不同的通名來稱一件器具，乃古今常有的事，本器頸銘的下一句更用「尊」字便是一證。這句蕭蘊先生釋作「羲尊成壺」，說「羲字點畫不完備，由尊字聯想可能是羲字。」張政烺先生則認為羲字偏旁不合，改釋作「儀」字，並解釋全句為：「是誇讚說這是標準的尊，是完備的壺。」我細審原文，認為第一個字的左面偏旁並非人字，銘文的下文有「佳」字，單人旁的兩豎畫至為明顯。而我們知道篆書牛旁和手旁最形似，本銘下文「揜」字的左面，正與這字的左部相似。因此我以為這字確是「犧」字（看圖二）。點畫並無不完備之處。蕭先生缺失牛旁，想係一時筆誤或誤排，但展覽中也已釋成了「儀」字。此字本來和犧、羲二字都通用，不過把這句釋成「標準的尊」，又把「成壺」解釋作「完備的壺」，似乎就有點勉強了，而且全文讀起來也很生澀。

佳　犧　揜

圖二

按「犧尊」乃一種有特殊裝飾的尊，在古書中常見。《詩・魯頌・閟宮》：「犧尊將將。」毛傳：「犧尊，有沙飾也。」《左傳》定公十年（前五〇〇）記孔丘語：「犧，象不出門。」杜預（二二二至二八四）注：「犧、象：酒器犧尊、象尊也。」《國語・周語中》：「奉其犧、象。」韋昭（？至二七三）注：「犧樽飾以犧牛，象樽以象骨為飾也。」他如《禮記・禮器》：「君西酌犧、象。」〈明堂位〉：「尊用犧、象。」又曰：「犧、象，周尊也。」皆犧、象連稱。而《周禮・春官・司尊彝》：「掌六尊、六彝」，六尊中有獻尊、象尊、壺尊。鄭玄注引：「鄭司農云：獻讀為犧。犧尊飾以翡翠，象尊以象鳳皇，或曰以象骨飾尊。」《說文》尊字下引《周禮》六尊此文正作「犧尊」。關於犧尊到底是什麼形狀，前人解釋至為紛紜，孫詒讓（一八四八至一九〇八）在他的《周禮正義・司尊彝》項下討論得十分詳細。約而言之，大概可分成兩派，一派認為犧尊、象尊乃刻畫牛、象之形，甚至尊形如牛、象；另一派則認為犧尊只是刻畫有沙飾或莎羽翡翠之飾，象尊只是以象牙為飾，不必作牛與象之形。正如王念孫所論，前一派不可信。至於所謂「沙飾」到底作何解釋，則似頗無定論。孔穎達（五七四至六四八）在《禮記・明堂位》疏裏說：

> 鄭志云：張逸問曰：「明堂」注：「犧尊以沙（一本作莎，下同）羽為畫飾。」前問曰：犧讀如沙，沙，鳳皇也。不解鳳皇何以為沙？答曰：刻畫鳳皇之象于尊，其形婆娑然。或有作獻字者，齊人之聲誤耳。

按陸德明（五五六至六二七）在《周禮・司尊彝》作音義說：「獻」與「犧」都讀作「素何反」。而同書下文「凡六尊六彝之酌，鬱齊獻酌」下鄭玄注道：「獻讀為摩莎之莎，齊語聲之誤也。煮鬱和秬鬯，以醆酒摩莎泲之，出其香汁也。」這裏固然說的是製酒汁之法，但可證「獻」、「犧」之讀為「沙」或「莎」，除取其音之外，可能還指一種動作，不必是鳥羽。考《莊子・天地篇》：「百年之木，破為犧尊，青黃而文之。」對這種工藝，已略加說及。而《淮南子・俶真訓》說得尤較詳：

> 百圍之木，斬而為犧尊，鏤之以剞劂，雜之以青黃，華藻鎛鮮，龍蛇虎豹，曲成文章。

高誘在「犧尊」下注道：「犧，猶疏鏤之尊。」又在這段末說：「剞，巧工鉤刀也。劂者，規度刺畫墨邊箋也。所以刻鏤之具也」王念孫（一七四四至一八三二）《廣雅疏證》說得對：

> 犧，古讀若娑，娑與疏相近。〈明堂位〉：「周獻豆。」鄭注亦云：「獻，疏刻之。」然則犧尊者，刻而畫之為眾物之形，在六尊之中最為華美。故古人言文飾之盛者，獨舉犧尊也。

《淮南子》那段話和王氏的解釋，正可作滿城銅壺最好的說明。《莊子》和《淮南子》說的雖是木器，當亦可類推於銅器。上文已指出過淮南王劉安是劉勝的堂叔父，比劉勝只早死十來年。他所說的犧尊，「華藻鏄鮮，龍蛇虎豹，曲成文章。」正是這壺最適當的描述。這裏「華藻」和「鏄鮮」應是對文，「華」是花紋，「藻」指花草；「鏄」，《說文》以為：「鏄鱗也。鐘上橫木上金華也。」段玉裁（一七三五至一八一五）解釋做懸鐘的「橫木刻為龍，而以黃金涂之，光華爛然，是謂鏄鱗。鏄之言薄也，迫也，以金傅箸之也」。這裏所謂「以金傅箸」，當然也可包括嵌錯鏤金。這裡的「鮮」當如《老子》「如烹小鮮」之鮮，指魚屬。本器蓋銘中的「甫金鯠」應該就是一種「鏄鮮」。

至於頸銘中的「犧尊成壺」，「犧」字自如上面所引，讀作「沙」，即動詞「摩莎」之「莎」。意即把尊（酒器）疏鏤成有華采的壺。按沙、莎取疏鏤、疏刻之意，應如朱駿聲所說，後來常寫作「挲」字，也就是「摩挲」的「挲」。我以為古人無沙布，當以沙為磨光的工具，現代也還有此磨法（後來有了粗麻布，也可磨光，故摩、磨从麻，更後乃有砂布）。鏤嵌雕刻都須有磨光的加工，因此「沙」引伸而有疏鏤之義。中國在佛像未傳入流行之前，似不見「塑」字，但塑像之工在中國早已存在。我頗懷疑，也許「犧」、「沙（莎）」、「疏」即「塑」（「塐」）的先行字，音近義合。惟古時多用來指刻鏤並磨光的工作。而這裏「犧（抄）尊成壺」的「犧」用之於錯鏤金銀絲之工，更給這字一個具體的義證。高誘讀「犧」為「疏鏤」，按《周禮・典瑞》：「疏璧琮以斂尸」。鄭玄注（引鄭司農云）：「疏讀為沙。」〈巾車〉：「疏飾。」鄭注：「故書疏為揟。杜子春讀揟為沙。」而〈明堂位〉：「疏屏。」鄭玄注：「刻之為雲氣蟲獸。」這正是滿城銅壺上所刻鏤的形象。古代魚往往認為蟲屬。

上面討論「蓋」應讀「榼」和壺榼錯鏤的形制。這樣讀更可解決「為荃蓋」一句的難題。過去讀成壺蓋，「荃」便只能通假成形容詞。或說金同今聲，「荃」應讀「盦」，義為「覆蓋」，但下一蓋字便重複了。或說「荃」應讀作「錦」，義為「織文」，可是壺蓋並無絲織文。另一說則認為「荃」與「芩」通，皆為「今」的假借字。「為荃蓋」即是「作此蓋」。但「今蓋」頗為不詞，讀起來似乎仍不太通順。

按《說文》：「荃，黃荃也。」底下一字便是「芩」字，並說「芩，草也」。還說，這就是《詩》「呦呦鹿鳴，食野之芩」的芩字。許慎（約三〇至一二四）大約認「荃」與「芩」有別。但《太平御覽》九九二藥部卻引《說文》作：「荃，黃芩也。」後人有的認為這兩字本不相同，今作藥用的黃芩本應寫作荃。有的則認為芩是荃的俗字。《集韻》說荃「通作芩」。《正字通》說：「芩、荃實一字。」不論如何，大家都認定荃即做藥用的黃芩，則無問題。徐鍇（九二〇至九七四）《說文繫傳》解釋「荃」字道：「按《本草》，葉細長，兩葉相對，作叢生，藥草也。」現《本草》經所列「中品上」草藥中有「黃芩」，這自然便是《說文》所說的「荃」了。李時珍（一五一八至一五九三）說：黃芩的服法「得酒，上行」。歷代所傳醫方「黃芩根」，即說明要「為末，霹靂酒調服」。《說文》酉部：「醫之性然，得酒而使。……酒所以治病也，《周禮》有醫酒。」關於「醫酒」，我在近期《清華學報》論古代的巫醫一文中曾有所論列，這裏不必細說。總之，銘文「為荃蓋（榼）的意思應該直截了當解釋成：製造個盛黃荃藥酒用的盒子。

把荃字直認作藥草黃芩，更可使銘文下文提到祛病等項，霍然貫通。蕭蘊先生把那句釋作「延壽谷病」，說即是「卻病」，張政烺先生接受這說法，並說也就是近代醫師常說的「祛病」。這個意義固是不錯，但我那天看到原器，並審視摹寫下來的銘文，發覺「谷」字實是誤釋。原字在甲、乙兩壺上的上部並非分離的四畫（看圖三），下面也不是口字。這字應該釋成「去」字。篆文為杏。周代已有「去疾」、「棄疾」諸詞，並且常用作人名。與劉勝同時並有親戚關係的名將霍去病（前一四五至前一一七）即以此為名，可見「去病」一詞在當時並非稀奇了。「去病」自即去除或治癒疾病之意。

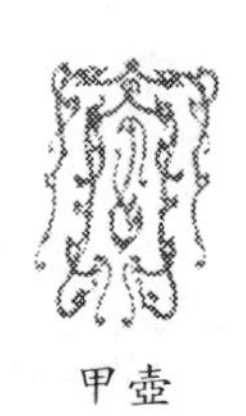

甲壺

乙壺

圖三　去

肩銘中的「盛兄盛味」，蕭先生說「兄讀作況」，這是很對的，可惜未加說明。按段玉裁引《毛詩》傳箋「兄，茲也」及「兄，滋也」，得出結論說：「茲與滋義同，茲者草木多益也，滋者益也。凡此等《毛詩》本皆作兄，俗人乃改作从水之況，又譌作況。」其實段也知道，《尚書・無逸》：「無皇」，今文本作「毋兄」，王肅本「皇」作「況」，注曰：「況，滋。」韋昭注《國語》：「況，益也。」兄、茲加水旁，由來已久。兄即況，也就是滋味的滋。《莊子》與《呂氏春秋》等都有「聲色滋味」的詞句，況與味固然都可同指滋味，但所謂草木多滋益，《禮記・檀弓上》：「必有草木之滋焉」，滋乃指草木如薑桂藥物的液汁（用王夫之說），然則況字、滋字加水旁也不為無故了。這兒銘文所謂「盛況」，也許正是指盛草藥之汁液。《說文》：「況，寒水也。」前人多說「未得其證」。其實恐怕就是指冷汁。古代所謂「味」，初義多指飲食品，尤其是調食品，更可指藥物，如《周禮・疾醫》：「以五味、五穀、五藥養其病。」鄭玄注：「五味：醯、酒、飴、蜜、薑、鹽之屬。」這裏銘文所謂「盛況盛味」，其實是指裝盛藥酒之類，同時當然也是享樂的飲料。所以下句即說：「於心佳都」。漢鼓吹曲〈遠期〉有「虞心大佳……增壽萬年亦誠哉」之句。

銘文下面一句「揜於口味」，張政烺先生說，「揜」應讀作「饜」，飽也。這是很對的。我以為「弇」、「揜」也許即是「饜」的本字。《爾雅・釋言》及《說文》都說：「弇，蓋也。」字雖作掩蓋義，但正與蓋相似，原亦與器物相關。《周禮・春官・典同》：「弇聲鬱。」鄭注：「弇謂中央寬也。」《集韻》：「弇，鐘形中央寬也。」此字从兩手（廾）持合，合本口小腹寬大而有蓋之器。余永梁《殷虛文字考》說甲骨文的「合象器蓋相合之形」。《爾雅．釋詁》：「盇、會，合也。」盇、會皆原為飲食盛器，則合亦類似，實為盒之初文。搿字左旁更加手，實後起重複之作。兩手持盒而飲食，故有饜飫滿足之義。

壺的腹銘中有一句蕭蘊先生釋作「充閭益膚」，以為即充滿里門，增益皮膚之意。張政烺先生則以為「益」實是「血」字，血膚指血親，全句「意為兒孫滿堂」。范祥雍先生卻認為「血」仍應釋「益」，不過「閭」應讀作「呂」（膂）。「充呂」與「益膚」對文，「猶言強骨健身」。我以為銘文並非「益」字，實是「血」字。甲壺此字尚不太明顯（此字摹寫有誤，原銘中，上面並非二直畫，實乃一橫兩端的曲線），可是乙壺同句此字上部只有一橫，顯然不是「益」而是「血」（看圖四）。還有，這句的「充閭」二字，雖然與《晉書》賈充字公閭的名字巧合，但銘文裏卻並不是「閭」字，甲壺上的字，裏面看起來好像有上下兩個口，可是中間多出了一橫，即使把這橫當作虛飾，但乙壺此字根本就沒有兩個口字（看圖五）。這字顯然應釋為「閏」，乃「潤」之初文。橫畫或豎畫的尖端打一個圈是此銘書法常態，如上列甲壺「血」字上面的一橫，及「年」字的橫直各筆即其證

甲壺　乙壺

圖四　血

甲壺　乙壺

圖五　閏

圖六　年

（看圖四與圖六）。全句「充閏（潤）血膚」，意義很明白。膚有時可包括肌肉而言。《廣雅・釋器》：「肌、膚，肉也。」「充」字自如《禮記・禮運》所謂：「四體既正，膚革充盈，人之肥也」的「充」，在銘文裏用作動詞，就是使肌膚血液豐滿之意。「閏」乃「潤益」(《廣雅・釋詁》)、「滋潤」(《易・說卦》）的意思。小篆及《說文》皆作从「王在門中」，以為「禮：天子居明堂，閏月居門中」。故字如此作。但這字在金文及漢鉢與磚文實都从玉（金文如漢〈光和斛〉，見吳榮光《筠清館金文》，各金文字書多未收入）。原義應指玉在室則富益有餘，亦有光澤。《荀子・天論》說：「在天者莫明于日月，在地者莫明于水火，在物者莫明于珠玉。」接下去便說這些東西可以增加「光輝」、「暉潤」和「寶」貴。同書〈勸學〉說：「玉在山而木潤。」以及《禮記・大學》說的「富潤屋，德潤身，心廣體胖。」《淮南子・俶真訓》說的「珠玉潤澤」，都可說還反映有「閏」字本來从玉的初義，和「閏」可能即「潤」的本字的間接證據。隋〈曹子建碑〉便以「閏」為「潤」。「充潤血膚」這種詞句，可能是漢代人已常用的醫藥健身方面的語句。現存漢魏時人吳普本《神農本草經》便時有「充肌膚」、「長肌膚潤澤」之語。充益滋潤血液，則頗如本經中說的「養精保血脈益氣令人健」之類的說法。

以上把甲壺銘文算是疏釋過了。至於乙壺，壺身銘文與甲壺同，只少「萬年有餘」四字（我頗猜想乙壺可能是給王妃和宮內人用的，故不用「萬年有餘」字句）。但蓋銘僅三字，據蕭蘊先生說：「很難辨認，只能識一個蓋字。」我未見原壺，現在僅就蕭文所摹印的字樣來加以釋讀。首先應肯

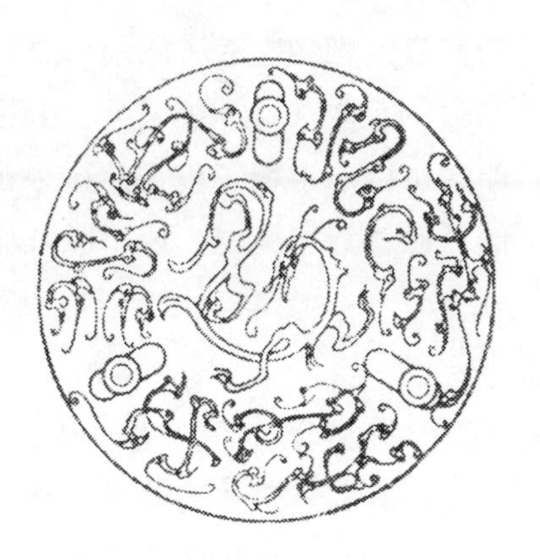

圖七　乙壺蓋銘

定這壺蓋安放的位置，中間的那個龍一樣的動物，頭應如甲壺蓋一般，放在頂端，腳在下。「蓋」字便在左上方了。文應從右上方起順時鐘方向讀（看圖七）。頭一個字蕭以為「或是髹字之省。」這個釋讀大致是對的，不過銘文此字筆畫雖略有簡化，似並非省寫。字應釋作「髤」，漢初及以前本如此，「髹」大約是後起字。銘文把左上方的偏旁「長」移到下面「木」的左方，完全是為了配置均匀美觀之故，只是「長」字上面的三橫彷彿已簡化作兩畫了。這和《金石索》所載〈漢宜官鏡〉銘的「長」字作「镸」仍很接近。這不是單人旁，試看壺的肩銘中「佳」字（見上圖二）人旁二筆不脫節即可證。《周禮・春官・巾車》云：駹車有「髤飾」。鄭玄注：「髤為軟。杜子春云：軟讀為桼垸之桼，直謂髤桼也。」《漢書・外戚傳》成帝趙皇后飛燕傳：「殿上髤漆。」顏師古（五八一至六四五）注：「以漆漆物謂之髤，音許求反，又許昭反。今關東俗，器物一再著漆者謂之捎漆。捎即髤聲之轉重耳。髤字或作髼（按官本及南監本髼作髤。是），音義亦與髤同。今關西俗云：黑髤盤，朱髤盤。其音如此，兩義並通。」

至於這個音讀做「休」或「捎」的「髤」，到底指什麼工藝呢？我認為「一再著漆」並不是其基本工程，字从「髟」

乃指長髮飄飄之貌，原義似為在木上畫出或鏤刻填嵌出纖細如髮的花紋（後來當亦可能泛指紋飾），加漆不過是可能並伴的工程。這種工程當然後來也可加在金屬器上。明代陶宗儀《輟耕錄・髹器》條下載其施工過程頗詳，不妨徵引一部分：

> 凡造碗、碟、盤之屬，其胎骨則梓人以脆松劈成薄片，於旋床上膠黏而成，名曰捲素。髹工買來，刀剳膠縫，乾淨平正。夏月無膠汎之患，卻煬牛皮膠，和生漆，微嵌縫中，名曰「梢當」（原注：「去聲」）。然後膠漆布之，方加麤灰。灰乃磚瓦搗屑篩過，分麤、中、細是也。膠漆調和，令稀稠得所。……麤灰過停，令日久堅實，砂皮擦磨，卻加中灰，再加細灰，並如前。又停日久，磚石車磨去灰漿潔淨，一二日，候乾燥，方漆之，謂之糙漆。再停數月，車磨糙漆。……

這樣重複做下去，正是隋、唐時代所謂「一再著漆」。可是這樣漆法為什麼就叫作「髹漆」？原來其中經過一種「刀剳膠縫」，用膠漆「微嵌縫中」即名曰「梢當」的過程。這應該即是顏師古所說的「捎漆」。漢、唐以來，木旁與挑手旁互換，乃常見之事。讀去聲的「當」字義為「底」，「捎當」有點像是「打（或填）底子」。而照顏師古的說法，這「捎」即是讀「許昭反」的「髹」字，則「刀剳膠縫」、「微嵌縫中」的工作，與我上文認「髹」的初義為「在木上畫出或鏤刻填嵌出纖細如髮的花紋」的假設，似大致相合。

因此，我認為乙壺蓋銘所說的「髹」，實即指用金銀絲錯鏤（刀刻，微嵌）成纖細的花紋，也正如上引《淮南子》講犧尊所說的「鏤之以剞劂（一種曲刀），雜之以青黃」等工藝。還有上文討論到「犧」讀為「摩抄（沙）」，我曾假設古代用沙磨光器面；而《輟耕錄》記述「髹器」的過程正說用「砂皮擦磨」，則所謂「犧（抄）尊成壺」，也就與「髹」可以合解了。

乙壺蓋銘的另一字，蕭先生疑是「从土，[illegible]聲」，並說「[illegible]」即「鰐」的異體。但細察銘文，字並不从屰（篆文作[illegible]，多出一橫），實是从干（[illegible]），壺銘中的橫畫兩端多向上翹起，直畫中部突現轉折，乃常見之事，這裏的豎畫中部轉折處，不能當作另一橫畫。不過「干」與「屰」在漢代或以前就早已可通用。「斥」字《說文》小篆作「[illegible]」，即「㡿」，金文則有寫作「[illegible]」《臣斥印》）的，也有寫作「[illegible]」（〈姞卣〉）而从干的，後者可能還是初文。今本《爾雅》「釋蟲」中有：「螇蚸，唐石經「蚸」作「[illegible]」，所以與《說文》及金文中的「斥」正相同。銘文無論釋作「[illegible]」或「[illegible]」，典籍中都沒有。「[illegible]」或作鰐，《說文》說：「似蜥易，長一丈，水潛，吞人即浮，出日南也。」「虷」見《莊子．秋水》，釋作「井中赤虫」。義似皆不太合。權衡起來，似乎以釋作「[illegible]」（蚸）較妥。也許典籍改「土」為「广」，「广」古通「厂」，乃山厓，从此作的字有時可改从「石」或「阜」，阜本「大陸，山無石者」，與土義亦近。另一可能則是，銘文加「土」，猶義為蟻子的「蚳」字有時也略改字形，加「土」於下，意謂蟻子生於泥土。還有一個可能則是，《爾雅》原文「蚸」字下即接「土螽」二字，書寫時或因此下文「土」字而致誤有增損。另一方面，銘文左上方也許並非「虫」旁，而是「手」旁（看圖二「搟」字）或「木」旁，下面不是「土」而是「虫」，則銘文原應釋「蜇」，更可能即是《集韻》所列「蜥」字的或體「蜇」（看乙壺「未」旁下部）。惟銘文此字不从「斤」，是否因「斤」與「干」原皆兵器，因而可以通假，則不得而知。

《爾雅》以為「螇蚸」即「螫螽」。郭璞（二七六至三二四）注：「今俗呼似蜙蝑而細長，飛翅作聲者為螇蚸。」一般認為這是蝗蟲的一種，也就是「蟲螽」（音負終）或同類者。此物後世都作藥用，可用酒調服，也可以煎服。謝觀《中國醫學大辭典》說此藥「性竄烈，能開關透竅，故昔人用治暴疾氣閉等症，又為製媚藥之原料」，「能令人夫婦愛媚」。也可治「痧脹」、「癍疹不出，療凍瘡」，及咳嗽、破傷風、折傷、婦人產後冒風、小兒慢驚風等。當然，漢代是否已相信有這些用處，還不得而知。

以上是把「螇蚸」照某部分傳統的說法來解釋。但《集韻》卻把「螃」讀成「蚸螃」說：「蜥螃，《說文》：蜥易也，或从虒，或作蜇。」今《說文》不見此說，惟如上文所引，這書曾說過「蛢，似蜥易」。不過指的是鱷魚，如果「蜥」真的可寫作「蜇」或「螃」，則乙蓋銘文當即指蜥易。甲壺腹帶正前方「血」字上，「盛」字下有一動物，正像蜥易或守宮，也許相關。按《爾雅・釋魚》：「蠑螈，蜥易也。」《說文》：「易，蜥易，蝘蜓（似不應作蜓），守宮也。」又說：「在壁曰蝘蜓，在草曰蜥易。」又說：「蝘蜓，一曰螾蜓。」「蚖，榮蚖，它醫。」而《方言》也說：「其在澤中者謂之易蜴，南楚謂之蛇醫。或謂之蠑螈。」所謂「蛇（它）醫」，即用這種四足蛇製成的「醫酒」。蘇軾詩有「蜒酒藥眾毒，酸甜如楂梨」之句。疑蜑夷之名本與此蟲有關。吳普本《神農本草經》說：「石龍子味鹹，寒，主五癃邪結氣，破石淋，下血，利小便水道，一名蜥易，生川谷。」歷來所傳醫方，守宮可醫「血積成塊」、「風痛」、「癧瘡」、「治血病瘡瘍，以毒攻毒」。又俗傳這種藥酒可以助陽。《事文類聚》載稱：「漢武帝時，以端午日取蜥易，置之器，飼以丹砂，至明年端午，搗之以塗宮人臂，有所犯消沒，不爾則如赤痣，故得守宮之名。《博物志・戲術》：「蜥蜴或名蝘蜓，以器養之以朱砂，體盡赤，所食滿七斤（？），治搗萬杵，點女人支體，終年不滅，惟房室事則滅，故號守宮。傳云：東方朔語漢武帝，試之有驗。」《漢書・東方朔傳》：「置守宮盂下射之。」顏師古注：「守宮，蟲名也。術家云：以器養之，食以丹砂，滿七斤（？），搗治萬杵，以點女子體，終身不滅，若有房室之事則滅矣。言可以防閑淫逸，故謂之守宮也。」這些都只是晉朝或以後的傳說，不過《太平御覽》三十一引劉安著佚書《淮南萬畢術》也說：「七月七日採守宮，陰乾之，合以井華水，和塗女身，有文章，即以丹塗之，不去者不淫，去者有姦。」若把醫家認蜥易藥酒可以助陽的說法合而觀之，則這些迷信習俗古時真的存在過也未嘗無可能。

現在再來看看甲壺蓋上所說的「苓」。吳普本《神農本草經》說：「黃芩味苦，平。主諸熱，黃疸，腸澼洩利，逐水，下血閉，惡瘡疽蝕，火瘍。」李時珍《本草綱目》還列舉了許多功效，包括有「女子血閉淋露下血」，「丁瘡排濃」，「瘀血壅盛、上部積血、補膀胱寒水、安胎、養陰退陽」，並治「諸失血」。又是一種「養胎」、「安胎聖藥」。還說可治「膚熱如燎」、「吐血衄血」、「吐衄下血」、「血淋熱痛」、「經水不斷」、「崩中下血」、「產後血渴」、「灸瘡血出（一人灸火至五壯，血出不止如尿，手冷欲絕。酒炒黃芩二錢為末，酒服即止）」、「惡瘡蝕疽」等。這些許多都關聯到血和皮膚。按黃芩現代學名Scutellaria baikalensic Georgi，屬於唇形科（Labiatae）多年生草本植物。多產於我國北部及中部，山東、山西、河北、熱河、四川、湖北等省。經多人化驗研究，確有治血與皮膚，和常習性流產諸症，及健胃的功用。因此，我頗認為，壺銘「充閏血膚」，也許並非泛泛之語，而實與所要盛的藥性質有關。至於黃芩與別的藥品配合作為強身劑，則醫書以為「多服走及奔馬」。

又值得注意的是上面說過的黃芩可以安胎。又吳普說這藥一名「妒婦」，是否與性及生育有關，不得而知。連繫乙壺蓋說的「蚚」（守宮），傳說或可製媚藥看來，劉勝所製的這兩個壺，裝盛藥酒，目的固然在強身去病；但如果說與性及生育或有關聯，恐亦不無可能。按《漢書・景十三王傳・劉勝傳》說：「勝為人樂酒好內，有子百二十餘人。常與趙王彭祖相非曰：『兄為王，專代吏治事。王者當日聽音樂，御聲色。』趙王亦曰：『中山王但奢淫，不佐天子拊循百姓，何以稱為藩臣！』」顏師古注：「好內，耽於妻妾也。」《史記・五宗世家》所載略同，惟「有子」為「有子枝屬」。有人以為「枝屬」包括「子孫內外」，故看來較合理，但比較兩書，《漢書》此傳多較《史記》詳確，則言有子女百二十餘人，也不一定即是失實。不論如何，這位中山靖王劉勝的耽酒、好女色、子女極多，應是事實。漢初諸王多荒淫奢侈，班固在傳贊裏說：「漢興，至於孝平，諸侯王以百數，率多驕淫失道。何則？沈溺放恣之中，居勢使然也。」劉勝「但奢淫」，甚至向他的同母兄公然提倡：做王侯的人本來就應當天天「聽音樂，御聲色」。則這對錯金銀壺作來盛藥酒，而華美纖麗，也就不是無故了。

不過劉勝大約也是個很有才氣的人，七國之變後，漢武帝力圖削制諸藩王，劉勝以武帝異母兄的地位，極有受猜忌的危險，《漢書》本傳全載了他的〈聞樂對〉，深切表白了畏讒懼禍的心理，其中說到：「得為東藩，屬又稱兄。今群臣非有葭莩之親，鴻毛之重，群居黨議，朋友相為，使夫宗室擯卻，骨肉冰釋。斯伯奇所以流離，比干所以橫分也。《詩》云：『我心憂傷，惄焉如擣；假寐永歎，唯憂用老；心之憂矣，疢如疾首。』臣之謂也。」他把當時王室內部權力鬥爭迫害危機下驚懼的感覺，描寫得相當迫切：「臣身遠與（黨與）寡，莫為之先，眾口鑠金，積毀銷骨，叢胜折軸，羽翮飛肉，紛驚逢羅，潸然出涕。」這篇對答，寫得文采斐然可觀。他終於以「醇酒婦人」自娛，一方面固然是王室統治集團驕慣使然，另一方面也可藉以表示自己別無政治權力野心，可使武帝心安，藉此自全。所以汪繩祖說：「〈聞樂對〉詞意悲壯，小司馬稱為漢之英藩，則非徒樂酒好內也。蓋以漢法嚴，吏深刻，託以自晦，有信陵、陳丞相之智識，史略之何歟！」這大概也有一部分道理罷。現在細審此壺銘文，雖然簡短，卻也典雅可誦，大致還可看出這位中山靖王或其詞臣的風格。

以上已釋完銘文，現將全文寫讀如下：

甲壺：

蓋銘：有言三：甫（鏄）金鉥（或銶），為荃蓋（榼），錯書之（古音「銶」、「之」為韻；「鉥」或亦可叶）。

身銘：蓋（榼）圜四叕（綴），犧（抄）尊成壺。盛兄（況）盛味，於心佳都。揜（饜）於口味，充閏（潤）血膚。延壽去病，萬年有餘（「壺」、「都」、「膚」、「餘」為韻）。

乙壺：

蓋銘：鬃（髹）蛭（蚚，蜥）（或蜇，即蜥）蓋（榼）。

身銘：（與甲壺同，僅略去「萬年有餘」。）

本文對壺銘的釋讀，基本上認為：甲壺是用來盛以黃荃浸製的藥酒，可滋補血液、皮膚，充實肌膚，也可安胎助生育。乙壺是用來盛蜥蜴或蝗蟲浸製的藥酒，也可治血病與皮膚病；或亦可能作為一種媚藥。這些藥酒大約當時相信都有健身的功用，同時自然也像現在流行的「五加皮酒」和「虎骨酒」等一般，又是一種適於口味和享受的飲料。

銘文照這樣解釋後，滿城出土的這對銅壺之重要性就大大地提高了。總括說來，有下列幾點：（一）器上錯鏤金銀絲，工藝精巧，在中外美術史上都非常優異，這已是眾所周知的了。（二）此器對古代記載所說的「犧（抄）」鏤、

「鬆（捎）」嵌的美術工藝技術名稱，提出了具體的例證，因而可得到進一步了解。（三）過去我們所見古代的「鳥蟲書」，如兵器、鉢印、及秦「永受嘉福」瓦當，都只一鱗半爪，從來沒有像這樣繁縟富麗的。這在中國書法美術史上，以及古代文字學上，都有其特殊的意義。（四）中國文學史上增加了一首早期的三言詩和一首四言詩。而更重要的，（五）古書雖多記載有「藥酒」，卻未發現過早期裝盛這種藥酒的器具，更沒有具體證實像「荃」和「蚚」的確曾供滋補藥酒之用。此壺在中國醫藥史上應該是一重要史料。至於（六）它可以使我們更能了解古代封建貴族統治集團奢侈淫靡生活之一斑，便是這種價值自然也就不小了。

滿城劉勝、竇綰夫婦墓出土的文物，另有「金鏤玉衣」，十餘年來，受到全世界的注目。其實，就我看來，這對錯金銀鳥蟲書銅壺，在古文物史、美術史，和醫藥史上的地位，絕不在「金鏤玉衣」之下，或者會超而過之。

——一九八一年一月二十六日至二月六日于陌地生

作者補識

本文完稿後，偶得機緣，在他處公開展覽中，見到乙壺實物，目驗所據壺蓋銘文摹寫不誤。同時還見到同墓出土的還有好些「醫工」用具，如盛藥的銅勺、細盒，以及精緻的金針和銀針等。後來和近數十年來專心從事古代文物研究的沈從文先生談起本文關於媚藥、守宮的推測，他很表贊同；並告訴我說，他還目睹過同墓出土的還有不少銅製的陽具。而這些都未曾好好研究和公開報告過云云。我想不論如何，這是古代中國醫藥史上和生活史上一件事實，希望以後能讓大家弄明白才好。

——原載臺北《大陸雜誌》六十二卷六期（民國七十年），一九八一年六月十五日；轉載於中國古文字研究會等合編《古文字研究》第十輯（北京：中華書局，一九八三年七月）

說「來」與「歸去來」

漢語中作為虛詞用的「來」字，其演變經過與意義，自來尚無確切的解說。裴學海所著《古書虛字集釋》對這字的第一個解釋是這樣的：

> 來：猶「哉」也。「來」與「哉」疊韻，古通用。《書．立政》：「是罔顯在厥世」，漢石經「在」作「哉」。《臯陶謨》：「在治忽」，《史記．夏本紀》作「來始滑」。是「在」、「哉」、「來」三字古皆通用，故「來」可訓「哉」。
> 《孟子．離婁》：「盍歸乎來！」
> 《莊子．人間世》：「嘗以語我來！」「嘗」，試也。
> 又：「子其有以語我來？」
> 《大宗師》：「嗟來桑戶乎！」
> 《禮記．檀弓》：「嗟來！食。」此「嗟來」與《孟子．告子》「嘑爾而與之」之「嘑爾」同義。……[1]

這兒釋「來」為「哉」，本是很有意思的假設；「來」與「哉」疊韻，「在」與「哉」古通，都無問題。但他所舉

「在」、「來」相通的孤證，還不能成為充足的理由。「在治忽」一詞，《史記索隱》已稱：今文《尚書》作「采政忽」。而《漢書・律曆志》則作「七始詠」，《隋書・律曆志》作「七始訓」。于省吾以為應作「在司訓」，因「在」字金文作𠂇，七作十，形似而譌。[2]按「在」與「來」形、聲也都相近，很難說「來」字不是「在」字之誤。而且若把「有以語我來」讀成「有以語我哉」，似乎失去了命令語氣。

王引之在《經傳釋詞》裏把作為虛詞的「來」分為「句中語助」和「句末語助」兩種：

> 來，句中語助也。《莊子・大宗師》：「子桑戶死，孟子反、子琴張相和而歌曰：『嗟來！桑戶乎！』」「嗟來」猶「嗟乎」也。
>
> 來，句末語助也。《孟子・離婁》曰：「盍歸乎來！」《莊子・人間世》曰：「嘗以語我來！」又曰：「子其有以語我來！」

這樣把「嗟來」當作句中語助似乎沒什麼道理。楊樹達卻認為這種「來」字都是「語末助詞，無義」。這種「無義」的說法最不妥當，因為每個字自有它的功用和意義，否則何必要它！但他又接著說：「按今語之『咧』，疑由此字變來。」他沒有列舉理由。

「來」字變成歎詞，恐怕有它獨自的根源。如果音義上與「在」、「才」、「哉」有什麼關係，也許還是稍後的牽連，但仍有其區別。《說文》云：

> 來，周所受瑞麥，來麰，一來二縫（夆），象芒束之形。天所來也，故為行來之來。《詩》曰：「詒我來麰。」凡來之屬皆从來。

這裏對「來」字的本義和後起義說得很明白，似乎也很近理。甲骨文「來」字作，自是象形。殷代早已有麥，固不僅為周所受，但周以農業而興，則此種傳說也並非無理。但這字何以成了歎詞或襯字，卻還沒有很滿意的解釋。我頗疑心，這字作為發聲詞與「和（龢）」字的情況相似，或係由於禾麥管可吹出聲音，或係由於古代耕稼時人們多哼出歌聲，既祈求禾麥之豐盛，心理上自不免自然地唱出這兩個音調來，便成了最普遍的和聲詞。

不過在甲骨文中「來」字便已用作到來之來了，所以當成歎詞用時，還往往帶有這個含義。這大約是從呼喚聲「來！」而起的，希望麥來，與呼喚人來或別的東西來，都可能用這喚聲。這字大約也可寫作「倈」、「徠」、或「倈」。說文「來」部：

> 倈，《詩》曰：「不倈不來。」从來，矣聲。徠，倈或从彳。

今本《詩經》中沒有這句詩。但《爾雅・釋訓》有：「不俟，不來也。」陸德明《經典釋文》注此稱：「俟應作倈」，並說：「事已反。待也。宜從來。本今作俟字。」又《說文》彳部：「待，竢也。从彳，寺聲。」言部：「誒，可惡之辭。从言，矣聲。一曰誒然。」按「誒」、「竢」、「倈」

三字製作的原則也許很相近，「誒」(唉)是普通的歎詞，「竢」是叫對方立待的聲音，「倈」則是叫對方來的聲音。段玉裁注《說文》「倈」字道：

> 「江有汜」〔22〕之詩：「不我以」，古作「不我倈」。「倈」者，來之也。「不我倈」者，不來我也。

段氏這說法是對的。「來之」不僅是喚來之意，而且是喚「來」之聲。例如《戰國策》顏斶說齊王，有「斶前！」「王前！」《莊子・天運》有「子來乎！」〈庚桑〉有「小子來！」〈讓王〉有「回（顏回）來！」〈盜跖〉有「使來前！」及兩喚「丘（孔丘）來前」。古人以「來」、「矣」合文，也許近於我們說「來啊」吧？作這種歎詞用的「來」、「倈」，有時也寫作「徠」或「俫」。「彳」在甲骨文中作「⺊」，是十字路口「卄」(行)的一半，這兒以象形表示有行路之意。「來」字本已有行走的意義，後來加「彳」，只是一種分類符號。這種例子很多，我嘗把它叫做中國古代最詳細的「標」點符號，不應叫做「意符」或「形符」之類，因為這樣易和基本的「會意」字等觀念混淆。至於從「亻」，則是為了表示一種狀態或發聲。《說文》中這種例子也不少。又例如《楚辭・九辯》云：「去鄉離家兮徠遠客。」王夫之云：「徠，一作來。」

「來」字古音與釐相似。古「咍」、「之」韻屬一部。《詩經》及屈原賦中「來」常與「思」叶韻。《詩・周頌・思文》：「貽我來牟」句，《漢書・劉向傳》引作「釐牟」。《爾雅・釋草》：「釐，蔓華。」《說文・艸部》：

「萊，蔓華也。从艸，來聲。」徐鍇云：「釐與來音同。」陸德明（五五六至六二七）《經典釋文》往往注「來」字音為「釐」。他自有所本，但他連這種常用字也特別注音，也許唐代這字即已和「釐」字讀音有區別了。至少作動詞用和作歎詞用的「來」字讀音已略有不同。[3]試看宋本《廣韻》對下列各字注音的情形：

上平「咍」部：落哀切：

來——至也，及也，還也，又姓，俗作來。

逨——至也，又力代切。

徠——還也，又力代切。

上平「之」部：里之切：

釐——理也，一曰福也。

倈——倈、來，見《楚詞》。

上平「皆」部：

唻——唱歌聲，賴諧切。

上聲「海」部：

唻——囉唻，歌聲。來改切。又力諧切。

上聲「止」部：牀史切：

竢（俟）——待也。又音祈。

竢（俟）——不來也。《說文》引《詩》曰：「不竢不來」。

這末條訓「竢」為「不來」，顯然是誤以肯定為否定了。北宋末年，吳縣人范成大（一一二六至一一九三）便好像只知吳語「來」讀作「釐」，且不確知漢以前便如此。他說：

> 吳語謂「來」為「釐」，本於陸德明。「貽我來牟」、「棄甲復來」，皆音「釐」。德明吳人，豈遂以鄉音釋注；或者古本有釐音耶？（《吳郡志》卷二）

他更不知古代「來」、「釐」有時是通用的。[4]

「來」字作為呼喚歎詞的最早記載，還不易確定。《詩．小雅．四牡》（一六二）：「豈不懷歸？是用作歌，將母來諗。」這「來」字似乎已不是純粹到來的意思了。西周的詩句說到到來的「來」字時，有時下面接有歎詞。如宣王（前八二七至前七八二）時的作品〈出車〉（一六八）道：

> 我出我車，于彼牧矣；
> 自天子所，謂我來矣！
> ……
> 昔我往矣，黍稷方華；
> 今我來思，雨雪載途，
> 王事多難，不遑啟居；
> 豈不懷歸，畏此簡書。

又同時代的，也見於〈小雅．采薇〉（一六七）：

> 曰歸曰歸，歲亦陽止。
> 王事靡盬，不遑啟處。
> 憂心孔疚，我行不來。
> ……
> 昔我往矣，楊柳依依；

今我來思，雨雪霏霏。

……

這兒的「來矣！」可能是說「來了！」或「來哪！」，而值得注意的還有「來思」與「往矣」兩次為對文。「往」和「來」相對的，本來就很多，這裏的「思」和「矣」也就相類似。「來思」和「來矣」意義或許相近，「來思」恐怕更近於現在的蘇白「來哉！」。這種例子在〈小雅〉中還有〈南有嘉魚〉（一七一）的「烝然來思」，〈無羊〉（一九〇）的「爾羊來思」、「爾牛來思」及「爾牧來思」。

《詩經》中的「來」字已有只表示一種普通向前動作的意義，而不表示「到來」之意，比上舉「將母來諗」之例更清楚的還不少，作為命令語氣的如〈大雅．江漢〉（二六二）的「來旬來宣」。此外也有當「去」的意義用的。

而最值得注意的則有平王（前七七〇至前七二〇）東遷後在洛城附近的民謠〈丘中有麻〉（七四）。這詩說：

丘中有麻，彼留子嗟；

彼留子嗟，將其來施（施）。

丘中有麥，彼留子國；

彼留子國，將其來食。

丘中有李，彼留之子；

彼留之子，貽我佩玖。

這裏的「將其來食」很可和春秋時代黔敖說的「嗟來食」對照看。《禮記・檀弓下》這段原文如下：

> 齊大饑，黔敖為食於路，以待餓者而食之。有餓者蒙袂輯屨，貿貿然來，黔敖左奉食，右執飲，曰：「嗟來食！」揚其目而視之。曰：「予唯不食『嗟來』之食，以至於斯也。」從而謝焉，終不食而死。曾子聞之，曰：「微與！其『嗟』也可去，其謝也可食。」

從餓者的答語看來，「嗟來」兩字似乎是連著說的，再從曾參（前五〇五至？）的話看來，則「嗟」似乎是比較不受歡迎的叫喚聲。《詩》中的「食」字，《毛傳》訓作「子國復來，我乃得食」。與「嗟來食」的「食」字相似；《鄭箋》則讀作「嗣」。從上下文「施」、「貽」看來，作「飼」或許較確。「將」字恐非如《楚辭》中常用的發語詞「羌」。「其」字大約也非語助詞，不是表示願望或疑問的意思。[5]「將其來食」的「來」字前即使有歎助詞，但是否為直接叫喚聲，仍頗難斷言。事實上，作為自我獨白看來也未為不可。《魏風・陟岵》（一一〇）有：

> 父曰：「嗟！予子行役，夙夜無已。上慎旃哉！猶來無止。」

下文重疊句尚有「猶來無棄」、「猶來無死」。這「猶」字過去《毛傳》訓「可」，朱熹訓「尚」，實無定論。[6]我現頗覺此字是助詞或歎詞。《禮記・檀弓下》有「詠斯猶，猶斯舞」。鄭玄注孔穎達疏都認為「猶」是「搖」之誤。我想也許是《說文》釋作「徒歌」的「䍃」（謠）字，徒歌即是「足之蹈之」而歌。《詩》中的「猶來」，「猶」字也許如「曰」、「咨」等字一般而成了嘆詞，也說不定。

約作於紀元前八世紀的《石鼓文》「而師」石殘文有：

……

吳蒦〔獲〕信〔字殘〕復，

□〔字缺〕吳肝來。

□□其寫，

小大吳□。

□□來樂，

天子□來。

嗣王始□，

古〔故〕我來□。

此石乃秦王漁獵歸來後所作，道其盛況。「肝」字原拓作「[illegible]」。舊多釋「肝」，自是錯讀。鄭樵釋「肝」，郭沫若從之，但字書沒有這個字。強運開也作為肝，但引《尚書‧呂刑》：「王曰：『吁來！』」及孔安國傳：「吁，歎也。」與「吁，馬作于。于、於也。」說：「竊疑《鼓》言『肝來』亦即『吁來』也。」我以為這假設是對的。這字的基本形式本來是「于」，後來加「口」或加「月」，作為標號。正如《說文》肉部的「腏」字「讀若《詩》曰：『啜其泣矣』」。其實「肝」字正是《說文》中的「訏」字。這書訓「訏」字的或義為「訏䜺」，而於「䜺」（謎）字則云：「咨也，一曰痛惜也。」段玉裁即云：「今字作吁嗟。」

「吁」在古代是一種較長較大的呼喚聲。（《韓非子・解老》：「竽也者，五聲之長者也。」《方言》：「于，大也。」）凡祈禱什麼東西來降時，往往用吁嗟之聲。如「雩」字《爾雅・釋訓》便說是「舞號雩也」。《禮記・月令》鄭玄注更說：「雩，吁嗟求雨之祭也。」可見「雩」之名即由這種吁聲而來。

古代人在喪事之初，有「招魂復魄」的風俗。周人叫作「復」。人初死，不可即葬。必使招魂的人，「復者」，戴著特殊的頭巾，披上特殊的制服，拿了死者的衣服，爬上屋頂，北向高聲三呼死者的名字，叫他（或她）回來。隨即把那死者的衣拋在前面的篋裏，然後穿在屍體上。初意大約是尚欲待死者的復活，同時，其舊衣使死者易認識也。後來便成了一種固定的儀式。《儀禮・士喪禮》說：

> 士喪禮：死於適室，幠用斂衾。復者一人，以爵弁，服簪裳於衣左，何之，扱領於帶。升自前東榮中屋。北面招以衣。曰：「皋！某復！」三。降衣於前，受用篋。升自阼階以衣尸。復者降自後西榮。

《禮記・喪大記》也有這樣的記載：

> 復，有林麓，則虞人設階；無林麓，則狄人設階。小臣復。復者朝服，君以卷，夫人以屈狄，大夫以玄赬，世婦以襢衣，士以爵弁，士妻以稅衣。皆升自東榮。中屋履危。北面三號。捲衣投於前，司服受之。

降自西北榮。其為賓，則公館復，私館不復。其在野，則升其乘車之左轂而復。復衣不以衣尸，不以斂。婦人復，不以袡（注：嫁時上服）。凡復，男子稱名，婦人稱字。唯哭先復。復而後行死事。

〈禮運〉也說：

及其死也，升屋而號。告曰：「皋！某復！」

又〈檀弓下〉對「復」作下面的解釋道：

復，盡愛之道也。有禱祠之心焉。望反諸幽，求諸鬼神之道也。北面，求諸幽之義也。

這兒說的「皋！某復！」恐怕是周人的官話或方言。段玉裁認為「古『告』、『皋』、『嗥』、『號』四字音義皆同。」鄭玄注：「皋，長聲也。」這「皋！復！」與「吁！來！」形式上頗相近。但古書上的直接呼喚聲用「皋」與「復」的很少見。我頗懷疑，也許「吁！」「來！」更近於口頭語，也許是殷人或南方或東南方人更常用的口語。《儀禮・士冠禮》曾說：

周弁。殷冔。夏收。

《禮記・檀弓下》也說：

> 周人弁而葬。殷人冔而葬。

又〈王制〉云：

> 有虞氏皇而祭，深衣而養老。夏后氏收而祭，燕衣而養老。殷人冔而祭，縞衣而養老。周人冕而祭，玄衣而養老。

「冔」字从「冃」从「吁」。《說文：「冃，小兒蠻夷頭衣也。」可見冔是葬、祭禮時所用的頭巾。但字从「吁」，則與吁喚有關。是否殷人的「復」便戴這種頭巾並作這種吁嗟呢？

「復」字和「往」、「來」在周代早期的文獻中頗常見。《周易》中有「復」卦。[7]《說文》彳部：「復，往來也。从彳，夏聲。」蓋往而重來為復。古但作「复」。《說文》夊部：「夏，行故道也。」甲骨文作[illegible]或[illegible]，頗象人著大冠，難索行故道之義。陳邦懷以為象亭形，但細審亦不似，若其上半為《說文》所謂「人所為高丘」之形的「京」字一部分，恐有死者回復之意。或者作為「復者」的象形似亦可通。

古人本來相信人死了便是「歸」去了。所以《禮記．檀弓下》記著孔子描述延陵季子舉行葬禮，於既封之後，「且號者三，曰：『骨肉歸復於土，命也。若魂氣則無不之也，無不之也！』」又〈祭義篇〉：「眾生必死，死必歸土。」《莊子．田子方》：「死有所乎歸。」《說文》也說：「人所歸為鬼。」《爾雅．釋言》更說：「鬼之為言歸也。」郭璞注引《尸子》：[8]「古者謂死人為歸人。」《左傳》子產說過「鬼有所歸，乃不為厲」的話。〈禮運篇〉也說：「魂氣歸於天，形魄歸於地。」《左傳》「昭二十」及「襄三」並有「歸死」一詞。

因此「復」在招魂的這一意義說來，實是歸而復來了。這種失去而再來的觀念在《易經》的「復」卦裏說成「反復其道，七日來復」。即所謂陽氣由剝盡而來復。這種意義也牽涉到「來歸」一詞。本來自外而來，都可叫「來歸」。如《詩・小雅・六月》（一七七）：「來歸自鎬」。[9]但用到婦女方面，卻把出嫁叫作「歸」，回娘家則叫「來」，而被休棄回娘家則叫「來歸」。如《穀梁傳》隱公二年（前七二一）：「婦人謂嫁曰歸，反曰來歸。」《左傳》莊公二十七年（前六六七）：「凡諸侯之女，歸寧曰來，出曰來歸。」而《公羊傳》同年也說：「大歸曰來歸。」「大歸」用於婦女是被出，是來不再歸。但這一詞若用到人生方面卻有「死」之義。《莊子・知北遊》說：「魂魄將往，乃身從之，乃大歸乎！」這是由於認死是歸去的緣故。

相反的，出生則有「來」的意思。這種看法可能起源很早。《周易》離卦九四爻辭說：

> 突如：其來如？焚如？死如？棄如？

這一條的意義似乎從來就沒有釋對。舊釋以「突如其來如」為句，以致造成「突如其來」的成語。《象》傳釋為「无所容」，固是望文生義，王弼、孔穎達等以「明道始變」說之，亦為穿鑿。即近人高亨，仍採丁晏、丁壽昌舊說而補充之，說是對不孝子的刑罰：「不孝之子，既逐出焉，彼復來焉，則罪重者焚焉，其次死焉，更次棄焉。」我以為這只是卜流產的爻辭。宋呂祖謙《古易音義》說：

> 突，晁氏（北宋晁以道：《古周易》，書久佚）曰：「京（房）鄭（玄）皆作𠫓。」

「突」應作「𠫓」。《說文》𠫓部云：

> 𠫓，不順、忽出也。从到子。《易》曰：「突如其來如。」不孝子突出，不容於內也。凡𠫓之屬皆从𠫓。㐬，或从到古文子，即《易》「突」字。

按《說文》不另見「𠫓」字，但沝部有「𣶒」字，云：「水行也。从沝、𠫓。𠫓，突忽也。流，篆文从水。」這兒以「突忽」釋「𠫓」，可見離卦中或作「突」或作「𠫓」，不為無故。嬰兒突忽出生，未全長成，是為「𠫓產」。𠫓之初義殆為產子流血之象。今甲骨文中有□、□、□、□、□、□諸字，現皆釋作「育」字。王國維說：

> 此字變體甚多。从女从□（倒子形，即《說文》之𠫓字）。或从母从□，象產子之形，□□□者，則象產子時之有水液也。从人與从母从女之意同。以字形言，此字即《說文》「育」字之或體「毓」字。毓从每（即母字）从𠫓（即倒子），與此正同。其作□□者，从肉从子，即育之初字。而□字所从之□，

即《說文》訓「女陰」之「也」字。其意當亦為「育」字也。故產子為此字之本誼。[10]

王說頗諦。惟甲骨文這字所从之「子」，有倒順之別，其頭在下與在上者是否應有區別，頗有可疑。《說文》訓「育」為「養子使作善也」。而對「㐬」的解釋則為「不順忽出」或「突忽」。嬰孩出生，頭先出為常。篆、籀諸字現皆從倒「子」，恐已失去最早如甲骨文中倒順有別之意了。倘頭在下的作「育」字，則頭在上的或為逆產的「突」或「㐬」字，此從「棄」字所從之「子」字頭在上可推知也。《說文》「突」字或訓「滑」，當指㐬產。

不論如何，離卦這則爻辭應釋作：「忽有流產啦：是生育嗎？該燒掉？弄死掉？拋棄掉？」(「棄」字甲文作，即是兩手持箕棄嬰之狀，是初義本如此也。又上引王弼等以「明道始變」釋此詞，固然不對；但「變」字或有所據。「流」有「化」義，《廣雅．釋詁》卷三上云：「流、變，化也。」按「化」字本係孵化之意，是或為「流」原有生育誼之一證。漢代作品中常有「流化」、「流棄」、「流離」諸詞，固有他訓；然頗似古義之遺跡，且離卦爻辭之影響，或可見也。)《穀梁》莊三年傳：「三合而後生。」《楚辭．天問》有「三合」、「何化」。

如果上面的訓釋可信，則「來」字似有生命到來或出生的意義。當然，「來」字的普通意義多為「到來」，但這生命到來的含義使我們更易了解，何以在古人招魂時或求神靈下降時多用「來」或「歸來」。如《九歌》：

> 靈之來兮如雲。（〈湘夫人〉）
> 儵而來兮忽而逝。（〈少司命〉）
> 靈之來兮蔽日。（〈東君〉）

招魂之風，盛於南方，也許由於徐、楚與殷商文化關係較密之故。《楚辭》中的〈招魂〉，王逸說是宋玉所作以招屈原的生魂。後來據《史記・屈原傳》認為是屈原所作以招懷王生前或死後之魂。也有認為係屈原自招之辭。然此篇大抵是紀元前三世紀的作品，似無問題。通篇都用「歸來」為召喚詞。如：

> 魂兮歸來！去君之恒幹，何為四方些？……
> 魂兮歸來！東方不可以託些！……
> 歸來歸來！不可以託些！……

至於「大招」，王逸以為或係屈原作以自招，或係景差所作。梁啟超認為是漢人所作。這裏招魂的喚詞則用「歸徠」或「徠歸」。如：

> 魂魄歸徠！無遠遙只！
> 魂乎歸徠！無東無西，無南無北只！……
> 魂乎歸徠！國家為只！……

王逸給這前兩個「歸徠」都注道：「一作徠歸」。而對這第一個「魂乎歸徠」又注說：「一云：魂乎歸兮。」這樣看來，「徠歸」仍舊像上文說的對婦女用的「來歸」一般，婦女出嫁為「歸」，回娘家為「來歸」；魂魄離體他去是「歸」（但照《莊子》則亦稱「大歸」，乃與用於婦女者有別，引見上文），回軀殼則叫「徠歸」。倘依王逸異文，「歸徠」一作「歸兮」，則「徠」字似乎又像一個歎詞了。也許我們可以這樣假定，早期「歸」字可用以說是死去，但「來歸」或「歸來」，在招魂的習慣上，卻是喚回生命之意，也就是〈招魂〉篇中所謂「魂兮歸來，反故居些」之意，「故居」即軀殼，是魂魄的娘家。婦女的娘家並非她的歸宿，正如人世並非生命的歸宿，生命的歸宿卻是死去。故莊子名之曰「大歸」或「歸」。《齊物論》說：「予惡乎知惡死之非弱喪而不知歸者邪？」亦是此意。

前文我們曾談到《詩經》中的「將其來食」和《禮記》中的「嗟來食」，覺得「來」字是否已全無「到來」之義很不易肯定。紀元前八世紀的〈石鼓文〉中的「吁來」，自是喚來之聲。但在前四世紀時，「來」字可用作純粹的助詞，更無問題了。《孟子》中的「盍歸乎來」來字在「歸乎」之後，似為助詞。《莊子》中的「嗟來」，原文寫子桑戶的朋友孟子反、子琴張如下：

> 子桑戶死，未葬。孔子聞之，使子貢往侍事焉。或編曲，或鼓琴。相和而歌曰：「嗟來！桑戶乎！嗟來！桑戶乎！而（汝）已反其真，而我猶為人猗！」子貢趨而進曰：「敢問臨尸而歌，禮乎？」二人相視而笑曰：「是惡知禮意！」（〈大宗師〉）

依照當時的喪禮，桑戶初死未葬之前，應為他招復，照《儀禮》和《禮記》的說法便該三呼「皋！桑戶復！」若像《楚辭》的語氣，似乎也應該叫「歸來！」或「魂兮歸來！」這裏孟子反和子琴張卻不用「歸」字，而「嗟來！桑戶乎！」的語氣，似乎仍有點像招復，這可能帶有摹擬而譏嘲「復」禮的意味。這兒從前後文看都沒有招桑戶之魂回來之意。前文曾說：

> 古之真人，不知說生，不知惡死。其出不訢，其入不距。翛然而往，翛然而來而已矣。不忘其所始，不求其所終。受而喜之，忘而復之。是之謂不以心捐（損？）道，不以人助天。（同上）

下文孔子又說這二人「以生為附贅縣疣，以死為決𤴯潰癰。夫若然者，又惡知死生先後之所在？」可見他們一定不會有意招桑戶之魂魄回來。

可是這也不全可靠。歌詞的後半，本有羨慕桑戶反真，而憾自己尚為人之意，所以前半也未嘗不可解釋成：你回來吧！不能讓我們單留在這裏。而且子貢只責他們「臨尸而歌」，並未責他們不招復。不過這也許由於「歌」更不合禮。而且他們朋友三人原已約定「相忘以生，無所終窮」的。恐仍以釋「來」字為純粹歎詞而無招來之意為較妥。至多只能解釋成半開玩笑的反語：回來吧！桑戶啊！你去得真好，返了本真；可是我們還累贅地活著呢！

除了招魂的用語之外，「歸來」的「來」字自周代以來即可能只當歎詞或「去」字解。如《戰國策・齊策四》中有名的故事，孟嘗君的食客馮諼三次彈劍而歌：

長鋏歸來乎！食無魚！

長鋏歸來乎！出無車（《史記》作「輿」）！

長鋏歸來乎！無以為家！

馮諼當時既住在孟嘗君處，且明說「無以為家」，現在只能說是「歸去」。而下文：「左右曰：『乃歌夫「長鋏歸來」者也。』」而且「來」下接「乎」字，似乎「來」字當歎詞用的可能性較小。

在周代較早的文獻中，「歸」字當願望口語用時，已很少單獨使用而不以歎詞相連。通常都和歎詞連用，如《尚書》中的「歸其有極」（〈洪範〉），《詩經》中的「歸哉歸哉」（〈召南·殷其靁〉一九），「曰歸曰歸」（〈小雅·采薇〉一六七）等。此外，《論語·公冶長》有「歸與歸與！」王引之《經傳釋詞》云：「曰歸曰歸猶言于歸于歸。」這可與「吁來」、「嗟來」比照。若非如此，也須與「不」字相連，如「胡不歸」（〈邶風·式微〉）。

這種習慣到漢以後似乎還保留。而且如上文所引，自《楚辭》以降，「歸」字作願望口語用時便時常和「來」字相連。例如前二世紀中葉淮南「小山」的〈招隱士〉於間接陳述語氣及用到「不」字時說：「王孫遊兮不歸」。但於直接願望口語時，便加上一個「來」字了：

王孫兮歸來！山中兮不可以久留。

先秦書籍於間接陳述句中，「歸」字多單用，或與別一動詞連用，如《詩經》：「公歸不復」（〈豳風·九罭〉一五九），及「還歸」（〈王風・揚之水〉六八），「歸處」（〈曹風・蜉蝣〉，一五〇）等。《莊子》有「歸到東門之外」（〈盜跖〉）之句。但我很少見到用「歸去」一詞。可能是後來才有。《說文》厶部「去，人相違也」。字从大从厶，厶是「以柳為之」的盛器，大是人形或器之蓋，過去無定說。今甲骨文「去」字多作[illegible]，亦間有作[illegible]作[illegible]者，凵為盛器，上為人形，似頗無疑義，但何以有「人相違」的意義呢？今人饒炯著《說文解字部首訂》云：「人相違義與來對文，本字當為棄。今人言去取猶曰棄取，去來猶曰棄來，可證古言尚傳於遺俗。」此說尚難證實。凵與丗皆為箕類物殆無問題。惟《說文》「棄」之重文為[illegible]，而甲骨文中不省箕。但「去」字之古義確為除去、離去、滅去或遺去。與棄義固近。離卦「來如」下於「焚」、「死」之後即接「棄如」。「去」字在漢及以前之經籍中往往訓為「殺」、「滅」或「棄」（看《經籍纂詁》所引）。因此在古代「歸」與「去」都可用以說「死」去。雖然這都只能說是引申義之一。

但我們知道，當「魂兮歸來」這種思想流行的時候，「歸來」與「去」便可相對而言了。如此「來」字為助詞，則至少「歸」與「去」是可對立了。相傳為田橫門人所作的挽歌〈薤露〉的說法和上引《左傳》及《禮記》等以死為歸剛好相反：

> 人死一去何時歸？

我們在前文引到《莊子・大宗師》，以「往」比死，以「來」比生。「往來」或「往徠」為對文，古來常見。而在《莊子》

中也可見「去」、「來」對比了：

> 去而來，不知其所止。吾已往來焉，而不知其所終。（〈知北遊〉）

《商君書》也說過：

> 去來賫送之禮。（〈墾令〉）

「歸去」一詞何時及如何起源，也頗成問題。《公羊》隱公二年說：「婦人謂嫁曰歸。」而《爾雅》則云：「嫁，往也。」古文《廣雅・釋詁一》說：「歸，往也。」《穀梁傳》莊公二年更說：「王者民之所歸往也。」往來、去來既是相對詞，若可說「歸往」，也就很易有「歸去」一詞了。《本草》釋杜鵑時稱：「其名若曰：不如歸去。」說亦見《蜀王本紀》及《禽經》。《禽經》雖說是春秋晉師曠所作，但《崇文總目》及以前各目皆未載，而始見於北宋末年陸佃（一〇四二至一一〇二）之《埤雅》，我以為大約就是陸所著。《本草》一書，舊題神農撰，固不可信，但《漢書・藝文志》已有神農黃帝《食藥》七卷之著錄，「本草」一詞亦見於《漢書・平帝紀》，梁啟超以為「此書在東漢三國間蓋已有之」。似屬可信。則「歸去」已見於漢末。但這還未能十分證實。而且這「歸去」的「去」字恐仍有「離去」的本義。如已有指方向的意思，也不過是指離開所在地的方向而說，並不像今語指所要去的方向。

一個更困難的例子乃是陶淵明（三六五？至四二七）的

〈歸去來兮辭〉。在進行討論之前，請先來看看「去」字。這字在古代文字中已常與問語詞有關。明楊慎（一四八八至一五五九）《升菴詩話》中「朅來」一則云：

> 今文語詞，朅來、聿來，不知所始。按《楚辭》：「車既駕兮朅而歸，不得見兮心傷悲。」（宋玉〈九辯〉二）舊注：「朅，去也。」又按《呂氏春秋》卷十五〈貴因〉：「膠鬲見武王于鮪水曰：『西伯朅去？（縱按：今本作「西伯將何之？」）無欺我也！』武王曰：『不子欺，將伐殷也。』（今本『伐』作『之』）膠鬲曰：『朅至？』武王曰：『將以甲子日至。』（今本作：『將以甲子至殷郊。』）」注：「朅，何也。」若然，則朅之為言盍也。若以解《楚辭》，則謂車既駕矣，盍而歸乎！以不得見而心傷悲也。意尤婉至。則今文所襲用朅來者，亦謂盍來也，非是發語之辭矣。《文選》注：「劉向七言曰：『朅來歸耕永自疎。』」顏延年〈秋胡妻詩〉曰：「朅來空復辭」義皆謂盍來，始通（縱按：劉向七言此句見《文選》卷二十一顏延年《秋胡詩》注引，又見卷二十九張景陽《雜詩》第六首注引，張詩云：「朅來戒不虞，挺轡越飛岑。」）（卷十二）。

又明張自烈（一五六四至一六五〇）《正字通》說：

> 朅，發語辭。朅來猶聿來。今詩家以朅來為去來。

漢人作品裏「朅來」一詞頗不少。司馬相如（前一七九至前一一七）〈大人賦〉有「回車朅來兮絕道不周」（《漢書》卷五十七下〈司馬相如傳〉）。張衡（七八至一三九）〈思玄賦〉有「回志朅來從玄諆」（《後漢書》卷五十九〈張衡傳〉）。〈思玄賦〉的「朅來」下唐章懷太子李賢（六五一至六八四）注云：「朅，去也。音丘列反。」惠棟引《韻書》曰：「朅，卻也，去也。」可見前人對這詞中的「朅」字訓釋至雜，訓去，訓何，訓盍（曷），訓聿，訓卻，不一而足。但幾乎都以為「來」是動詞，而「朅」則為語詞或動詞，其作為動詞看時，恐怕也只是一種偏義複詞的用法。顧炎武《日知錄》卷二十七論「《通鑑》注」時，釋「為愛憎所白」云：「愛憎，憎也。言憎而竝及愛，古人之辭，寬緩不迫故也。」還舉了「得失」為失，「利害」為害，「緩急」為急，「成敗」為敗，「同異」為異，「贏縮」為縮及「禍福」為禍諸例。後人論此者益多。劉盼遂在《燕京學報》第十二期發表〈中國文法複詞中偏義例續舉〉，加舉了不少。其中列有「朅來」一詞。可惜我目前竄居「西北」，手頭沒有此文。

我頗以為，對待字複合詞恐不僅有固定的偏義，有些也許還有任取的偏義，即可因所用地位或上下文而異；更有一些於尋常複合義之外，或甚至因情況而有偏重之義。「朅來」、「去來」等恐怕有時也比較複雜，這兒未及細論。

但我們這裏可注意到，「去」字何以與問詞有關。《說文》厶部「朅，去也。从去，曷聲」。曷字在此是否全為聲符，實成疑問。即使全是聲符，我們也須問：「曷」字為什麼會成為問詞，而「去」字又何以會與「曷」連成一字。

《爾雅．釋言》：「曷，盍也。」郭璞注：「盍，何不也。」《廣雅．釋詁》三：「害、曷、胡、盍，何也。」高郵王氏父子乃稱：「盍為何不，而又為何；曷為何，而又為何不。聲近而義通也。」（《經傳釋詞》四「曷、害」及「盍、蓋、闔」二則下引其父念之說）「盍」字《說文》列在血部，云：「□，覆也。從血、大。」徐鉉等以為上部是「蓋覆之形」。因此過去都把這字寫成「盇」。這字現尚未見於已釋之甲骨文。但古鉢此字作□，上部从古「去」字（看上文頁一一四引，金文相似），則《說文》必有誤。又《說文》曰部「曷，何也。从曰，匃聲。」又亾部「匃，气也。逯安說：亾人為匃」（古代切）。按金文匃字作□，甲骨文作□，皆从亾作。似乎逯安說頗有據。可是「曷」字現亦不見於甲骨文，連金文中也不見。又都找不到「朅」字。惟古鉢「竭」字作□，[11]曷似从「其」。說文立部「竭，負舉也，从立，曷聲」（渠列切）。段《注》云：「凡手不能舉者負而舉之。」並引〈禮運〉注云：「竭猶負載也。」這字的本義是以頭負箕。然則「曷」所从者似乎是箕而非从亾。若从亾，則字與「去」、「棄」的本義很相近。而且上文所說，「棄」字也是从手捧「其」。「其」字固是箕形，甲骨文中即已作問詞用，如「其雨？」《詩經》中尚幾次用「何其？」也作為問詞或願望詞用（今湘語尚有「何斯」。關於這種「其」字，我以前曾有文稿論及）。上文也曾引《詩》「將其來食」。「將其」本義應為「拿著箕」，但後人卻認「其」為願望詞或命令詞。綜合說來，「朅來」的「朅」字也許已大致有「何」或「卻」等語詞之義，而明代詩人所用的「去來」、「去」亦為發語詞，這種說法也許是可信的。

但漢代人說的「歸來」一詞，這個「來」字似已略示有指示歸的方向與說者的相關地位之別。《漢書》卷六十三〈武五子傳〉戾太子傳說：

> 上憐太子無辜，乃作思子宮，為歸來、望思之臺於湖。

顏師古（五八一至六四五）注云：「言己望而思之，庶太子之魂來歸也。」潘岳（二四七至三〇〇）〈西征賦〉引此事云：「作歸來之悲臺，徒望思其何補？」此臺為一臺或二臺，舊注都未標明。「歸來」與「望思」乃對文而非連語，來思為韻，故暫假定為二。「來」字和「思」字在這兒本來皆可當成歎詞，也可當成動詞之一部分。我們在上文（頁一一三）論及《楚辭》中的「歸來」，曾說有願望口語的意味。其實這「來」字當然也可暗示向作者的地位而歸來。而且漢末如果已有「不如歸去」的說法，則說話人是否已在所欲歸之地便頗有區別。漢武帝和淮南「小山」所說的「歸來」是要別人向他們而來，「不如歸去」則是說要離開說話人所在地而到尚未歸之地。願望嘆聲的「歸來歸來！」似乎不能全沒有這種方位的意義。

不過「來」字在一動詞之後時，指方位的意義有時很薄弱，比「去」字還弱。「來」字有時也成了別的助詞或複詞之一部分。《晉書》卷一〇五〈石勒載記上〉說他二十餘歲被賣為奴時，

> 每耕作於野，常聞鼓角之聲。勒以告諸奴。諸奴亦聞

之。因曰：「吾幼來在家恒聞如是。」

陶淵明於晉義熙元年（四〇五）即乙巳歲十一月辭去彭澤令，隨即寫〈歸去來兮辭〉，辭首及辭中兩次用到「歸去來兮」一語。於是自唐、宋以來「歸去來」三字便常被引用，卻很少人追問這三字連用到底是什麼意義。如李白就有詩道：「淵明歸去來，不與世相逐。」（〈九日登山〉）「陶令歸去來，田家酒應熟。」（〈尋陽紫極宮感秋作〉）杜甫有：「先生早賦歸去來，石田茅屋荒蒼苔。」（〈醉時歌〉）高適有「轉憶陶潛歸去來」（〈封丘縣〉）。至於白居易的「效陶潛體詩」裏則更用了好幾個「來」「去」字：「口吟歸去來……歸來五柳下……先生去已久……我從老大來……」又《樂府詩集》卷六十八〈雜曲歌辭〉也引有唐張熾〈歸去來引〉云：「歸去來，歸期不可違。相見故明月，浮雲共我歸。」自序稱陶辭「樂天知命，故去之無疑也」。他們似乎都不感到「歸去來」三字有什麼特異之處。

到了宋朝，柳永已有「歸去來」的詞牌。蘇東坡更增刪陶淵明的〈歸去來兮辭〉以就聲律，謂之「歸來引」。他自己也有詩句道：「我歌『歸來引』。」他算把「去」字刪掉了。但宋人詞牌中卻還有「歸去曲」、「歸去難」及「不如歸去」等。金、元以後，畫家往往作「歸去來圖」。趙孟頫〈題歸去來圖〉詩云：「淵明賦歸來。」又題畫淵明詩說：「解印歸來去就輕。」宋張祁有歸去來堂。至於以歸來為園名堂名的更數見不鮮。好像宋人頗有認「歸去來」便是「歸來」的趨向。

但是陶淵明何以不只說「歸去」或「歸來」？這辭到底

是歸前或歸後所作？一直沒有定論。前人的看法，大略可分為五種：

一、認此辭乃歸前所作，既歸之事不應實敘。如金王若虛（一一七四至一二四三）說：

> 凡為文，有遙想而言之者，有追憶而言之者，各有定所，不可亂也。〈歸去來辭〉將歸而賦耳。既歸之事，當想像而言之。今自問途而下，皆追錄之語，其於畦徑，無乃窒乎！「已矣乎」云者，所以總結而為斷也，不宜更及耘耔嘯詠之事……（《滹南遺老集》卷三十四〈文辨〉）

又據劉祁《歸潛志》卷八說，他在興定、元光間，在南京與王從之（若虛字）等「論為文作詩」，王說：「淵明〈歸去來辭〉，前想像，後直述，不相侔。」這是轉述王意，似有出入。我們應注重他自己說的「將歸而賦」的看法。

二、認陶辭前後段也許應分開，原是兩篇。如朱熹（一一三〇至一二〇〇）說：「首云『歸去來兮』，中又云『歸去來兮』，了無端緒，疑為二篇。」（見明郎瑛（一四八七至？）《七修類稿》卷三十引）朱熹算是最先看到這問題了，但沒說多少原由。

三、認陶辭段落分明，並不棼亂。如上引郎瑛於引了朱說後便駁他道：

> 此文公或一時未盡看破也。李格非所謂「沛然肺腑中流出」，彼何較其端緒首尾者耶？余細觀之，亦有端

> 緒：共有五段，每段換韻，自然純古，人不覺之。

金聖嘆（？至一六六一）也說：

> 凡看古人長文，莫以其汪洋一篇便閣過。古人長文，皆積短文所成耳。即如此辭，本不長，然皆是四句一段，試只逐段讀之，便知其逐段各自入妙。古人自來無長文能妙者，長文之妙，正妙於中間逐段逐段純作短文耳。（引見日本安藤秉《文章軌範纂評》卷七）

清代文評家同此主張，而且指明段落的，如吳淇等人，為數亦不少。可是幾乎沒有人看出「來」、「去」的問題來（以上可參看《陶淵明卷》下編，頁三二六至三三八）。

四、清人中也有少數人見到了這問題，都認為「去」、「來」是就在彭澤與在家而言的。如林雲銘說：

> 就彭澤言，謂之歸去；就南村言，謂之歸來。篇中從思歸以至到家，步步敘明，故合言之曰「歸去來」。（《古文析義初編》卷四）

毛慶蕃也說：「於官曰歸去，於家曰歸來，故曰歸去來。」（《古文學餘》卷二十六）可是這些人也沒有提起：若在官說「去」，何以同時又用「來」字；若在家說「來」，為什麼同時又用「去」字？至於吳楚材等所選的《古文觀止》對前一個「歸去來兮」注道：「言去彭澤而來至家也。」對後一個則注說：「再言歸去來者，既歸矣，又不絕交遊，即不如不歸之愈也。」也不知有什麼根據。

五、近人往往認「歸去來兮」中的「來」字是助詞。如王瑤便說：「來，語助詞，無義。」(《陶淵明集》）又如一九六四年北京出版的《古代散文選》也說：「歸去來兮，意思是『回去吧！』來，助詞。兮，語氣助詞。」又如一九六二年北京大學中國文學史教研室選注的《魏晉南北朝文學史參考資料》也注道：「『歸去來』即歸去之意，『來』是語助語。清林雲銘、余誠等以為『就彭澤言謂之歸去，就南村言謂之歸來』。疑非是。」這種解釋至少還未能解答兩個疑問：以「來」為助詞而於「去」字則無說。未解釋辭中既已寫到家以後之事，何以仍只說「回去吧！」

要探討這問題，首先須判斷這辭到底在何時何地所作。原辭自序有云：

> ……家叔以余貧苦，遂見用於小邑。於時風波未靜，心憚遠役，彭澤去家百里，公田之利，足以為酒，故便求之。及少日，眷然有「歸與」之情。何則？質性自然，非矯厲所得；饑凍雖切，違己交病。嘗從人事，皆口腹自役。於是悵然慷慨，深愧平生之志。猶望一稔，當斂裳宵逝。尋程氏妹喪於武昌，情在駿奔，自免去職。仲秋至冬，在官八十餘日。因事順心，命篇曰「歸去來兮」。乙巳歲十一月也。

今按「祭程氏妹文」首稱：「維晉義熙三年（四〇七）五月甲辰，程氏妹服制再周。」五月甲辰即五月初六日（陽曆六月二十六日）。依喪服禮制，對已嫁的姊妹，應服「大功」

之服，為期九個月。「服制再周」的意思是說這天他的妹妹已死了滿十八個足月了。由此上推，可知她死在義熙元年乙巳（四〇五）十一月初六癸未（陽曆十二月十二日）。

從彭澤到武昌有多少里，我手頭無書，未能確查。惟淵明自云「彭澤去家百里」，現以彭澤在今湖口縣東彭澤鄉為度，柴桑乃在其西南的今九江縣西南，大略可推知，從武昌到柴桑也許有六百里左右，從武昌到彭澤也許有七百里左右。從武昌到彭澤報喪，船行順水，恐怕也得三四天罷？陶淵明得知妹喪當已在初十左右。即使如史傳所說「即日解印綬去」，他辭職總是十一日左右，離彭澤恐怕已在十二日前後了。從彭澤坐船經長江到武昌，是上水，又是冬天逆風，恐怕要十來天才能到，這已是二十二日了。序文說「情在駿奔」。《詩．周頌．清廟》（二六六）有句云：「駿奔走在廟。」乃是指祭祀。淵明急促奔喪，乃是去參加發喪祭祀。照常情似乎也得留住兩三天；祭妹文中說起她有小孩而且很像已住在柴桑附近（這從「寥寥空室，哀哀遺孤」及「遺孤滿眼」可知）。她的遺孤家小及靈柩是否係隨淵明同歸，不得而知；若是一道，那就更需時了。現假定不是一道，恐怕也要二十五、六才能離開武昌。這大約會乘船，但到岸時還有一段陸程。合計恐亦須三、四天。這一月月大，到家時已是二十九或三十日。關於晉末這段路程旅行所需的時日，史書上也許可以找到，一時未克細查。惟當時內戰時有，「風波未靜」，旅行恐不很方便。按居延《漢簡郵驛史料》「界中九十五里，定行八時三分，實行七時二分」（《甲編》第九一六號），乃指步行，且七時（即今十四小時）是加速到達。也有「界中八十里，書定行九時」的（《甲編》第七六七）。

顧炎武《日知錄》說：「安祿山反於范陽，玄宗在華清宮，告急書六日而達。」這是特例。且係官郵。舊史多以為「宋始許臣僚以家書附遞」，雖已不確，但宋以前在「小官下位」者實無此權。故陶淵明不大可能由官郵得他妹妹的死耗。

從上面這一推測，陶淵明只能在月底到家。而自序中說辭之「命篇」時即在十一月。在此情形下，恐怕命篇之始及前段數句，很可能起草於由武昌回柴桑的途中。自「歸去來兮，田園將蕪，胡不歸！」到「乃瞻衡宇，載欣載奔」，明明是未到家的情景。歸途經歷，固可追敘，但引用《詩經．式微》的話「胡不歸」卻只能適合於未歸之時。所以我們可以說，這開頭兩句必然是到家之前所作。

從「既自以心為形役」到「恨晨光之熹微」，可能是在途中所作，也可能是到家後所作。

從「乃瞻衡宇」到「有酒盈樽」，乃是描寫初到家的情景；可能作於十一月底初到家時，也可能作於以後。

從「引壺觴以自酌」以下，都是到家後好幾天才能寫作的了。試看「自酌」、「園日涉」，都不像初到家時的語氣。

第二個「歸去來兮」以後這一半段，多說的是願望和理論，與前半段敘了許多經驗大不相同。前半段中自「舟遙遙以輕颺」到「撫孤松而盤桓」，說得非常具體，不能全憑想像而寫，與〈離騷〉情形不能並論。後半段本來在任何時候都可以寫，可是其中「農人告余以春及，將有事於西疇。或命巾車，或棹孤舟，既窈窕以尋壑，亦崎嶇而經丘。木欣欣以向榮，泉涓涓而始流」，這幾句寫的顯然是初春景象，寫作的時間很可能是正月或以後了。

總括起來說，這辭前面兩句或八句大約作於十一月中、下旬到家之前的途中，其餘皆作於到家之後，從十一月底到十二月以至於次年春天。全篇可能非一時所作。所謂「十一月也」，只是指主要事實的大概。

當然，我們也未嘗不可作另一種假設，認為全文依序描述，本來都是追敘。辭首亦未嘗不可是假想未歸前的口氣。這種可能性並非沒有，但就寫作經驗而言，到家以後來寫「歸去來兮，田園將蕪胡不歸」這種句子，實在很不自然。

至於另一種可能性，就是全部或係作於歸途，辭中所述當成想像的情景。這種假設，就自序所謂時在十一月，及歸家可能快到十一月底的情況說來，又就全文語氣而論，本來都無不可。只是如我們上文提起過的，若不憑經驗，是否能寫得這麼親切，總不能無疑。我還另有一個理由，可證所述初歸情景多是寫實而非虛想。〈飲酒〉詩二十首究作於何年，過去頗無定說，多數人都認為是彭澤辭歸後十二年，即義熙十三年丁巳（四一七），主要理由是第十九首中說「亭亭復一紀」，多認為指辭官（即上文的「歸田里」）後而言。我現在倒覺得可能作於辭官後不久，說來話長，此不具論。總之，是〈歸去來兮辭〉以後的作品是無異議的。這些詩中有好些句子和辭中的句意相近，用詞也相似。如辭的自序說，「違己交病」，詩中則說「違己詎非迷」（第九首），辭末說「聊乘化以歸盡，樂夫天命復奚疑」。詩中則說「臨化消其寶」（十一），「日入群動息，歸鳥趨林鳴，嘯傲東軒下，聊復得此生」（七），「達人解其會，逝將不復疑」（一），其他如第四首與第八首講到「徘徊」於「孤生松」等，都是實景。因此我頗相信辭中所寫歸家及在家的情形絕不是虛構的。

這些分析都告訴我們，就寫作情況及全文語氣而論，陶潛的「歸去來兮」一語似乎可應用於到家前和後兩種地位。

這個推斷與當時「去」、「來」二字的慣用法頗相合。我們在前文曾說過「去」字的基本意義之一是「離去」（頁一一四），較古的「歸去」一詞恐仍是指所離去之地而言（頁一一五）。這並不限定說話人必須在什麼方位。這多半由於「歸」、「去」等字原義與方向關係不太密切之故。如《荀子》：

> 湯武非取天下也……而天下歸之也。桀紂非去天下也……而天下去之也。天下歸之之謂王，天下去之之謂亡。（〈正論〉）

《論語・微子》第二章「人曰：子未可以去乎？」與上章「微子去之」，說話人的地位即不相類。這情形亦見於漢初官文書中。如漢高帝十二年（前一九五）二月詔云：

> 與（燕王盧）綰居，去來歸者赦之。（《漢書・高帝紀》）

顏師古注道：

> 先與綰居，今能去之來歸漢者，赦其罪。

這注解大約是對的。只是我們須注意：「去」字及「來」、「歸」字下面都沒有受詞，而此所謂「去」，卻是站在「來」

了的這一方面而說的。這和前文劉邦做亭長時放縱所送徒役而說的

> 公等皆去，吾亦從此逝矣！

自然不同方位。又漢文帝三年（前一七七）七月詔曰：

> 濟北吏民……與王興居（居？）去來，亦赦之。（《史記．孝文本紀》）舊注：「徐廣曰：乍去乍來也。駰案：張晏曰：雖始與興居反，今降。赦之。」

這詔書也見於《漢書．文帝紀》，但原文於「來」字下多一「者」字。顏師古在這句下面也注道：

> 雖始與興居共反，今棄之去而來降者，亦赦。

劉攽以為高帝詔「與綰居」，則此文亦應為「與王興居居」。蓋脫一「居」字。王先謙卻說：

> 「居」字不加，文意自明，非脫也。《史記》亦作「與王興居去來」。去謂叛去，來謂來降。《集解》引徐廣云：「乍去乍來也。」顏云：棄之去而來降，則「與」字意不了，信當如劉說添「居」字矣。（《漢書補注》卷四）

這兒恐怕還是應該補一「居」字，因照古文字寫法，上有一

「居」字，重複字即以「〃」代替，是容易遺漏，而且寫刻者易因興居為專名反誤會不宜更出一「居」字，故而誤刪。因此，顏師古對「去」、「來」二字的解釋，基本上是正確的。但王先謙釋「去」為「叛去」亦可通，且更近於陶潛的用法（見下），此外還有一好處，因與興居居者似尚非大罪，何必來降始赦？惟先曾與彼在一處，叛去我，後來降，乃赦之耳。

其實「去」、「來」、「歸」的這種用法，在漢代可能相當普遍。西漢元帝（前四八至前三三）時史游所作的〈急就章〉就有這樣一句：

> 去俗歸義來附親。（《四部叢刊續編》景明鈔本，頁三四反）

這裏顏師古也注道：

> 去其本俗，歸於德義，附化而親近也。（同上）

從這些例子裏都可看出，「去」與「來」、「歸」並用時，多係取其「離」、「棄」之義，和後來所謂「向什麼方向去」的「去」不同，凡後面這種意義，古代多說「往」或「之」。如《易》爻辭「往來井」（「井」四八）及「往蹇來反」（「蹇」三九）等。這一點，我們在前文已說到（頁一一四）。這裏所須強調的乃是，先有「歸往」一詞，後有「歸去」一詞，而這「去」字本義與「往」頗不同，以後「歸往」一詞逐漸消失，「去來」與「往來」的意義又漸趨接近，

「去」字與「往」字都越來越與目的地關係加密，後來甚至可以說「往何處去」了。「來」字成為別的動詞的助詞，如在「歸來」、「為我道來」、「從實招來」等詞句中的情形，比「去」字發展成類似的功用，如元曲《漢宮秋》中的「且教使臣館驛中安歇去」的情形，為時較早。但在陶潛時，「去」字也早已逐漸向這個方向演變了。這點可從陶潛作品中的「歸」、「去」、「來」之用法看出來。

在薄薄的陶集中，用了「歸」字至少在六十次以上，除普通的意義如「歸園田」、「功遂辭歸」、「飡勝如歸」、「相鳴而歸」、「歸鳥」、「歸家」、「人生歸有道」、「望義如歸」、「慷慨思南歸」及「將歸」之外，也有許多是像傳統觀念一般，以「歸」為死，如本辭中的「聊乘化以歸盡」及〈連雨獨飲〉中的「運生會歸盡」，以及「百年歸丘壟」等，這兒且不具論。我們只須注意其中也有不少是後面跟有助詞的，如：

> 吾生行歸休。（〈遊斜川〉）
> 朝起暮歸眠。（〈戊申歲（四〇八）六月中遇火〉）
> 乃逃祿而歸耕。（〈感士不遇賦〉）
> 且欣然而歸止。（同上）

陶集中「來」字作通常意義用的如下：

> 遺贈豈虛來？（〈乞食〉）
> 鄰曲時時來。（〈移居〉）
> 時來苟冥會。（〈始作鎮軍參軍經曲阿作〉）

凱風因時來。(〈和郭主簿〉)
晨鳥暮來還。(〈於王撫軍座送客〉)
念來存故人。(〈與晉安別〉)
觴來為之盡。(〈飲酒〉，十八)
翩翩新來燕。(〈擬古〉，三)
知我故來意。(同上，五)
盛年不重來。(〈雜詩〉，一)
風來入房戶。(同上，二)
我來淹已彌。(同上，八)
微風從東來。(〈讀山海經〉，一)
託乘一來遊。(同上，三)
當時數來止。(同上，十二)
重華為之來。(同上，十三)
悲樂極以哀來。(〈閒情賦〉)
問所從來。(〈桃花源記〉)
咸來問訊。(同上)
率妻子邑人來此絕境。(同上)
何由來此?(〈晉故征西大將軍長史孟府君傳〉)
外姻晨來。(〈自祭文〉)
(〈有會而作〉中「嗟來何足吝」係引典，今不計。)

此外用來表示時間經過的如：

旬日已來。(〈有會而作〉，序)
自從分別來。(〈擬古〉，三)
借問衰周來。(〈詠二疏〉)

從來將千載。(〈詠貧士〉，四)
向來相送人，各自還其家。(〈挽歌詩〉，三)
病患以來。(〈與子儼等疏〉)
與子相遇來。(〈影答形〉)(此「來」字猶「以來」。)

這種表時間的「來」字，有時與「往」相對，這大約仍從行走往來之原義而演化出來的。「往」、「來」對文或連詞之例如：

往燕無遺影，來雁有餘聲。(〈九日閒居〉)
披草〔一作衣〕共來往。(〈歸園田居〉，二)
其中往來種作。(〈桃花源記〉)
往跡浸復湮，來逕遂蕪廢。(同上)
悟已往之不諫，知來者之可追。(〈歸去來兮辭〉)
(「往」字之義，可參看〈祭程氏妹文〉的「如何一往，終天不返」及〈祭從弟敬遠文〉的「悲一往之不返」。)

這最後一例，以「往」、「來」指時間過程，在漢、魏時已可用「去」、「來」二字，曹操的「去日苦多」即是一例。陶詩則有「知有來歲不」(〈酬劉柴桑〉)及「去歲家南里」(〈與殷晉安別〉)。至於方向意味極弱的「來」字則有「曰余作此來」(〈丙辰歲(四一六)八月中於下潠田舍穫〉)。

現看陶潛全集中的「去」字，幾乎全是不脫「棄」、「離」的本義，只有指從什麼離去之義，沒有或很少有指向某處去之義。例如：

投耒去學仕。(〈飲酒〉，十九)

這句頗像《史記·項羽本紀》中的

學書不成，去，學劍，又不成。

「去」是捨去之意，不是說「去學仕」。這種句法在陶集中還不少。下列諸例中有些即近似。

正宜委運去。(〈神釋〉)
如何舍此去?(〈辛丑歲(四〇一)七月赴假還江陵夜行塗口〉)
羲、農去我久。(〈飲酒〉，二十)
從此一止去。(〈止酒〉)
平王去舊京。(〈述酒〉)
晨去越河關。(〈擬古〉，五)
日月擲人去。(〈雜詩〉，二)
我去不再陽。(同上，三)
家如逆旅舍，我如當去客。(同上，七)
重華去我久。(〈詠貧士〉，三)
功名者自去。(〈詠二疏〉)
葉燮燮以去條，氣凄凄而就寒。(〈閑情賦〉)
彭澤去家百里……自免去職。(〈歸去來兮辭〉序)
曷不委心任去留。(〈歸去來兮辭〉)
曾不吝情去留。(〈五柳先生傳〉)
諸從事既去。(晉故征西大將軍長史孟府君傳)

去鄉之感，猶有遲遲。（〈讀史述〉，二，箕子）
去矣尋名山。（〈尚長、禽慶贊〉，今本係據《藝文類聚》引）

上面的例子中，值得注意的是除「委運去」外的「舍此去」、「擲人去」等，「去」字在另一動賓詞後當作一種補助詞，若省去賓詞，便可作成複動詞「舍去」、「擲去」。上面另一例的「一止去」，即是這種形式。這種「去」字還見於下列諸例：

翳然乘化去。（〈悲從弟仲德〉）
化去不（一作何）復悔。（〈讀《山海經》〉）
死去何所道？（〈挽歌詩〉，三。〈飲酒〉，十一有類似句，「道」作「知」。）
停數日辭去。（〈桃花源記〉）

這兒除第一條外，各「去」字都在一動詞後作助詞用，與「歸去」、「歸來」的形式極類似。而「去」字在這「化去」、「死去」、「辭去」中都是「離去」的意思，說話人或作者無論站在什麼地位都可用。

陶詩中也常見「去去」一詞，通常都有匆促急去之意，如：

去去百年外，身名同翳如。（〈和劉柴桑〉）
去去轉欲速，此生豈再值？（〈雜詩〉，六）
家為逆旅舍，我如當去客，去去欲何之？南山有舊

宅。（同上，七）

鳴雁乘風飛，去去當何極。（〈聯句〉）

但也有表示決心和強烈願望的，例如上文說到過的（頁一二六）作於彭澤辭官後不久的〈飲酒〉詩第十二首便說：

長公曾一仕，壯節忽失時，杜門不復出，終身與世辭。仲理歸大澤，高風始在茲。一往便當已，何為復狐疑？去去當奚道！世俗久相欺。擺落悠悠談，請從余所之。

這裏「去去」與「歸去來兮」的句法自然不同，但這詩的措辭表情卻與這辭很接近，這「去去」一詞中所含的願望與決斷的意思，也許可供參考。

當然，更值得注意的還是陶潛自己在別處把「去」、「來」、「歸」對待用時的含義。他在幾次「去」、「來」對文的場合都把兩字當動詞用，「來」字指從他處來，「去」字則指離去或死去。如：

饑來驅我去。（〈乞食〉）

晨色奏景風，既來孰不去。（〈五月旦作和戴主簿〉）

惟集中有「飄飄西來風，悠悠東去雲。」（〈與殷敬安別〉）自序云殷時「移家東下，作此以贈」，則「東去」自係指東向而去，這「去」字恐仍有離去意，東方不是說去的目的地，此「東」字只是指離去的方向。按義熙七年（四一一）

劉裕改授太尉，在建業（今南京），三月殷自潯陽經陶宅東下，到劉裕那裏去當參軍，陶家在建業之西，因可說殷「東去」，其實這與說「東下」也相差不遠，陶潛即使站在別的方位，也還可以這樣說的。「來」字在這種用法時便有限制了。例如《楚辭．哀郢》中有「去終古之所居兮，今逍遙而來東。羌靈魂之欲歸兮，何須臾而忘反。背夏浦而西思兮，哀故都之日遠」。屈原這時已離郢在東部，「去」之賓詞「終古之所居」與說話人可以不在（或在）一個方位。「來」字卻不同，必須說話人尚在東方，才能說「來東」。而且陶只能說「東去」，不能說「去東」。但非助、歎詞的「來」字有時可與說話人的方位無關，這須說者設想站在動作者的方位而說。例如《莊子》：「尾生與女子期於梁下，女子不來，水至不去，抱梁柱而死。」(〈盜跖〉)

在《莊子》同篇裏也可看到「歸」字兩種情況：它可用作別的動詞的補助詞，如「疾走歸！」、「亟去走歸，无復言之！」這「歸」和「丘來前！」的「前」字略相類。其次，「歸」字指一種行動，卻用一助詞使之與目的地相連，如「孔子再拜趨走，出門上車……歸到魯東門外」，這兒用了「到」字，與「歸根」、「歸家」不同。這表示「歸」字有時並不指示動作的完成，這種補助式，有時不用賓詞，如《漢書》載楊王孫報祁侯書云：

> 且夫死者終生之化，而物之歸者也。歸者得至，化者得變，是物各反其真也……使歸者不得至，化者不得變，是使物各失其所也。且吾聞之：精神者，天之有也；形骸者，地之有也。精神離形，各歸其真，故謂

之鬼。「鬼之為言歸也」……（卷六十七〈楊王孫傳〉）

陶詩中的「歸」字與「去」字在一起用時，往往兩字各有其獨立性。在同一句中，「去」與「歸」所指的離開和歸到的地方往往是同一個；而離去與歸來的方向卻是反對的。例如：

適見在世中，奄去靡歸期。（《形贈影》）
羽奏壯士驚，心知去不歸。（《詠荊軻》）

其中「歸」、「去」、「來」三字同用在一兩句內的，用法也大致與此相似。例如〈挽歌詩〉中的說話人是「我」，且係淵明自挽詩，其第二首全文道：

在昔無酒飲，今但湛空觴。春醪生浮蟻，何時更能嘗！殽案盈我前，親舊哭我傍。欲語口無音，欲視眼無光。昔在高堂寢，今宿荒草鄉。一朝出門去，歸來良（一作夜）未央。

這兒「一朝出門去，歸來良未央」像是預寫未來，這個「我」目前還未被葬，所以「去」、「歸來」如此用法。清邱嘉穗說這首是寫「奠而出殯」（《東山草堂陶詩箋》卷四），也許很相近。但細讀「昔在高堂寢，今宿荒草鄉」句，則這個「我」應早已被抬到了荒郊，如何下文還說「一朝出門去」呢？而且下面第三首明寫「送而葬之」，說「嚴霜九月中，送我出遠郊」，本來正像邱說的「次第秩然」，不該在第二首裏早已「宿」於荒郊了。這裏只能認為，那個「我」「今」已「宿」於壙地，但尚未埋葬，即尚未如第三首說的「幽室一已閉」。可是那一朝所出之「門」是否指家門，以及這兒的「歸來」，到底是指生之家還是指死去所歸之處，由於他兩種用法都有（看上文頁一二九），這就不易斷言了。〈自祭文〉中有「窅窅我行，蕭蕭墓門」之句，「門」似亦可指「墓門」，同文中又說：「陶子將辭逆旅之館，永歸於本宅。」則〈挽歌詩〉中的「歸來」恐仍以歸到那「丘壠」中的「本宅」（即死之歸所）為更有可能。「門」則是這「本宅」之門。總之，這裏的「去」、「歸來」似皆以這「本宅」為基點而說的。

再看〈還舊居〉詩說：

> 疇昔家上京，六載去還歸。今日始復來，惆悵多所悲……

這裏的「去」、「歸」、「來」也都用一個地方，上京，做基點的。

又前面提到過的（頁一二六，又一三五）〈飲酒〉詩第四首很類似「辭」中的「鳥倦飛而知還。景翳翳以將入，撫孤松而盤桓」。這詩是：

> 栖栖失群鳥，日暮猶獨飛。徘徊無定止，夜夜聲轉悲。厲響思清遠，去來何依依，因值孤生松，斂翮遙來歸。勁風無榮木，此蔭獨不衰。託身已得所，千載不相違（「厲響」二句一本作「厲響思清晨，遠去何

依依」)。

這兒「去來何依依」乃說去而復來，終來歸於孤松。也是以一個方位為基點。「去來」連文是值得注意的。這「去」字是指「出林」離去之意。〈詠貧士〉詩中的「遲遲出林翮，未夕復來歸」，意頗相似。

陶淵明的全集中除了上述有「去來」、「來歸」之外，也有「歸來」一詞，卻不見「歸去」單獨連文。〈祭從弟敬遠文〉有一段說：

> 余嘗學仕，纏綿人事，流浪無成，懼負素志。斂策歸來，爾知我意。常願攜手，寘彼眾議……

這顯然是指彭澤辭官歸田的事。上引（頁一三五）〈飲酒〉詩第十二首末云「擺落悠悠談」，與這裏的「寘彼眾議」正指同一情境，大約淵明歸田時一定有人批評他不該棄官。而他則屢引漢張釋之的兒子張摯（字長公）以自辯（長公事見《史記》卷一〇二〈張釋之傳〉末，僅云：「官至大夫，免，以不能取容當世，故終身不仕」，《漢書》卷五十同。「不能取容當世」殆為淵明歸田之最好自我解釋，故其事雖簡，卻能予陶以如許深刻印象。至陶所見長公事，或另有詳載，亦不無可能)。〈讀史述九章〉末為「張長公」，原文正係用以表白自己辭官歸去的：

> 遠哉（《藝文類聚》作「達哉」）長公！蕭然何事？世路多端（《類聚》作「皆同」），皆為我異（《類聚》作

> 「而我獨異」)。斂轡朅來，獨養其志。寢跡窮年，誰知斯意！

這裏極可注意的是「斂轡朅來」一語，與上引祭從弟文中的「斂策歸來」非常近似，也和〈飲酒〉詩第四首的「斂翮遙來歸」相髣髴。關於「朅」字的意義，前文（頁一一五）曾有所論列，這兒把這三句類似句子比較的結果，大概可斷言，還「斂轡朅來」即近似「斂轡去來」。這「去」字本可釋作去官之意，但從前文所分析，「去來」或「歸來」等多係以一個地點為準，則此處或仍以解作去家復返為較近，其實也還是說「歸來」。《淮南子・說山》「以束薪為鬼，朅而走」。高誘亦注「朅」為「去」。

綜括上面所有的分析，似可得出以下幾點結論：（一）「歸去來兮」既已有「兮」字，則「來」字似非歎詞。（二）「歸」字在這裏是主要動詞，它的基本意義是回家，但它本身不強調這行動的過程或完成。（三）「去來」在這裏是「歸」字的補助詞，以補足及加強其過程之意，「去」可能原有「離去」其家之意。指「去官」本來也可通，但從陶集的其他例子看來，此所離去之地以指現所歸來之同一地點，即其家，為更有可能。因此，「去來」本含有去而復來之意。這一詞在當時可能是一種成語，「去」字原來的離去之義已逐漸變弱，「去而復來」即成為「回」的意思，不過仍有回返的過程之意味，故用以為「歸」字的助詞。（四）由於當時「去去！」已有表示強烈的決心與願望之意，「來！」的聲音也便於拖長而成為願望助詞或歎詞，所以「歸去來兮」在這裏表示了這種堅強的決心與願望。（五）「歸去來」雖然表示這行動的方向是向家而來，但說話人或作者無論在到家之前或到家之後都可以用它。這種可能性是由於「去」本指離開，而「來」成為助詞或歎詞時對方向的限制已比較活動。

「歸去來」可能是一成語，到唐代也許人們還不以為怪。今陶集中有〈問來使〉一詩云：

> 爾從山中來，早晚發天目。我屋南窗下，今生幾叢菊？薔薇葉已抽，秋蘭氣當馥。歸去來山中，山中酒應熟。

這詩的真偽問題，自宋以來，至少已有七種不同的看法：(一)認為是真的。如宋蔡絛說：

> 陶集屢經諸儒手校，然有〈問來使〉一篇，世蓋未見，獨南唐與晁文元家二本有之。詩云（略）。李太白〈潯陽感秋詩〉：「陶令歸去來，田家酒應熟」，其取諸此云。（蔡著《西清詩話》）

洪邁（一一二三至一二一二）《容齋隨筆》也有同樣的記載和意見。(二)疑為李白的逸詩「後人謾取以入陶集耳」（嚴羽《滄浪詩話》）。(三)認為是晚唐偽作的（宋湯漢《陶靖節先生詩》卷四；清鄭文焯亦主此說）。(四)認為是蘇軾所作，好事者混入陶集中（明郎瑛《七修類稿》卷二）。(五)謂「末二句有淵明意致，似非晚唐人所能作」（明張自烈輯《箋注陶淵明集》卷二）。(六)謂「此首太白極似之，以筆輕竟類唐人，然自有興趣，但非公作耳」（清方熊評《陶靖節集》卷二）。(七)也有說「是後人擬陶者，並不是太白之作」（清薛雪《一瓢詩話》）。

現在我們且暫不管這作者問題，若姑信南唐版本中已有此詩，則晚唐人還可能寫出「歸去來山中」這種句子。這雖已改動了陶潛原句的願望呼喚語氣，但加上「山中」作賓語，仍能合於我們上面結論的解釋；而且作者設想是在未歸之前，仍用「來」字，與我們所解釋的也不相抵觸。

要把「歸去來兮」譯成現在的白話文恐怕已不容易了，除非利用某些地方的方言。今湘南俗語說「回去」為「回 he^5（入聲）」。這「he^5」聲很可能是「朅」字的音變或「盍」、「曷」、「害」古音之遺留。《廣韻》入聲曷韻注為「胡葛切」。湘語如表示願望或催促回去之意，便高叫「回 he^5le！」這「le」音輕讀而拖長，在「嘞」與「啦」之間。這種「回 he^5le！」是否即「歸去來！」的演化遺留固難斷言，至少可說很類似。

「來」字成為助詞且帶有歎詞性質，這在東晉末及以後其他文獻中也可見到。宋郭茂倩《樂府詩集・吳聲西曲歌下》引陳代沙門智匠撰《古今樂錄》云：

> 「西烏夜飛」者，宋元徽五年（四七七）荊州刺史沈攸之所作也。攸之舉兵發荊州東下，未敗之前，思歸京師，所以歌和云：「白日落西山，還去來！」送聲云：「折翅烏飛，何處被彈歸？」

這裏的「還去來」恐怕和「歸去來」很相似。《樂府詩集》

卷二十五〈梁鼓角橫吹曲〉中有〈黃淡思歌辭〉云：

> 歸歸黃淡思，逐郎還去來！歸歸黃淡百，逐郎何處索？心中不能言，復（《全梁詩》作「腹」）作車輪旋。與郎相知時，但恐傍人聞。江外何鬱拂，龍州廣州出（《全梁詩》注云：「或作去」）。象牙作帆檣，綠絲作幃綷。綠絲何葳蕤，逐郎歸去來！

這兒「還去來」與「歸去來」互用，可證其同義。按《樂府詩集》此題下有云：

> 《古今樂錄》曰：思，音相思之思。按李延年造橫吹曲二十八解，有「黃覃子」，不知與此同否？

可惜我們不知道西漢這曲辭是否有這類似的句子。梁代的民謠也有「歸去來」一詞，可見這詞不見得是摹仿陶詞而來。《樂府詩集》卷八十九載〈梁武帝時謠〉云：

> 鹿子開城門，城門鹿子開。當開復未開，使我心徘徊。城中諸少年，逐歡歸去來！

題下有解釋道：

> 《南史》曰：梁武帝天監元年（五〇二）十一月，立長子統為皇太子，時民間有謠。按「鹿子開」者，反語為「來子哭」也。後太子果薨。是時長子歡為徐州

> 刺史，以嫡孫次應嗣位。而帝意在晉安王，猶豫未決。及立晉安王為皇太子，而歡止封豫章郡王還任。謠言「心徘徊」者，未定也。「城中諸少年，逐歡歸去來」者，復還徐方之象也。統即昭明太子（五〇一至五三一）也。

這兒最可注意的是以「復還」解釋「歸去來」，與上文「還去來」的情形相似，也合於我們上面的結論認「去來」義近於「回」。

我們在上文提到〈問來使〉詩中「歸去來山中」，認為這種句法可能合於習慣。試再看《樂府詩集》同卷所載〈陳初時謠〉，或有所本：

> 日西夜烏飛，拔劍倚梁柱。歸去來！歸山下！（按此「柱」、「下」為韻，正類《九歌》中以「下」、「渚」、「余」、「女」、「苦」等為韻。）

「來」字由動詞的助詞演變成襯詞或歎詞，在南北朝代似頗顯然。唐杜佑（七三五至八一二）《通典》卷一四五，及《唐書．樂志》皆載有〈楊叛兒〉歌。《通典》說：

> 〈楊叛兒〉，本童謠也。齊隆昌（四九四）時，女巫之子曰楊旻隨母入內。及長為太后所寵愛。童謠云：「楊婆兒，共戲來所歡。」語訛，遂成「楊叛兒」……（《唐書》「叛」作「伴」，按「楊叛兒」本事是否原與楊旻事有關尚成問題，今江西湖南俗呼男女輕佻

為「陽畔」，物不堅實而外美觀為「陽畔貨」，不知何者先起，參看張亮采《中國風俗史》三編一章十三節頁一〇〇及王運熙《六朝樂府與民歌·楊叛兒考》，頁九八至一〇一）

這歌詞《唐書》及《通志》卷四十九〈樂略〉與《太平御覽》卷五六八引《樂志》等皆作「楊婆兒，共戲來！」無「所歡」二字。使「來」字更明顯地成為一種助詞或歎詞。《樂府詩集》卷四十九〈清商曲辭六，西曲歌下〉載有〈月節折楊柳歌〉。第一首〈正月歌〉有云：

春風尚蕭條，去故來入新，苦心非一朝……

這「去」、「來」表面上是相對詞，但事實上「來」字已可能有「而」字的意義或襯字的作用，至少也成了複動詞。又同書卷二十五〈梁鼓角橫吹曲〉有〈隔谷歌〉：

兄在城中弟在外，弓無弦，箭無括，食糧乏盡若為活？救我來！救我來！

解題引《古今樂錄》曰：「前云無辭，樂工有辭如此。」這「來」字更顯然成為歎詞，像「啦」一般了。

上文我們引《古今樂錄》敘〈西烏夜飛〉時（頁一四二）曾提到「歌和」。按六朝民間歌曲的「和」聲，往往用「來」字。這大約由於這字音便於曼聲拖長之故。除上引的例子外，他如《唐書·樂志》說，劉宋臨川王劉義慶於元嘉十七年（四四〇）作〈烏夜啼〉，其和聲為「籠窗窗不開，烏夜啼，夜夜望郎來！」這兒明用「望」字，可證我們上文所說這種「來」字有強烈願望之意。又《古今樂錄》載宋隨王誕於元嘉二年（四四九）作〈襄陽樂〉其和聲有「襄陽來夜樂」之句。梁天監十一年（五一二）武帝命仿古辭〈三洲歌〉的詞句「啼將別共來」而作新歌，其和聲有「歡將樂共來，長相思！」《古今樂錄》載梁武帝於天監初（約五〇二）作〈襄陽蹋銅蹄〉，沈約（四四一至五一三）作其「和」云：「襄陽白銅蹄，聖德應乾來」(〈西曲歌〉)。同書又稱：天監十一年（五一二）武帝改〈西曲〉製〈上雲樂〉七曲，其五為〈玉龜曲〉，這曲的和聲是「可憐遊戲來！」(見《樂府詩集》卷五十一)

還有，齊高帝（在位於四七九至四八二）命沈文季所歌的〈子夜來〉，近人推測當為〈子夜歌〉的和聲（看王運熙《六朝樂府與民歌》中〈吳聲西曲雜考〉及〈論六朝清商曲中之和送聲〉)。〈子夜歌〉即可能由這和聲而來。沈約《宋書・樂志》說：

> 〈子夜歌〉者，有女子名子夜造此聲。晉孝武太元（三七六至三九六）中，琅邪王軻之家，有鬼歌「子夜」。殷允為豫章時，豫章僑人庾僧虔家，亦有鬼歌「子夜」。殷允為豫章，亦是太元中，則子夜是此時以前人也。

類似的鬼歌「子夜」的記載還不少。《唐書・樂志》更為之解釋道：「聲過哀苦，晉日常有鬼歌之。」女子名子夜之說大約不可信。大概最早是女子歌唱渴望呼喚她的情人子夜來會，其歌乃以此名。今存〈子夜歌四十二首〉，郭茂倩以為「晉、宋、齊辭」。其中有云：

> 夜長不得眠，明月何灼灼！想聞散喚聲，虛應空中諾。

又說：

> 歡從何處來？端然有憂色，三喚不一應，有何比松柏。

〈子夜來〉最初也許就是這種「散喚聲」，甚至還可能受到一點古代招復、招魂風俗的影響。招復「三號」，這兒說「三喚」。〈子夜歌〉的「聲過哀苦」及屢有「鬼歌子夜」的傳說，或可說是由於這歌與招魂的呼喚聲相近之故。

《樂府詩集》卷七十五〈雜曲歌辭〉有〈起夜來〉曲。梁柳惲有倚此曲所作之辭，其末云：「颯颯秋桂響，非君起夜來。」唐施肩吾所作末兩句也說：「孀臥相思枕，愁吟起夜來。」同書引《樂府解題》曰：

> 〈起夜來〉，其辭意猶念疇昔，思君之來也。唐聶夷中又有〈起夜半〉。

聶詩的頭兩句是「念遠心如燒，不覺中夜起」。由此可見〈起夜來〉中的「夜來」即類於「夜來風雨聲」中的「夜來」，[12]大約這些詩歌都有急切召喚情意。此外《南齊書・五行志》云：

> 永明初（四八三），百姓歌曰：「白馬向城啼，欲得城邊草。」後句間云：「陶郎來！」

這「陶郎來」大約也是和聲。

又《樂府詩集》卷十八〈鼓吹曲辭・漢鐃歌下〉有〈雉子班〉辭，下載李白〈設辟邪伎鼓吹雉子班曲辭〉一首，據該書引：

> 《古今樂錄》曰：「梁三朝樂第四十一設辟邪伎鼓吹作〈雉子班〉，曲引〈去來〉。」

可見「去來」在南北朝時代是曲引的專名。這〈雉子班〉曲辭是否與舊傳所謂「雉噫」有關，頗成問題。明王圻《稗史彙編》引前人說云：「雉噫猶歌歎之聲，梁鴻五噫之類也。」恐「去來」引亦是曼聲，與噫歎的歌曲相配。

「歸去來」一詞在佛經中往往出現。本來佛祖即譯名「如來」，佛教對「來」這一觀念原極重視。在敦煌千佛洞所發現的變文，寫本年代約起於東晉，止於五代（四世紀末至十世紀末）。其中「來」字的用法，往往介於助歎詞之間。《維摩詰經講變文》中的「偈」說：[13]

> 幸有光嚴童子里，不交伊去唱將來！

下面緊接「經云：仏告光嚴童子，汝行詣維摩詰問疾」。下文更說光嚴當時正在座。可見這兒的「里」字介於「在這裏」與「哩」的意義之間。又《〈父母恩重經〉講經文》也有：

佛向經中說著裏，依文便請唱將來！

這個「裏」字則已幾乎與「哩」相同。由於「里」、「來」在這裏對用，也就可以看出「來」字的功能。而且可以斷言「里」、「來」在這裏讀音是有區別的。

《〈維摩詰經〉講經文》中又有「偈」云：

情願相隨也去來！

下面接著說白道：「遂與居士相隨，皆出王宮去也！」由此可見「去來」已和「去也」相似。同文又說：

各將菩薩相看來！

又不知名變文中也有：

道（倒）教這裏忍饑來！

「來」都已介於助、歎詞之間。

變文中「來」字和「著」字對文的也不少，如《八相押座文》中有：

> 願聞法者合掌著，都講經文唱將來！

從上面這些例子中已可看出，「唱將來」是變文中的常用詞。這「將來」並無未來之意，只不過是說「唱起來」或「唱唱啦」罷了。有時候，如在《〈金剛般若波羅密多經〉講經文》中，則「唱將來」、「唱將羅」與「唱唱羅」交雜使用。大凡在與「何」、「魔」、「歌」等字叶韻則多用「羅」字，與「開」、「裁」、「災」這種字叶韻時則多用「來」字。但「來」也有與「何」字叶韻的，「羅」也有與「徊」、「臺」等字相叶的。由此可見當時「來」、「羅」二字音雖有別，卻很接近。又按《樂府詩集》卷四十九〈清商曲辭・西曲歌下〉有〈來羅〉曲四章，中有「聽我歌來羅」之句。《古今樂錄》說這曲是「倚歌」。同書卷二十五〈橫吹曲辭・梁鼓角橫吹曲〉中有〈雀勞利歌辭〉，「勞利」似取其雙聲，於義關係甚小。古代有「勞來」一詞，此不具論。[14]

「來」字在元人劇曲中往往用於句中作襯詞或用在句末作助詞或歎詞。用在句末的如：

> 這金鎚是誰與你來？（《陳州糶米》）
> 喒和你且歸私宅中去來！（同上）[15]
> 都是為你孩兒來！（《竇娥冤》）

至於用在句中作襯詞的，張相在其《詩詞曲語辭匯釋》中舉例已不少，這裏不具錄，只選幾條以見一斑（見原書頁二五二至二五三）：

> 索什麼問天來買卦，莫不我與那劉員外合做渾家？（《鴛鴦被》劇二）
>
> 與他那結義的人兒，這幾日離多來會少。（《隔江鬥智》劇三）

有時「來」字亦作「倈」。如：

> 揮霍的是一錠錠響鈔精銀；擺列的是一行行朱唇倈皓齒。（《貨郎旦》劇四）

但有時這「倈」字不用於平列詞之間，例如：

> 常言道好人倈不長壽，這一場煩惱怎乾休？（《冤家債主》劇二）

而且有時在一句中「來」、「倈」同時出現，含義與功用似頗不同：

> 你向我這凍臉上不倈你怎麼左摑來右摑！（《漁樵記》劇二）

作襯字的「來」字在明、清以來的民歌裏很常見。例如明丘齊山編的《新鐫分門定類綺筵雅令》中所載〈杭城四句歌〉說：

> 郎有心來姐有心，那怕山高水又深。

又如清代浙江刊本歌謠集所載〈孟姜女四季歌〉：

春季裏來桃花開滿溪。

現尚流行的《孟姜女哭夫》首句在某些地方是：

正月裏，是新春，家家戶戶點紅燈。

有些地方則是：

正月裏來是新春，家家戶戶點紅燈。

至於現在流行的國語及各地方言中，「來」字作助詞或歎詞的更多，這兒暫且不談。

——原載香港中國語文學會編《王力先生紀念論文集》（香港：三聯書店，一九八七年）。

作者按：此文初稿寫於一九六五年四月，拉雜草就，曾油印分發威斯康辛大學中文系各師生，未廣流傳。各方學人時來索閱。茲略訂譌誤，聊以為了一教授壽，並以誌吾二人今年在北大之暢敘也。一九八一年於香港。

註　釋

1 裴學海：《古書虛字集釋》，臺北：廣文書局一九七四年版，頁五一五。

2 于省吾：《雙劍誃尚書新證》，臺北：藝文印書館，卷一，頁

七、八。

3 高本漢所注「來」字的上古音、中古音及現代國音為 eg/lâi/lai；「釐」字為li̯əg/lji/li。

4 同2卷二頁三。

5 「將其」之「其」，本義似為箕。秦漢間人猶常以飯器為名，如「酈食其」、「審食其」。《史記集解》引鄭德曰：「酈食其音歷異基」。又《正義》云：「歷異幾三音也。」看下文論「揭」、「棄」字一段。

6 看董同龢譯：《高本漢詩經注釋》，臺北：一九六〇年版，頁二八二至二八三。

7 陳．沈炯：〈歸魂賦〉序云：「古語稱：收魂升極。《周易》有『歸魂卦』，屈原著〈招魂〉，故知魂之可歸，其日已久。」

8 亦見《列子．天瑞》。

9 《荀子．議兵》：「虛腹張口歸我食。」義別。

10 金文育（毓）作[illegible]或[illegible]，可參看。

11 見丁佛言：《說文古籀補》，及羅福頤：《古籀文字徵》引《鐵雲藏印》。

12 但元劇中「夜來」卻常指昨日。參看張相：《詩詞曲語辭匯釋》，香港：中華書局，一九六二年版，頁七〇一。又朱居易：《元劇俗語方言例釋》，上海：商務印書館，一九五六年九月版，頁一四四。

13 以下所引變文皆見王重民等編校：《敦煌變文集》，北京。

14 關於變文中「里」、「著」、「在」字與「哩」、「呢」的關係問題，可參看蔣禮鴻《敦煌變文字義通釋》，上海：中華書局，一九六二年版，頁一九五至一九六。又敦煌詞中如〈望江南〉中有「不來過」，〈南歌子〉中有「深夜不來歸舍」句，〈阿曹婆詞〉中有「亹先來」。亦可看同書頁二二一、二二四、二三二所附《敦煌詞校議》。關於和聲亦可看《文學遺產增刊》六輯中任二百〈古歌辭中的和聲與疊句〉一文。

15 按此句頗可供了解「歸去來兮」之一助，惟此處有「私宅」為賓詞，且究係元人用語耳。

中文單字連寫區分芻議

周策縱博士現任美國威斯康辛大學中文系教授。他不但對於中國近代史很有研究，而且對於文字學也下過苦功。

中國字有從單音節變成複音節的趨勢，早已有許多人指出過，但是要繁徵博引各種例子來證明，並具體討論複音字區分的待決問題，這篇論文還算是破題兒第一遭。

為著尋求教育的普及，多年來許多學者專家都傾全力來研究，從注音字到標點符號，從直行向右寫到橫行向左寫，從簡筆字到拉丁化，在在證明中國文字的改革，是必然的趨勢。

本文特地指出中文單字連寫區分的辦法。這對於初學和外國人，不消說是個大幫助。

起初，一般守舊的人或者中文精通的人，也許會覺得周教授的建議是多餘。但是，為著普及教育，增進閱讀的效能，他這種建議實在值得重視。（《教學集》編者按）

這篇建議我最初提出時是一九四一年，到現在已是四十五年了，定稿也成於三十一年以前。一九六八年元旦新加坡《南洋商報》新年特刊曾為發表，讀到的人大約不太多。我現在還相信這事應該提倡，所以只略改數字，交香港中文大學教育學院集刊重新發表。文前的介紹是當時該報主編連士升先生寫的，為了紀念這位去世已多年的老友，特為保留。

作者補識一九八六年元月於美國威斯康辛

中國字有從單音節演變成複音節的趨勢，早已經許多人指出過。我們如果把先秦、唐、宋時代的著作和近代的中文比較，很容易發現愈是近代的中文，複合字愈多；愈是口頭說的白話，複合字也愈常用。舉一個淺近的例子，《論語》開頭幾句說：「子曰：『學而時習之，不亦說乎？有朋自遠方來，不亦樂乎？』」用現代的白話來說，「子」字大約得說成「夫子」、「老師」或「先生」之類；「學」字雖然還可單獨用，但也可說「學習」；近代口語裏很少單獨說「習」這個字，除了下面緊接一個名詞做受詞，如「習字」、「習武」等之外，我們只說「練習」、「演習」或「實習」等；我們通常只說「快樂」或「高興」，「樂」字有時可用，卻不大說「悅」；而「朋」字在這兒更不能不改叫「朋友」了。從這個簡單的例子就可以看出，複音字增加的趨勢已很顯明，而且事實上已是必需的了。

為什麼說中文在事實上必須趨向複音字呢？理由很簡單。單音節的發音，數目非常小，即使把聲母、韻母和介母完全排列組合拼成各種不同的單音節字，數目也有限。而事實上，中文單字，周代籀文已有九千，《說文》所載，漢朝已有單字一萬零五百一十六，《廣韻》所載，唐朝已增加到三萬六千一百九十四，而《康熙字典》已收到四萬二千一百七十四個，現在通常中小學用的字典也往往有八九千個字，假如把日常不用的字刪去，一本實用的字典，也得包括四千字左右。可是中國字不同音的至多不過四百一十一個。就是說，只有約四百個不同的單獨發音，再加上四聲的區別，也不過一千六百個不同的音調。但四聲中還往往有雖有那種音調卻沒有那個單字的，所以同音的字非常的多。比方：張、章、彰、樟、璋、麞等字在許多地方都讀成相同的音，如不用「紙張」、「文章」、「昭彰」、「樟樹」等複音字來區別，就容易弄混了。要用僅有的四百個不同的單音或一千來個不同的音調代表四千以上的單字，相同和混淆的毛病是無法可免的，補救的辦法只有改用複音字。

其次，就中文單字的數目和生活上實有的事物和觀念的數目來比較，單音字也不夠用。最近編輯英文字典的人用一種呆笨的卻科學的方法，統計日常用的字數，他們把報紙、雜誌，和非專門的常用教科書等拿來計算每個字使用到的次數，有人數了三千萬字左右，從那兒選出百分之九十九的常用字，結果也要收集八萬個單字，即使把一些因詞性變化所構成的單字除去不計，常用的不同的字也該到三萬以上。這就是說，在現代英美人的生活中，大致上有三萬以上不同的基本事物和觀念的名稱，這數目大致也可用到中國，相差不會太遠。而中國常用單字卻只有四千多，把一些半死了的字都算進去，也不過七八千，單就單字的形式上說，已不夠代表五倍到十倍以上的事物和觀念。如果用四百個單音或千來個音調來代表，更是不夠用了。所以，就事物和觀念的名稱，即「意念」(notion)的數目來說，單音字也只有變成複音字才能足夠使用。

中文趨向複音字在事實上既有它的必需，於是無論在寫作方面或說話方面，實際上都在向這個方向演變。我們不知不覺地把形容詞加在名詞上，造成像「工人」、「農人」、「軍人」之類的複合字，或者把仂語變成了名詞或動詞，如「算帳」、「革命」或「體操」等；或者在字尾加上語助詞，造成像「桌子」、「椅子」、「花兒」、「鳥兒」之類的複合字；或者用同義或意義相近的字連結，造成像「規矩」、「法律」、「奴隸」等複合字；或者用音韻諧和的字連結，造成像「徘徊」、「乒乓」一類的複合字；或者把單字重複，比如「哥哥」、「妹妹」、「急急忙忙」、「慌慌張張」等字，目的在於使說讀方便或加重意念的表達力；或者從外國字譯音，例如「莎士比亞」、「邏輯」、「撲克」等；還有就是許多新事物的命名或外國名詞的意譯，像「原子彈」、「電話」、「民主政治」等都非用複合字不可。我們在說話的時候，一定會把這些複音字緊連在一起說的，誰也不會把它們分開說，例如下面這句話，在正常的狀態下，我們都會說作：

一點——規矩——也不懂。

不至於說成：

一——點規——矩也不——懂。

因為「規矩」在這一句裏只是一個不可分的單字，通常除了說話有毛病或故意說作滑稽語調之外，總不會把它分開來說的。我們說話早已承認複音字的存在了。

可是中國的方塊字是最保守的東西，雖然早已有了那麼多的複合單字，我們寫的時候，排印的時候，還是把它們一個方塊字一個方塊字均勻地排列著，不給它們區分開，不讓複音字排得緊湊一點，明白地區別出來。這就是說，中國的寫和印的文字，一直還死守住那單音字的傳統，沒有跟著活的語言進化。

這個缺點的來源，自然是由於中文不是拼音文字的緣故。在拼音文字裏，單音字結合變成複音字或少數音節的字變成多數音節的字，再簡單也不過了，或者用「短連接線」（hyphen）連起來成為一個字，或者直接拼合成一個字，或者起初還用得上連接線，後來這連接的符號竟也用不著了，像英文的co-operate, cooperate,後面這種最緊密最簡單的拼法就已越來越普遍了。這正說明拼音文字是一種比較能夠適應新字構成趨勢的文字。這並不是說中國方塊字不如拼音字那麼活動易於結合，實際上，中文最容易結合，使用的人也最覺自由，幾乎可以任意拼湊，造成好些不同的組合，去表現一些微妙的意念；可是問題是，中國字結合以後，雖然只表示一個新的獨立的「意念」了，而那些方塊字卻還單獨的存在著，並沒有化合成一個新生的單字。於是我們通常把這種結合字總稱作「辭」，用來和單「字」區別。通常中文「字」典注重在單字的解釋，而「辭」典卻包括「成語」（phrase）和許多複合單字，例如一翻《辭源》，就可查到「大凡」和「大江東去」都列在一起，而實際上「大凡」卻只是一個單字，代表一個單獨的意念，和「大江東去」這成語是有大大的區別的，但「大凡」由於形式上沒有化合成一體，就給當作了「辭兒」。因此，中文裏，「字」和「辭」這兩個名稱的區別只是個方塊字數多少的區別，依照通俗的觀點，凡是一個方塊字就叫作「字」，凡是兩個或兩個以上的方塊字在一起就叫作「辭」。這樣一來，儘管新的事物和觀念增加了，除了極少數的新創單字如「氧」或「氫」等之外，就只有「辭」的增加，沒有「字」的增加。而實際上，那些新增的「辭兒」，往往就是些複音節的單字，只因那些銅牆鐵壁般的方塊兒不肯親密結合，就依然給認作單獨的分立的方塊字罷了。

單音字既已變成複音字，但又保留著單音字的形式，這有許多流弊：

第一，使初學的人看了，不知道哪幾個方塊該連接在一起，往往須從上下文的語氣和意義中去求解決。這個困難，我們中國的成年識字人大概不容易發覺，但在小孩子，或外國人，或初識字的人，卻不是沒有困難的。成年識字人所以不發生大困難，多半由於口語中已習慣了把複音字連在一起說，有了這種基礎做幫助，就顯得不大成問題，但是如果沒有這種底子做幫助，可能就發生困難。例如一讀到古文中口頭不大說的複音字，就會懷疑到底連接好呢還是分開好，像《詩經》第一句說：

> 關關雎鳩，在河之洲。

這「雎鳩」到底是指一種鳥還是指「雎」和「鳩」兩種不同

的鳥，要是沒有注解，或別的知識做幫助，就弄不清楚。我們憑了注解或研究，判斷這「雎鳩」只是一種鳥，是一種水鳥。可是中國字最原始的，本來多半是單音節字，後來才逐漸連結成複合字，像「狐狸」本來指兩種種類相近的動物，古人用的時候，狐是狐，狸是狸，後來的人卻往往把兩個方塊字連在一起指一種動物了。那麼，「雎鳩」是不是也有這現象，甚至是一個字是指雄性、一個字是指雌性的同類動物，像古人說的「鳳」和「凰」，後人多半只說「鳳凰」一樣情形呢？固然，這個混淆的毛病，也可用標點符號來補救。但是在有些場合，如因詞性不同或語氣等緣故，也有不便用標點的，這兒且不細說。這兒所要指出的只是，讀者如果沒有別的知識做幫助，往往弄不清哪些字該連接在一起，或該不該連接在一起。這現象，在外國人學中文的時候就更明顯了。我們只要拿中國人學日文做例子就明白了。我們開始學的時候，要是遇到一連串的「假名」在一起，而中間沒有漢字隔開時，一定會弄不清那是幾個單字，也不知查字典時怎麼查才好。我們學日文，還因為中間夾了許多漢字，所以上下字含混的地方較少，外國人學中文或日文，沒有別的知識做幫助，可就麻煩多了。從這個例子看來，可知中文不把複音字組合在一起，加以區別，實在使初學的人增加不少困難。

第二，不把複音字結合，不但讀的人不方便，實際上，句子的本身也可能變成意義不清楚，甚至可作相反的解釋。例如《莊子》一書中的篇目名稱〈齊物論〉，就可能有兩種讀法：

齊物　　論。

齊　　物論。

由於組合方式的不同，意義也就不大相同。照第一種讀法，意思是：論的是「齊物」；照第二種讀法，意思卻是要：齊一那些「物論」了。這在過去注解《莊子》的人已經成為問題。這種古書上含混的例子，舉不勝舉。就是近代受過科學思想薰陶的人寫的東西，有時也不免有複合字含混的地方。如下面的句子：

> 我所謂歷史人物，是指歷史上有勢力的人物而言；所以不論善惡邪正，只要當日他的言行，曾有影響於政治社會的，都一概收入。（丁文江〈歷史人物與地理的關係〉）

這兒的「歷史人物」不是指「歷史」和「人物」，已經須看下面半句的解釋才能明白，而所謂「曾有影響於政治社會的」，究竟是指曾有影響於「政治」和「社會」的呢？還是指曾有影響於「政治的社會」的呢？至少得憑讀者去猜想了。又如：

> 我們相信政治道德科學藝術宗教教育，都應該以現在及將來社會生活進步的實際需要為中心。
> 我們因為要創造新時代新社會生活進步所需要的文學道德，便不得不拋棄因襲的文學道德中不適用的部分。（〈《新青年》宣言〉）

這兒第一句開頭那一連串的複合字，我們自然得費些腦筋去區分。至於「現在及將來社會生活進步的實際需要」這一大堆方塊字，該如何分合法，更成了問題。首先要問的是：這「現在及將來」是指「社會」呢，還是指「社會的生活」，或是指「社會」與「生活」，或是指「進步」或「需要」？其次，即使把這難題解決了，另外又有了啞謎了：那下半段是說「生活進步——的實際需要」呢，還是「生活——進步的實際需要」？照前一種讀法，是說生活求進步所需要的東西；照後一種讀法，卻是說那些需要是一種進步性的需要了。至於第二段，也有同樣的困難，而所謂「文學道德」也就使人覺得有點含糊了。

單音字複音字不加區分的毛病還很多，不必細數。我們目前所要提出的，是在漢字還沒有拼音化之前（事實上，中國文字恐怕也不能完全拼音化），可能採用的一種比較簡單又容易實行的改革，就是：在寫作和排印的時候，在單字（單音字或複音字）與單字之間，應該留出一些空白。例如：

> 蕭 伯納 先生 在 一九〇五 年 收到 從—郵局—寄來—的 一本 詩集，封面上 印著 作者的 名字，他的 住址，和 兩 先令 六 的 價格。附來 作者的 一紙 短 簡，說 他 如 願 留 那本 書，請 寄 他 兩 先令 六，否則 請 他 退回 原 書。（徐 志摩〈一個 行乞的 詩人〉）

又如：

今 風塵 碌碌，一事 無成，忽 念 及 當日 所有之 女子，一一 細 考較 去，覺 其 行止 見識 皆 出 我 之 上。我 堂堂 鬚眉，誠 不若 彼 裙釵。（《紅樓夢》第一回）

又如：

我們 相信 尊重 自然科學 哲學，實驗，破除 迷信 妄想，是 我們 現在 社會進化 的 必要 條件。

我們 相信 尊重 女子的 人格 和 權利，已經 是 現在 社會生活進步 的 實際 需要；並且 希望 她們 個人 自己 對於 社會責任 有徹底 的 覺悟。（〈《新青年》宣言〉）

關於如何區分單字的問題，這兒不能詳細討論。但從上面這幾個例子裏，我們可以指出幾個簡單的原則來：

（一）在正常的情況下，最好把代表一個單獨的意念的字作為一個單字，如「相信」、「收到」、「價格」、「風塵」、「碌碌」（以上多屬於一種獨立的觀念）；「書」、「女子」、「鬚眉」、「裙釵」、「我們」（以上多屬於獨立的事物）等。

（二）複雜的組合字或帶著形容詞的名詞可以分離也可以不分離，應依作者的原意及重點如何來決定。例如：「社會生活進步」當然也可以分成幾個單字，把前面單字當成形容詞用；又如「社會責任」及「新青年」等，也是如此。

（三）由子句構成的形容詞，可以分成多個單字或連成一個單字，可依作者的運用和目的決定。如「從郵局寄來的」自然也可以當作一個單字看待（也可用短線連接，詳下第五條）。

（四）作為形容詞詞尾的「的」字，作為副詞詞尾的「地」字，和在名詞後面表所有格的字尾「底」字（一般人往往通用一個「的」字），都應該緊連在它所跟隨的那個字的後面，當成一個單字看待。例如：「徹底的」、「慢慢地」、「他底（的）」等。但是「是　我們　社會進化　的（底）　必要條件」這一仂語裏，「的（底）」字固然也是表所有格的，卻因為「進化」一字前面有許多獨立的限制詞，似乎已把這「的（底）」字獨立做一個單字更能使句子的意義明瞭。在這種場合裏，這個「的（底）」字相當於英文裏表所有格或形容詞的of。

（五）「短連接線」（hyphen）應該在中文裏採用：或作為表複合字在一行末了被拆開時與下面一行開頭的一部分連續之用，或作為連接較長的成語之用。例如：

> 女人的　恐懼　和　愛情　是　分量　相等的，沒有的　時候　全　沒有，有了　便　趨　於　極端。（莎士比亞《羅米歐　與朱麗葉）
>
> 現在　有　一班　好—講—鬼話—的人，最　恨　科學；因為　科學　能　教　道理　明白，能　教　人思路　清楚，不許　鬼混，所以　自然而然的　成了講—鬼話—的—人的　對頭。（俟〈隨感　錄〉）

（六）表過去式的「了」字，表驚歎或疑問的「呢」、「嗎」、「呀」、「啊」等字，可附在前行字的後面。例如：

> 黛玉　道：「什麼　意思呢？來呢，一齊來；不來，一個　也　不來。今兒　他　來，明兒　我　來，間一錯一開了　來，豈不　天天有　人來　呢？也　不致　太　冷落，也　不致　太　熱鬧。姐姐　有　什麼　不解的呢？」(《紅樓　夢》第八　回)

（七）中國或外國的人名應把姓和名或名字的單字分開。由於姓名旁邊有線號連接，或有逗點，這樣姓名分開，仍不致把兩個人名混在一起或把一個人混成兩個人。但這方面，也可以用圓點代替空白。例如：

> 蕭　伯納，亞丹　斯密，馬克　吐溫等。

或作：

> 蕭·伯納，亞丹·斯密，馬克·吐溫等。

以上七點，只是一些大略的原則，精密的分析還待將來專家的研究，這兒且不多討論。我們只簡單舉出上面這種複音字組合法的幾個優點：

第一，把複音字組合在一起是適合中文演變的趨勢。中文演變是朝複音字方向發展，既已如上文所說，而漢字還保留著傳統的單音字形式，弄出許多不合時代需要的情形，現在把複音字組合起來，是使文字和實際的語言演進相配合。

第二，複音字組合後，可以減少上文所舉的意義含混的缺點。例如我們把上面所舉的例子排寫成：

> 我們　相信　政治、道德、科學、藝術、宗教、教育，都　應該　以　現在—及—將來—社會生活進步的　實際需要　為　中心。

雖然還不能說是十分理想，總比原來的要肯定和明顯多了。因為這樣組合的結果，下半句的重心就明白地落在「進步」一字上面，原來意思是說：要以使那一種生活的「進步」所需要的為中心。這樣一來，含糊的可能性就減少了。

第三，可以促進中文文法的嚴密。過去單字沒有分清楚，一連串排列下去，把文法構造淹沒了，不容易弄清楚，現在把單字獨立起來，寫作時就要費些心思，把一字一字在文法上的功用弄清楚些，才能寫好。譬如上面這個例子的下半句，經過組合後，主要的動詞「以……為……」就顯露出來了。此外如「的」字在句子裏文法上的性質也就顯得更明白。我們敢斷然說，複音字組合成單字後，對中文文法一定會有促進的功用。

第四，可以減少學習中文的困難。尤其是使初學的人遇到口頭上不常說的複音字時，不致弄不清如何上下連接。例如「比方才說過的」這麼一句簡單的話，如果寫時不組合好，就既可當成「比方　才　說過的」，又可當成「比　方才　說過的」。要是排寫時事先就組合好，就不致有這麻煩。外國人學時更要方便些了。

第五，可以增加閱讀和了解的效率。照舊式排列方法，我們閱讀的時候，腦子裏要無形中注意到字的組合分離，這套功夫在新法之下幾乎可以全省去。還有，閱讀舊式排法的文字，往往要一個方塊一個方塊地念下去；閱讀新式排法的文字，卻可能把複合字一下就看過去了，不一定要仔細去看每個方塊字。這樣一來，閱讀的速度和了解的效率都可增加。

第六，把複合字緊結在一起，可以增強那複合單字的完整性和獨立性，成為一個「整體」，而減少過去那種「辭兒」的性質。中文形成新的複合字時，往往用造成辭兒的方法，例如：飛機、飛船、電報、養氣、輕氣、生物學、物理學、論理學、倫理學、財政學、文法、革命、民主政治等等，多半用會意或假借的辦法湊合成功的。這種湊合的複合單字，由於無法把原有的方塊字解體，重新合拼（像氧、氫等新字是例外，但還寥寥無幾），結果我們每次看到時，仍然容易聯想到原來那些單音字的意義。這種可以望文生義的功能，固然也可以幫助對這些複合字的記憶，和對所代表的意念的初步了解，比如我們一看到「飛機」這名詞，就知道它是可以飛行的機器。但這種「字根」原意的過於明顯，使人太容易望文生義，反而把這複合字的全部正確意義忽略了。我們看到「養氣」就以為它可以「滋養」，可是養氣的滋養功能在有限的條件下才是真的，而且不能說這就是它主要的或全部的特性，又如我們一見「革命」這個字，往往不免聯想到「革」掉性「命」上去，而事實上像「思想革命」或「文學革命」等，當然不會那麼潑辣危險。拼音文字裏的字根固然也有它的原意，不過因為結合成了單字，增加了那新字的獨立性和整體性，用的日子久了，受原來字根意義的影響和限制也就減少了，對新字整個的特性，反而不致誤解。中文目前既然還不能立刻改成拼音文字，新字又不易形成，唯一的辦法是盡量設法增強複合字的完整性。現在把複合字寫成一體，至少對這方面有一部分促進的功用。

第七，單字經過這樣排列結合後，可以幫助寫作技巧和增加文字表情達意的功能。因為組合的方式可有許多變化，文字的重點、情調，都可能受影響，例如說：

> 先驅者　告訴　我們　說　自己的　話。（朱自清〈論　無話可說〉）

這兒如果把「自己的話」連在一起，就減輕了「自己的」的語氣。這種種運用，很可研究，使漢字能表達比過去更多的情態。

第八，複音字組合後可幫助新詩音節格律的形成。中國舊詩有平仄，新詩放棄平仄的規律後是否在音節上應有新的格律，早已成了問題，「音步」的試用自然不失為方式之一。複合字組合後，可使中文新詩中音步的格律更易實施，因為詩中的輕重頓挫，經過這樣組合後就愈明顯了。例如民歌：

> 紅鳥　叫，
> 白鳥　飛，
> 爸爸　京裏　搭　信　回：
> 叫　娘　莫打　嬌嬌　女；

嬌嬌　女，
眼前　花，
銅鑼　一響　別人　家。

這樣排寫時，每句的音節幾乎都自然表示了出來。事實上，民歌往往是有著這種「音步」式的節奏的。又如新詩：

輕輕的　我　走了，
　正如　我　輕輕的　來；
我　輕輕的　招手，
　作別　西天的　雲彩。（徐志摩〈再　別　康橋〉）

這樣更顯露出原作的音節來了。假如中文單字採取新的組合方式，對於新詩創作的格律和形式，一定會發生很大的影響。

第九，這種新式單字組合法對以後中文拼字化可能有幫助。中文拉丁化也好，或改成別的拼音文字也好，總脫不了採用複音節字的辦法。而事實上現在的國語羅馬字或拉丁字，也在採用複音字，中國人初看那些拉丁字往往不易認識，這中間原因之一是還不習慣於複音字。要是先能實行這種比較簡易的新式複音字組合辦法，一般人閱讀慣了複合單字，以後要改成拼音字的時候，一定會容易些。因此，這種單字組合法也可當作拼音文字化的準備工作。

上面大略地舉出了這種單字組合法的九個優點。有人也許要說，這辦法還有些麻煩或困難。第一，一般人缺少文法上的訓練，寫作排印時，不知道怎麼把單字區分。而且方塊之間連接不連接，有時很有可爭論的餘地，很難統一。這個困難自然是事實，但是萬事開頭難，等到做慣了就不難了，統一的辦法其實也可做到，只要經過一些專家研討，定出一些簡單的原則來，便可實行。中國不識字的人因為口頭上有了一些訓練，困難不致太大，問題只是要把觀念改變過來。單是一個方塊字不一定能代表一個完整的「意念」，我們絕對不能把「可是」當成兩個意念，也不能把「如何」一詞分開，而「留聲機」是代表一個整體的物件。這種觀念的確立，雖然在起初總有些困難，久而久之，就會習慣了。我們正是需要使中國人有講求文法的習慣，正是需要使我們的觀念清楚。照新式的寫法印法，實際上，就是使學中文的人更容易懂文法，就是使他們容易把觀念澄清。開始實行時不可免的困難或少許混亂，在所難免，但實行久了，不但困難不會再有，而且還會增加許多便利，為什麼不去努力推行呢？

不過有人也許要說，這辦法行了以後，到底有多少便利還很難斷言，如果好處並不太大，而開始時又有困難，那麼，又何必來惹這麻煩呢？可是我們要明白：一方面，新式單字組合法實行後，好處實在很多，這絕不只是一個單純的單字排列形式問題，而是一種認識事物的「觀念上的大改革」，對我們中國人今後思想方法的改進也不是沒有可能的幫助。而單就我們上面所列舉的九個優點看來，也不失為中文重要而可以實行的改革之一。另一方面，我們該明白，由於複音字的迅速增加，中文的老辦法，死守著單音字形，已是不合時代需要的了。終究有一天，會要改變的。而在尚未變成拼音文字之前，複音字的組合獨立，可以說是一個必經的階段，遲一天實行就只是把老毛病多延長一天，卻不能不仍然向這個新方向發展。所以新的改革絕不是標奇立異，故意來搞麻煩，而是事勢演變的必然結果，早一天實現，就早得一天的方便。

也許又有人要問：照新式組合法，空白的位豈不太多了？排印時豈不要多費些手續嗎？固然，空白顯得很多，可是複合字每個字根之間的距離卻可以縮小，獨立的複合單字會排得密一點，這樣一來，也就補償了不少，而且以後把複合單字用慣了時，複合單字的簡體可能有新的發展，假如以後中文一律用橫行向左寫（這是必然會這樣發展的，也是早一天實行就早得些方便和早免一些混亂），許多同偏旁的複合單字的字根，就可省去一個偏旁，免得重複，「艱難」一字就可省去第二個字根中的「菓」，很自然地會變成「艱隹」。假如還用直行，也未嘗不可以把「雲霧」寫成「雲務」。當然，我們只願意將來中文要就是橫寫，要就是直寫。又橫寫又直寫的辦法終究不是妙法。英文、法文等，又何嘗不可以橫寫直寫（即把字母上下重疊）兩用，可是多這個花樣不過多傷些腦筋，所以英、美、法國人沒有這麼做，我們中國人馬馬虎虎，現在要變成橫寫，卻又不全變，而橫寫時還有保存從右到左的，更把人弄糊塗了。假如複合單字組合法實行了，橫寫直寫以及從左到右等等，就都要統一，反而要簡單些了。總之，這樣組合之後，簡體字一定更容易發展，整個地說，篇幅不會增加太多，就算要多占些篇幅，也是應該的。中國過去不用標點，甚至連句也不斷，篇幅十分簡省，後來有了標點符號，篇幅也增加了，可是有誰能拿這來做理由反對用標點和斷句呢？至於排印手續，因為我們仍舊保存方塊字模，除了以後可能增加一些複合字的簡體字外，字模可以不增加。單字與單字之間應加排空白，這和英文、法文或別的文字一般，都應該加空白，現在誰也不會說英文單字與單字之間要加排空白是一件麻煩事。為什麼不能說是麻煩事呢？因為這是必要的，不是浪費。我們自然也可以說，英文單字之間須留空白，因為字母數目太少，不分開就分辨不出單字來，而中文方塊字體不能就看作字母，因為數目有幾千個，而且有許多又是獨立的單字，所以用不著有這留空白的麻煩。其實這種理由，不過是說，排印的時候可以偷一點懶，讓讀者去多一點麻煩罷了。而事實上，中文單字間留空白比英文或法文單字間留空白，在手續上並沒有麻煩些，我們不過是說，我們不留空白，比他們留空白要簡易些。可是呢，我們這樣排時或寫時求簡便的結果，頗像省去斷句或標點的麻煩一般，要使讀者多一些麻煩。而文字最重要的目的在於極準確地達意，當我們讓單字區別不清時，這準確達意的目的已打了個大折扣，我們還怎麼能偷這個懶，不去留一些空白呢？

上面都是些粗淺的意見，有待研討修正的地方自然很多。作者十三年前曾把這些意見和一些朋友們討論，他們想熱心推行的固然不多，真正反對的卻也很少。事實上，在古代好些語言的進化史上，也有這種從不區分單字到區分演變的痕跡。近來我們更發現世界上有些國家（如韓國）已有人在做同樣的實驗，把單字這麼區分了。我們深信在非拼音系或初改成拼音系的文字裏，這種單字分組是個必然可行的趨勢。我們希望中國文字改革的專家們和一般的作家們趕快來研究這個問題，更希望熱心改革的雜誌、報紙和學校等趕快來試驗這個辦法。本文所提粗淺的意見，真正只不過是「拋磚引玉」罷了。

——一九五四年六月十三日於哈佛

附記：本文立意在二十六年以前，寫成於十三年以前，後來才見到黎錦熙先生論連詞一文，與我的用意略相似，但亦不全同。十多年前朋友們讀到我這文稿的，很少人熱心贊同，因此擱置行篋，一直不曾發表。現因連士升先生來信為《南洋商報》新年特刊徵文，重檢此稿，覺得此一問題仍不無重提的價值，故不加修改，仍交發表。

——一九六七年十一月二十三日作者附記於威斯康辛大學東亞語言文學系

——原載羅慷烈主編《教學集》（香港中文大學教育學院二十週年紀念專刊）（香港中文大學教育學院，一九八七年）

我對中國語言文字改革與教學的看法

——特論簡化字問題*

一、我對中國語文教學的看法

我今天先來談一些對中國語文教學的經驗和看法。由於最近這三、四十年，我在美國教的都是外國人和華人的中國語文，當然我的教學經驗也一定受了這種制約。不過這到底是我個人基於經驗的一些看法。

（一）過去美國許多大學教中文的人，多半不先教中國字，只教英語拼音的中國話，一年多以後才慢慢教學生認識中國文字。威斯康辛大學東亞語言文學系卻不同，我們從一年級開始就使用中國字，也就是用直接教學法，結果成效很好。我們教基本中文的陳廣才教授，和張于念慈（于右任先生的女兒）、孫樹宜、張蘋（碑帖收藏家張伯英將軍的孫女）女士等人，在這方面都成績顯著，有口皆碑。現在歐美各大學用這種方式教中文的，已愈來愈普遍了。這在中國本土，或本來就說華語的地區，當然不成為問題；不過這件事到底值得注意，就是漢字的確有許多長處。

（二）從我們教學的經驗知道，利用語源學（etymology）大可增加學習漢語文字的興趣和可記憶性。好些基本漢字起源於象形，有如圖畫，與實物對應，容易記住。至於會意字，更可見出古人造字的用心，使學習者增加絕大興趣。這是許多有教學經驗的人都知道的，無須多說。不過值得特別注意的是：好些人對古文字源流沒做過仔細研究，而過去許多說法往往是望文揣測，十分誤導。我們不能期望每個教基本語言的人都是優秀小心的古文字學家；何況即使著名的古文字學家，也往往沒有嚴格的學術訓練，有時錯得很令人吃驚。所以在這方面我希望好的甲骨文和金文專家，多做一點通俗化的教研工作。而利用字源學教基本漢語的人更要十分小心，多方參考，免得以訛傳訛，誤導初學者。

（三）中國字的偏旁大都可看作分類符號，既可幫助記憶，也可訓練學習者分類（classification）的能力和習慣。分類是科學方法的第一步，非常重要。這個看法我已經有了五十來年了。一九五〇年代的中期，我對哈佛大學同事瞿同祖先生說：「我認為中國字的許多偏旁都有點像『標』點符號，把單字分類標出，性質分明。」瞿同祖一聽就大笑說：「你這話會使古今來所有的文字學家都turn in their graves（在墳墓裏輾轉不安了）！」同祖是我很要好的朋友，也是一個很有學問的嚴肅學者。他是我湖南同鄉，他祖父瞿鴻禨當過慈禧太后的軍機大臣。我後來把對偏旁的這種看法，曾簡單地在《「破斧」新詁：《詩經》研究之一》（新加坡新社，一九六八年出版）第二節裏提到過。雖然當時沒有引起很多人注意，我認為那時還算一種新觀點。就算現在來討論漢字改革和教學，也還有些用處。

（四）漢語教學的教材，似乎白話和文言可以同時並用。這是由於白話裏也往往夾雜有不少文言成語；並且學習中文，也就要學習中國傳統的文學、歷史和文化。當然，小說和戲劇中的精彩對話和敘事，尤其可選擇採用。

（五）不妨利用遊戲文學做教材。我在多年前曾對威斯康辛大學東亞語言文學系的師生，以〈用遊戲文學教中文〉做題目，作過一系列講演，並且分發了一些成語、諺語、歇後語、對聯、集句、迴文、字謎、相聲、繞口令和笑話等參考例證資料。我以為這些都可提高學習者的興趣。

（六）應該利用錄音、錄像、電視、電腦等新式工具。這點全世界各學校都在或多或少使用，無須多說。不過我只想指出一點：電腦和高科技的機器固然重要，但最重要的還是語文教師。

二、我對中國語文改革的見解：單字連寫區分

其次，且來談一談我對中國語文改革的一些看法。這往往牽涉到近代中國語言受了外語影響的問題，太複雜了，這兒不能多談。只想提到我在一九四一年建議，一九五四年在哈佛大學歷史系做訪問學者（visiting scholar）時寫的一篇文章〈中文單字連寫區分芻議〉。這篇文章最初發表於一九六八年元旦新加坡的《南洋商報》新年特刊上；後來轉載於一九八七年香港中文大學教育學院二十週年紀念專刊《教學集》

中。事實上，「單字連寫區分」這個觀念，我後來發現，黎錦熙先生早就有類似的看法了，可是也不全同，似乎我說得更具體詳細些，頗如《南洋商報》當時的總編輯連士升先生在我那文章前寫的小引中說的：「但是要繁徵博引各種例子來證明，並具體討論複音字區分的待決問題，這篇論文還算是破題兒第一遭。」不過我那提議，一直沒人做出具體的反映，只見今年年初起，臺北的《聯合文學》月刊在半年間陸續發表了「特別推薦」的王文興教授的「最新小說」〈背海的人〉，確實是用「中文單字連寫區分」方式創作的小說。四十五年來，我總算很欣幸找到一位同道了。不過這兒我還不打算進一步討論這個問題。

三、漢字的簡化與繁化

這裏想要談的，乃是我多年來就想要討論的漢字簡化問題。一九五〇年代中期在哈佛也偶然和葉公超先生談到過。老實說，像我們這種教研過古文字學、古典文學和歷史的人，根本就不喜歡簡體字。可是我卻深深體會到，簡化字如果做得合理，是絕對方便於大眾使用的，我們無法完全拒絕；如果做得不合理，卻也可能增加許多麻煩，變成庸人自擾。最重要的是，推行簡化字的時候，不可受政治教條的控制和影響；也不可讓政黨、政客和替政權搖旗吶喊的人或群眾來作決定。簡化字當然是為群眾使用的，群眾可以，當然更有權利，表示使用時方便不方便；可是制訂如何簡化，卻是個非常精細嚴密的工作，只能讓做過研究的人來建議、討論和決定。

文字的「簡化」起源很早，在中國，先秦時代就可找到前例。就初期最基本的字形說，從甲骨文、金文、大篆、小篆，演變到隸書，個別單字的寫法，可說大多數都趨向規律化和簡單化。可是人對外在事物的觀察愈來愈細緻，觀念也愈來愈周密，區別愈多，語言文字也就愈有「繁化」的趨勢。據我的看法，「繁化」可能比「簡化」還多。中外皆然。

前面說的「簡化」的趨向，多是指最基本的字形，例如「車」字，初期寫法不一，多要畫出兩個圓形的車輪和一個車蓋、車軸，到了隸書、楷書，卻簡化成一個方框和一個車軸了。至於說「繁化」，多半是指因為事物、觀念多了，只好就現有的文字發展出更繁的字或另造新字來表示，過去往往把已有的字增繁說是「孳乳」或「古今字」，尤其增加大量的「形聲字」(其實也不全是「形聲」)。例如「文」字，本義原是指花紋，是個象形字。後來用作「文化」、「文章」、「文學」等意義多了，就只好另外繁增出一個「紋」字或「紊」字來。還增加出「玟」、「汶」、「媽」、「忞」、「吝」、「閔」許多字來。再如「囪」字本來是「窗」的原字，所以這兩個字應該叫作「古今字」。後來許多人都說「窗」是「形聲字」，這固然也說得通，不過也應該同時說是「會意字」才恰當。「悤」字也如此，同是形聲和會意，會意的意義更強。「悤」的原義是「悤明」(見《漢書·郊祀志上》及顏師古注)，所以「悤」和「聰」應是「古今字」。當然，把「聰」和「總」同樣看成「形聲字」也未為不可。類似的情況還有「驄」、「熜」諸字。這裏不多說，只不過用來說明漢字「繁化」的現象罷了。一般所謂現在的漢語「形聲字」，佔了全部字彙總數的絕大部分。我以前曾經把英、美最通用的《麥氏漢英大字典》（*Mathews' Chinese-English Dictionary*）（一九三一年初版，一九五四年修訂本）所用漢字七千七百多個粗略估計，約有百分之七十以上都是這種所謂「形聲字」。有人說，現代漢語百分之九十都如此。換句話說，現存漢字字彙，百分之七十到九十是「繁化字」。有人以為這樣複增起來的字不算「繁化」，我認為這只是用不同定義的辯解，不符事實。總之，這個「繁化」的趨勢，在我們推行「簡體字」或後來叫作「簡化字」的時候，絕不能不照顧到。後面我還會提到這個問題。

四、簡體字的初步分類與正式推行

前面說的漢字簡化在古代就有了，那只是文字構造的個別情況，集體提倡推行還是現代的事。有可能是受了歐、美、日本外語的影響。宣統元年（一九〇九）陸費逵在《教育雜誌》創刊號上發表〈普通教育應當採用俗體字〉一文。不過這還只建議採用「俗體字」，以其筆畫簡單，寫刻便利，易習易記。

到了民國九年（一九二〇）二月一日出版的《新青年》月刊七卷三號登出錢玄同的〈減省漢字筆畫底提議〉一文，他就提出了八種方式，大量使用簡體字了。他建議「採舊的有五類，造新的有三類」：(一)採取古字：如「圍」作「□」，「胸」作「匈」。(二)採取俗字：如「聲」作「声」，

「體」作「体」，「劉」作「刘」。(三)採取草書：如「東」作「东」，「為」作「为」。(四)採取古書上的同音假借字：如「譬」作「辟」，「導」作「道」。(五)採取流俗的同音假借字：「腐」作「付」。(六)新擬的同音假借字：如「範」作「范」，「餘」作「余」，「預」作「予」。(七)新擬的借義字：如「旗」作「㫃」，「鬼」作「甶」。(八)新擬的減省筆畫字：如「厲」作「历」，「蟲」作「盅」，「襲」作「袭」。這篇文章雖然有許多缺失和誤解，但可說是一個自由主義的學者，在五四時期一個最有影響力的刊物上所提出的漢字全面簡化的第一聲號角。

兩年以後，於民國十一年（一九二二）國民政府教育部的「國語統一籌備委員會」第四次大會上，錢玄同又正式提出（由陸基、黎錦熙、楊樹達連署）〈減省現行漢字筆畫案〉，並得全體一致通過。這次他把以前說的八類簡體字修改成八種構成的方法：

(一)全體刪減，粗具匡廓，略得形似。如「龜」作「亀」，「壽」作「寿」。

(二)採用草書，或稍稍改變。如「為」作「为」，「稱」作「称」。

(三)將原字僅寫一部分。如「聲」作「声」，「條」作「条」，「雖」作「虽」。

(四)將原字中筆畫多的一部分用很簡單的幾筆替代。如「觀」作「观」，「劉」作「刘」。

(五)採用古體。如「禮」作「礼」，「雲」作「云」，「從」作「从」。

(六)將音符改少筆畫。如「遠」字的音符「袁」改作

「元」，「燈」改作「灯」。

(七)別造簡體。如「竈」作「灶」，「響」作「响」。

(八)假借他字。如「義」作「义」，「幾」作「几」（原提案載民國十二年，一九二三，《國語月刊》「漢字改革號」。）

在同期的《國語月刊》上，胡適寫了〈卷頭言〉，竭力支持錢玄同簡體字的提案，其他作者也十分支持。另外許多與自由主義有關的報刊也陸續發表文章推動簡體字。幾年以後，民國十九年（一九三〇）便有劉復、李家瑞所著《宋元以來俗字譜》的出版，收錄了一千六百餘俗字。民國二十一年（一九三二）國語統一籌備委員會編輯，由商務印書館出版〈國音常用字彙〉，可說是當時最完備的常用字彙，包括了許多簡體字。

民國二十四年（一九三五）六月在錢玄同的主持下，這個委員會編成了《簡體字譜》，收有二千四百多字，提交教育部簡體字審核委員會（成員有黎錦熙、汪怡、趙元任、吳研因等），結果認為其中一千二百多字便於製造銅模。由當時的教育部長王世杰「用紅筆圈出三百二十四字」，定為〈第一批簡體字表〉，於民國二十四年（一九三五）八月二十一日由教育部正式公佈。次日並制定公佈推行辦法：凡小學課本、兒童及民眾讀物，皆須用簡體字，不用者各校不得採用。各校考試、各地報刊等也應使用簡體字。十月三日並用國民政府主席林森、行政院長汪兆銘、教育部長王世杰名義，通令全面推行簡體字。不料引起好些中央要員（如戴傳賢等）、省主席和學者名流竭力反對。教育部長就只好奉命：「簡體字應暫緩推行。」

我把上面這段歷史提出來，因為無論簡化字問題的得失功過如何，最初提倡和推動者多半是些黨派性不強的學者和教育家。

五、中共統治大陸以後簡化字的實施

不過事實上簡化字由政黨和政府付諸實行的，還是一九四九年中共統治大陸，國民黨政府遷往臺灣以後的事。

國民黨內部贊成和反對推行簡體字的都有。像蔡元培、吳稚暉、羅家倫、陳立夫、程天放等人，在不同程度上都是贊成者；戴傳賢等人卻竭力反對。中共早期領導人物如陳獨秀、吳玉章、瞿秋白、董必武等人更是主張文字、文學革命，或手頭字、拉丁化、簡化字運動的人。

一九三〇年代中期簡體字在南京政府的興衰，正表現國民黨內部的見解不一致。遷臺以後，各級民意機關曾幾次建議政府簡化文字以便利民眾。教育部（部長張其昀）於民國四十二年（一九五三）六月聘請專家十五人，成立簡體字研究委員會。四十三年（一九五四）二月國民政府立法委員廖維藩等一百零六人向立法院提出法案，主張新造文字和韻書等應經立法院審議通過後，由總統公佈施行。他們還指摘考試院副院長羅家倫簡體字的主張。羅便於三月十五日在《中央日報》上發表〈簡體字之提倡甚為必要〉長文，作為答辯。引起這一年在臺灣發表了不少文章討論這個問題。反對的有胡秋原、潘重規等，贊成的有毛子水、葉青、周法高和《自由中國》半月刊的社論等，並且輯有專書出版。其實他們也不是全盤反對或贊成，雙方都有贊成簡體字的，但頗有人不主張由政府強制推行，只可任私人自由選擇（據我看，這也不是最妥當的辦法，可能造成不必要的混亂。也許需要一些平衡）。以後又有葉公超著文提倡簡體字。

不過實在推行簡化字還是共產黨統治下的大陸。大陸方面已有不少專書報導，這裏不必多說。大家如果只想知道各個簡化字的根據，不妨參看李樂毅的《簡化字源》（北京：華語教學出版社，一九九六）。若要知道一些簡化字發展的經過，可看張書岩、李青梅、王鐵昆、安寧共同編著的《簡化字溯源》（北京：語文出版社，一九九七），尤其是這書的上編〈漢字簡化運動史略〉、下編〈簡化字溯源〉和李樂毅的書頗有同異。張等所編的書還附錄有南京國民政府教育部一九三二年公佈的〈國音常用字彙〉中的簡體字一百八十三個，和主要參考書目，比較有用。只可惜對臺灣出版的有關書文，非常缺略。此外大家也可參看周有光的《漢字改革概論》（北京：文字改革出版社，一九六一，一九六四，一九七九）。本書原是北京大學中國語言文學系「漢字改革」課程的講義稿，共七章，僅第六章為〈漢字簡化〉，故受了許多限制。近年香港中國語文學會編印有《語文建設通訊》和《詞庫》，頗值得參考。

上面說到的書文，往往不免兩個缺點：(一)黨派偏見。凡是反對黨或反對者的作為和意見，都忽視不談，或減輕分量，甚至歪曲他們的看法。由於政黨已控制了出版資源，也就等於禁止了正直批評的聲音，剝奪了人民大眾「知」的權利，使事實和真理不彰明。(二)誤認凡是「古已有之」或早已為「大眾」使用的都是對的；甚至自己推行的如發生流弊，就說反對黨早已提倡過，責任不在自己，好像就可不改。

我們現在要提倡的不是這樣，我們只問每個簡化字到底好不好，恰當不恰當，會不會造成混淆不清楚。我們一方面要簡易方便，一方面又要避免混淆不清和不準確。

當然我們目前所要檢討的是現在中國大陸所使用的簡化字，也就是一九五六年一月二十八日國務院全體會議第二十三次會議通過的〈關於公佈「漢字簡化方案」的決議〉，和一月三十一日《人民日報》全文發表的〈決議〉和〈漢字簡化方案〉。這個方案主要的決定人是吳玉章、董必武、郭沫若、馬敘倫、胡喬木等人。當然也已參考了前人，尤其是一九三〇年代許多人的成例。不過這個方案實施後幾年間發現許多缺點，於是在一九六二年九月中國文字改革委員會成立了一個七人總結、修訂小組，由丁西林、葉聖陶、呂叔湘、林漢達、黎錦熙、魏建功和趙平生組成。經過許多人參加，開會多次，終於在一九六三年二月擬出了〈簡化漢字修訂方案草案〉。這個草案的全文我未見公佈，似乎建議修改的地方很多。當時總理周恩來批示說：這次簡化方案修訂的任務，是要在「原方案」的範圍內進行適當調整。既然說只能在「原方案」的範圍內調整，顯然已不能實施這「修訂草案」了。中國文字改革委員會便在一九六四年一月七日請示仍以一九五六年原方案為準，僅建議修補一些偏旁方面的小問題。同年（一九六四）五月文改會更編輯出版〈簡化字總表〉，只改正了原〈漢字簡化方案〉中一些不明確的地方，並且用「腳注」的方式作為補充說明。到了一九七七年十二月二十日國務院又批准中國文字改革委員會提出的〈第二次漢字簡化方案（草案）〉，要簡化的字更多，並且簡化得很亂。八年半以後，一九八六年六月二十四日國務院終於廢止了這「二簡（草案）」，同時重新發表〈簡化字總表〉，算是結束了再簡化的運動。所以大陸真正實施的就是那明知有許多缺點的一九五六年一月的〈漢字簡化方案〉和一九六四年五月對原方案略加補綴和說明的〈簡化字總表〉。我們現在要檢討的基本上就是這個總表。

六、簡化漢字的原則

關於漢字應不應簡化，對極端贊成和極端反對者來說，都不成為問題。可是從理知方面說，卻很值得仔細思考，不能只用「應該」或「不應該」這種非此即彼的「兩分法」（dichotomy）來解答。大約在三十多年以前，現在這種電腦還沒發明的時候，紐西蘭政府召開第一次國際漢學會議，我受邀出席，有一場大會討論到中國文字使用打字機不方便和太慢，許多人都主張改革漢字，或改用拼音字。我因當時已知道美國有人正在試用有如電腦般的打字機，便在會議中說，將來的打字機會貯藏漢字，只要打出少數號碼找到那個字，就可印好，用不著每一筆畫都寫排出來，可能比拼音文字還要快。當時到會的各國學者似乎都不了解，固然沒有人反對，也沒人贊同。現在電腦已流行，這已很快就不成問題了。我相信如果將來普遍使用電腦，漢字可能有不必簡化的一天到來。不過日常應用方面，仍不能不用手寫（如寫私信、便條、購物單、開藥方等）。手頭俗寫字還是愈簡便愈好。只有在這種意義下，漢字簡化還有必要。

這樣說來，凡是打字和印刷，即正式宣告和出版，漢字本可不簡化。不過還有個是否易學習、易記憶的問題，不能不照顧。一般說來，筆畫較少的字是比較易學易記些；但也不盡如此，如果弄出不合理，造成混淆，要人記住許多注解和例外，那就變成更不易學、更不易記了。

因此，在這些條件下，我提出幾點「簡化漢字的原則」和「簡化時應該避免的缺失」來，希望大家指教、補充和修正。

（一）簡化不是只求簡易，也要求字義明確，符合文字繁化的必然需要。一九五六年正式推行簡化字時，據報導：「有一位老師向小學生介紹簡化漢字時說，『開學』二字今後可以寫成『开学』，學生們高興得鼓起掌來。有一位工人說，『儘、邊、辦』這三字學了半年總記不住，現在簡化成了『尽、边、办』，一下就記住了。」（見張書岩等人編著《簡化字溯源》頁三七）這五個字當然大多數簡化得很好，起碼「學、邊、辦」三個字的簡體早已普遍流行。但「開」字無「門」，也許還不太重要；至於把「儘」和「盡」都簡化成「尽」，卻不無問題。固然過去「儘」和「盡」有時也通用，但「儘」字已多有「極力」或「盡量」的意思，和「盡」的意義並不全同。例如在《六部成語》一書中規定徵稅的辦法，戶部須「儘收儘解」。注解說：「儘，極也。極力經徵，儘所徵之數解交也。」這和「盡收盡解」還是有些差別。又如「儘先」本是個常用詞，若說成「盡力提前」還可以講得通，但若改成「盡先」就很難了解了。尤其是在某些情況下，「儘」字已有「任」、「聽任」或「任令如何」

之意，「儘教」有如「儘管」，如宋朝劉克莊〈乍歸〉詩：「儘教人貶駁，喚作嶺南詩。」倘若都改作「盡」，那麼「盡」字又得增加一個定義，豈不更麻煩了？我們怎能依小學生和工人的反應來決定文字如何寫法呢？（雖然在適當範圍內，我也熱烈贊成應該照顧他們的需要。）

（二）簡化漢字時，要考慮到原先那「單字」的定義，不能全靠後來發展成的「多音節詞」來補救（重視「多音節詞」增多，本是很對的，不過不可全依賴它）。上面一條的例子把「儘」字簡化成「盡」字，改革者大約以為「盡管」、「盡教」等都已是雙音節詞，不會只用一個「盡」字，所以不會混淆。但正如我前面說過的：這簡化後的「盡」字的定義就更複雜了，只能靠用「盡管」、「盡教」等雙音節詞來說明才行了。可是像「儘收儘解」就不能用同樣的方式來解決。連「儘先」、「儘管」等雙音節詞彙中的「儘」字意義也不全等於「盡」字。一個最好的測驗辦法是：若把文言，尤其是古書，改用簡化字排印，看是否意義還相同。例如〈漢字簡化方案〉中把「復、複、覆」三個字都簡化作「复」，後來發現出了毛病，就改成「复」只代表「復、複」，刪去了「覆」；可是又在〈簡化字總表〉中加一腳注說：「答覆、反覆的覆簡化作复，覆蓋、顛覆仍用覆。」這種腳注很難叫每個人都注意到，即使注意到了，也不見得人人能再辨別。就拿南京江蘇人民出版社出版我的《五四運動史》中譯本來說，竟把林紓寫給蔡元培的信裏抗議改革者「覆孔孟，剷倫常」的前半句印成「復孔孟」。於是「顛覆」和「恢復」就不分了。

（三）應該儘量多簡化「偏旁」。其實，現在所謂「偏旁」，實在太籠統和廣泛了。過去說的是「部首」，還有些用處。學習漢字者，首先還得學習先辨認單字中哪一部分是「部首」(或現在所說的「偏旁」)。正如我前面說的，這些偏旁多有「分類」的功能。例如大家都知道「頁」(原象人形)、「鳥」等偏旁(部首)多放在單字的右面，其餘多在左面或上面。「火」旁除了在左面之外，有時寫成四點放在單字的下面，如「然」字原是古「燃」字。「行」(甲骨文作𠁥)乃是象十字路口之形，所以古人用作「道路」解。只取左面便成了「雙人旁」(彳)。再在下面加個「止」(足趾)便成了「走絲旁」，即如「道」字的左下方。凡是這種「部首」(或「偏旁」)都值得先學習，也應先簡化，因為它們構成一類單字，都有在路上行走，或交通、溝通之意。其他部首也類似。目前有些部首簡化得還很適當，如「言」、「金」、「食」、「馬」、「車」、「頁」、「門」、「絲」等。但「發」在傳統中都不看作「部首」，說是「偏旁」也許可以。〈漢字簡化表〉的第三表〈偏旁簡化表〉所列五十四個簡化偏旁，有許多都不是部首，也簡化得不太好。也許需要重新檢討。

(四)增加一些形聲字。是否應有系統可以類推，值得研討；但總須合理。如：

灯(燈)　担(擔)　达(達)　迁(遷)

阶(階)　衬(襯)　虾(蝦)　宾(賓)(「賓」原是會意字，表示客人進屋，帶了錢貝做禮物)

(五)簡化一些象形字，或原是象形字的偏旁。如：

伞(傘)　卤(鹵)　贝(貝)　页(頁)

龟(龜)　马(馬)　鱼(魚)　车(車)

门（門）　饣（食）　钅（金）

這些原是象形字或象形的部首(偏旁)，似乎都簡化得很合理。其他如「鼠」字，是否可簡化作「鼡」或別的字形，可以考慮。

（六）採用較簡的古字，但須避免混淆。例如：

于（於）　从（從）　众（眾）　弃（棄）

录（錄）　朴（樸）　礼（禮）

但我們必須注意：如「后」字雖原有後繼之君的意義，所以古時也有用作「後」字的；可是「后」字既然多已用作后妃之意，若再用它來作「後」的簡化字，便不免混淆了。並且「後」本來也可簡化作「additional」，大可不必再用「后」字。

又如「云」字雖是古「雲」字，但早已常用作「詩云子曰」的「云」，所以古人只好加上「雨」字頭以作「雲雨」之「雲」。云、雲有別已慣用了兩千多年了，何必再改呢？

（七）多採用已長期普遍流行的簡化字。這就是說有兩個條件：一是已「長期」流行，不是短暫現象；一是已「普遍」流行，不是只在某些區域內流通。這兩個標準前人都已注意到了。他們曾提出過「述而不作」、「約定俗成」等原則。民國四十二年（一九五三）一月六日胡適在臺北《國語日報》歡迎會上有次「答問」，對「簡字是不是要加以規定？」他的答覆是：「我很贊成簡字。不過簡字是怎樣來的呢？我認為是慢慢承認的，譬如『敵』的簡寫『敌』，是慢慢承認的，定一個標準，恐怕不容易。又『個』字我寫成『个』，而印書的總是改為『個』，總之，不一定要定標準。提倡這個用意，大家來實行。」（見《胡適作品集》第二十六卌《胡適演講集》（三），臺北：遠流出版公司，一九八六年，〈提倡拼音字〉，頁一九七）關於應不應定標準，我在上節裏已經說過，政府如不作出規定，聽任私人自由發展，也可造成不必要的混亂；不過若政府強制執行，恐怕也會出毛病。如何平衡，還值得研究。現在只舉幾個已長期普遍流行的簡化字做例子（也是〈簡化字總表〉已採用了的）（已見於其他原則的注有＊號）：

碍（礙）　办（辦）　宝（寶）　边（邊）
变（變）　宾（賓）＊　才（纔）＊　车（車）＊
衬（襯）＊　称（稱）＊　虫（蟲）　刍（芻）
处（處）　从（從）＊　胆（膽）＊　当（當）＊
党（黨）　灯（燈）＊　敌（敵）＊　点（點）
东（東）＊　独（獨）　断（斷）　对（對）
尔（爾）　发（發）＊　坟（墳）＊　个（個）＊
谷（穀）＊　归（歸）　龟（龜）＊　柜（櫃）
过（過）　还（還）　汉（漢）　号（號）
吓（嚇）　画（畫）　欢（歡）　还（還）
会（會）　机（機）　荐（薦）　尽（盡）＊
旧（舊）　腊（臘）　乐（樂）　累（纍）
价（價）　艰（艱）　来（來）　礼（禮）＊
恋（戀）　两（兩）　灵（靈）　娄（婁）
乱（亂）　刘（劉）＊　么（麼）　难（難）
窃（竊）　权（權）　洒（灑）　热（熱）
时（時）　实（實）　势（勢）　寿（壽）＊
声（聲）＊　双（雙）　苏（蘇）　台（臺）＊
叹（嘆）　体（體）　条（條）　属（屬）

头（頭）　团（團）　湾（灣）　万（萬）
为（為）*　献（獻）　协（協）　压（壓）
药（藥）　医（醫）*　义（義）　隐（隱）
应（應）*　犹（猶）　与（與）　渊（淵）
灶（竈）　斋（齋）　毡（氈）　证（證）
执（執）　学（學）　质（質）　图（圖）
盐（鹽）　症（癥）

（八）採用有規律和可以整齊化的行、草書。現在已採用的如：「为」（為）、「书」（書）、「寿」（壽）、「车」（車）、「东」（東）、「东」（柬）、「尧」（堯）、「专」（專）等字，大致很好。

不過，這方面似乎還可以大大地擴充。行、草書多有曲線和圓圈，不妨儘量改作直線和三角形。我提議可增加下面幾個字：

[illegible]（春）　[illegible]（無）　[illegible]（重）　[illegible]（鳥）

現在簡化「無」字作「无」，很容易和「旡」、「元」等字相混；又因「无」是古「無」字，近年出土古書文中有作「无」或「無」者，若都簡化作「无」，便難辨別出土文物是否原已寫作「无」字。所以不如從「無」直接簡化，並且都是四畫。至於「鳥」字目前簡化作「鸟」，很容易和「烏」的簡化字「乌」相混。

七、簡化漢字應該避免的缺失

我在上面一節裏討論「簡化原則」時，已經常常提到

「不可混淆」，現在且來進一步談談一些應該避免的缺失。

（一）凡現在正在流行的常用字，不宜用作簡化字，除非已長期普遍用作俗體，容易辨識，又不發生混淆。我認為下面這些簡化字都是正在流行的常用字，容易造成混亂，應該取消作簡化字，或重新檢討它的得失：

里（裡）　我在大陸旅遊時往往看見把成語寫回繁體，就出現了「鵬程萬裡」；刊物上有時把王國維學生趙萬里印成「趙萬裡」。

云（雲）　電腦自動把某某「云」（說）改成繁體某某「雲」。

干（乾、幹）　「干」字幾千年來都已用作「天干」或「干涉」；現在「天干」和「天乾」（乾旱）就只能靠上下文來辨別了。腳注又說：「乾坤」和「乾隆」的「乾」不簡化。不知有多少人能注意。

只（隻）　兩字本不同音。現在有些人只好把「只好」印成「祇好」，反而更繁了！

丑（醜）　「丑」字早已用作地支之一或角色之一。「丑態」一詞不見得只能解作「醜態」，也有可能解作「丑角的態度」，那就很不明確了。

朮（術）　這樣簡化，當然表示兩個字都讀shù。於是加一腳注說：「中藥倉朮、白朮的朮讀zhú（竹）。」不知有多少人注意。

后（後）　我在上節第（六）項原則裏已指出：古字如已長期用作別的意義，有時就不便再用作簡化字來改變意義了。「后」字早已用作「后妃」之義，就不便再用作「後」字。有些人把postdoctoral譯成「博士後」，若簡化「後」字，便變成了「博士后」。有人就開玩笑說：從前皇帝有「皇后」，現在是博士也有「博士后」！其實，「先后」也不必都認作「先後」，也可能解釋作「駕崩了的皇后」。意義就不太明確。

出（齣）　「出」字用作「出去」已太通行了。

曲（麯）　「曲」是「歌曲」或「彎曲」也太常用了。

征（徵）　「征」不但早已多作「征伐」解；而且腳注還要說：「宮商角徵羽的徵讀zhǐ（止），不簡化。」凡是這種有例外的簡化，恐怕都要弄得更繁亂。

余（餘）　腳注說：「在余和餘意義可能混淆時，餘仍用餘。」余（我）字已常用，不該用作簡化字，何況更有例外。

迭（叠）　腳注說：「在迭和叠意義可能混淆時，叠仍用叠。」其實「叠」是「疊」的俗字。基本意義是「重叠」；「迭」的意義是「更迭」，是「遞相代替」的意思。兩個字的意義大多全不相同，不能互代，當然會引起許多混淆。

伙（夥）　腳注說：「作多解的夥不簡化。」當然我們說「伙夫」、「伙計」，可是說「一伙人」不是也有「多」義麼？

丰（豐）　其實這兩個字若用作人名，往往不能互換，如張三丰、豐干之類。

岳（嶽）　和上面的例子相類。

周（週）　「周」字不單已用作專名，和「週」字的意義也有別，不知為什麼要用一個字來包含多種意義。

它（牠）　「牠」本來是表示動物的，「它」字是表示非動物或抽象的第三身稱的。現在廢除「牠」字，便無法分別了。

迹（跡、蹟）　「迹」字和「跡」字當然可以通用。可是「功蹟」、「業蹟」通常都不寫作「功跡」、「業跡」。

适（適）　「敵」可簡化作「敌」，但「适」字早已用作人名，又和「適」字不同音。因此〈簡化字總表〉要加一腳注說：「古人南宮适、沈适的适（古字罕用）讀kuò（括）。此适字本作遙，為了避免混淆，可恢復本字遙。」我看這是不好的補救法。也許可照行書簡化「適」作「適」。

杰（傑）　兩字用作人名時，通常也不互換。

斗（鬭）　「斗」字久已用作量器名，和「升」相類似，而且是星名。「鬭」字如簡化作「鬦」或「鬥」、「闰」，也還可以。可是「斗」不好作「斗爭」詞用。

（二）凡已加偏旁（或部首）用來區分字義的字，不宜簡省偏旁，使字義混同。我在前面一條裏已舉出了「里（裡）」、「云（雲）」、「朮（術）」、「曲（麯）」、「余（餘）」許多簡化字，一方面因為它們已是普遍流行的常用字，另有其通行的意義，如「里」是長度的單位或「鄉里」，不宜用作簡化字；在另一方面，這些單字本來早已加了偏旁，用來做另一意義。現在取消這偏旁，雖然少了些筆畫，卻無法區別那另一意義，就只好讓這簡化字包含多些意義。在這一例中，就是要求「里」字多包含「在裏面」的「裡（裏）」的意義。換句話說，就是把字義變得更籠統複雜了。

當然，我們無法知道，到底是誰最初把「里」字加個

「衣」旁來表示「裡面」的意思：是政府官吏，是學者，或是一般平民？我們都無法知道了。其他像「雲」字等也如此。不管怎樣，總有個人開頭，他或她這樣做，總有個理由或需要（選擇他或她也可出錯誤）。現在推行文字改革的人，起碼應該先給這些「前人」一點同情的和批判的態度或考慮。我覺得他們很少想到這裏。現在看看下面這些簡化字：

朱（硃）　「硃」字已經表朱色的顏料了。「硃砂」、「銀硃」也許還是用「硃」為好。

昆（崑、崐）　作為山名、地名，如「崑崙」、「崑山」等，「山」旁是標號，有它的好處，何必與「昆仲」、「昆蟲」相混呢？

表（錶）　「拿表來看」這句話到底是說拿「表格」還是拿「錶」來看一下？「買表」也有類似的不清楚。

胡（鬍）　「胡子」到底是指「胡老夫子」還是指「鬍子」？

布（佈）　「布」是布匹，「佈」指宣佈、傳佈，原很清楚。現在「傳布」是說把布匹傳遞過去麼？「布道」當然可說指「佈道」，可是一想到茶有「茶道」，書有「書道」，劍有「劍道」，是不是布也有「布道」呢？

冬（鼕）　我有個北京的朋友名叫「冬冬」，我在香港出版的書裏提到她，電腦打出繁體字來就成了「鼕鼕」。我不知道她命名的原意如何，怎麼好改她的名字？

象（像）　〈簡化字總表〉有一腳注說：「在象和像意義可能混淆時，像仍用像。」事實上，「象牙」、

「象形字」、「象徵」、「象數」等詞當然該用「象」字；可是「像模像樣」、「像話」、「像貌」、「肖像」、「像贊」、「像似」、「像煞有介事」等，就都該用「像」字才行。現在不教人如何用「象」、「像」，只說不要混淆，弄得大家已亂用一氣，真有點「不像話了！」

升（陞、昇）　「升」通常已用作量的單位，若作「升起」用，作為「昇」的簡化字，也還可以。但「陞」多已用作「陞遷」、「陞職」、「陞官」的意思。作為人名，有吉慶之意。我幾次在文章中提到朋友楊聯陞，大陸用簡化字，都印作「升」字，改也沒法。

向（嚮）　「嚮導」本來都有了專用字。現在把《嚮導週報》都改成了《向道周報》，我覺得總不太妥當。

占（佔）　「占」（zhān）是「占卜」，「佔」（zhàn）是「佔領」、「佔便宜」的「佔」，原很清楚。這兩個字聲調不同，前者是陰平，後者是去聲。現在以「占」作兩用，就得把它的聲調也要兩分，實在沒佔多少便宜，反弄得兩個意思不用兩個字來代表，徒然增加混淆。

幸（倖）　「幸」（xìng）字通常只作幸運解；「倖」字同音，但意義不全相同，義為「意外的或碰巧的非分獲得」。通常用於「僥倖（jiǎo-xìng）」一詞中，義為「意外得到成功而免於不幸」。一部分相當於英語的Gaining success unexpectedly by sheer good luck or by chance。不能說「倖」只是「幸運」，而遺落那「意外或碰巧的非分冀求之獲得」的強調。

（三）不宜用形、音、義都不相干的字去代替繁體字，除非已長期普遍流行而且相當有理。例如：

叶（葉）　我以為最不恰當的是以「叶」作「葉」的簡化字。「叶韻」的「叶」讀xié（協），與「葉」yè（頁）根本不同音。形、義也無關。只有吳音兩字讀得相同，近代蘇州等地人開始把「茶葉」寫作「茶叶」。一九三五年南京國民政府教育部頒佈的〈簡體字表〉中明說：「蘇浙以『叶』為『葉』，」「不採用。」〈簡化字總表〉雖然把「葉」簡化成「叶」，但仍加注說：「叶韻的叶讀xié（協）。」一九九四年北京中國對外翻譯出版公司翻印我譯的泰戈爾的詩集《失群的鳥》和《螢》，當然都用簡化字排印。我從美學的角度，堅持保留繁體的「葉」字，他們還是答應了。

邓（鄧）　「又」和「登」形、音、義都無關。

动（動）　「云」和「重」形、音、義也都無關。

识（識）　「只」和「戠」形、義無關，「戠」與「隻」同音，但和「只」的原字音並不相同。「隻」字簡化成「只」以後，「只」便有了兩種讀法：代「隻」字的「只」讀「隻」，「只是」的「只」仍存在，讀「只」的原音。現在把「识」中的「只」要讀「隻」才對，實在太複雜了。似乎可依草書簡化：[illegible]（隻）、[illegible]（戠）。

宁（寧）　按「宁」音zhù（杻），甲骨文和金文都有這個字，象貯藏財物的器具之形。甲骨文又有「貯」字，只是把「貝」字放在「宁」之中或下。〈簡化字總表〉雖然把「寧」簡化作「宁」，但已知道這兩個字形、音、義都不同，所以有腳注說：「作屏門之間解的宁（古字罕用）讀zhù（柱）。為避免此宁字與寧的簡化字混淆，原讀zhù的宁作㝉。」這當然是個不得已的補救辦法，可是這已是將錯就錯，只好把原可不必簡化的「宁」也簡化了。「寧」字在甲骨文和金文中也都有了，象室內置器皿，或皿中盛貝之形，表示安寧之意。金文此字且已在「皿」上有「心」字，表示心安。其實「寧」也許可簡化作「⿱宀心」或「⿱宀皿」字，不必勉強把「宁」字拉扯來。

（四）一個簡化字不宜代表兩個或兩個以上不同意義的字。前面我已說過「復、複、覆」的問題，現再看：

当（當、噹）　以「当」代「當」早已流行，當然可以。但「叮噹」的「噹」最好還保留左邊的「口」旁。

发（發、髮）　去年我去長春旅遊，參觀偽滿皇宮，看見溥儀和他皇后住室旁邊有個小房間，門旁掛著一個牌子，上面用繁體字寫著「理發室」三字。我想原來這牌子一定用的是簡化字，現在海外遊客多了，管理人員改作繁體字，以為「发」的繁體就是「發」字，才出了這個笑話。這個例子正好說明「发」不應該同時代表「發」和「髮」兩個意義全不同的字。其實「髮」字也可照草書造出一個簡化字如「⿰镸发」之類，就可不混淆了。

干（乾、幹）　「乾、幹」二字不但意義不同，聲調也有別。這樣一來，「干」字的定義和讀音就更多了，不但更難記憶，並且更易混淆。

坛（壇、罈） 所代的兩個字意義大不相同，通常固然可以用雙音節或多音節的詞來辨識，但也有不易辨別的，如「花坛」到底是指什麼？又如只用一個字，就更難說是什麼了。

台（臺、檯、颱） 單用一字時無法辨識，不過通常多會用連詞。大致沒問題。

吁（嘘、籲） 原有腳注說：「喘吁吁、長吁短嘆的吁讀xū（虛）。」與其要「吁」字有兩種讀音和意義，似乎原有的「嘘」字還有存在的用處，不妨設法簡化。

钟（鐘、鍾） 古代大約只有「鍾」字，既是酒器，也是樂器。後來有了「鐘」字，就用來專指樂器了。現在用一個簡體字來取代這兩個字，固然從上下文看大致可以分辨出來，不過心中要多一些抉擇，是「鍾情」的「鍾」（是標姓氏的「鍾」）或是樂器的「鐘」？倘若失去上下文，就不知指的是什麼了。也許還是用兩個不同的字比較明確些罷。

八、餘論

我講了這些話後，有個小小的感想和提議：漢字簡化問題非常複雜，不是幾個人一下就可以解決的；也不是只靠群眾可以解決的。希望海內外的大學由一些好的專家和作家指導，要學生多寫幾篇博士論文發表，或許有益。

*在一九九九年香港國際中國語文教育研討會上的主題講演

——原講演於一九九九年十二月十七日，

二〇〇〇年八月二十七日修正補充

於美國威斯康辛州陌地生市之棄園

漢語檢字法小史及其要點

──《麥氏漢英大字典新索引》自序

這個檢字法是我在一九四八年設計的。當時還另外試設過四、五種方法，但覺得這個方法比較實用，曾經編過一個兩千字左右的檢字表，還算簡便。但不知道字數增多時是否還能適用，十多年來，限於時間和經費，沒有好好實驗過。一九六三年到威斯康辛大學任教後不久，得到大學研究院的資助，才能再把這個檢字法實驗一次。這次是把*Mathews' Chinese-English Dictionary*（1931; Revised American edition, 1954）中的單字用這個檢字法來排了一個新的索引。這本中、英字典共收有漢字七千七百八十五個，加上重文別體，大約有九千五百字左右。日常用的字多已包括在內了。

中文單字的排列，在周、秦、漢初大約都是依據字義歸類。如現存的《爾雅》和《急就篇》，及《凡將》殘句，可為例證。到了第一世紀時，許慎的《說文解字》首創以字形為主兼用字義以定部首，進而分類連系的辦法。這就是他所說的「方以類聚，物以群分，同條牽屬，共理相貫，襍而不越，據形系聯，引而申之，以究萬原」。後來由於反切的逐漸流行，到了第三世紀時，魏李登著《聲類》十卷，列有一萬一千五百二十字，以五聲命字。可說是以後韻書系統，如《切韻》、《廣韻》、《集韻》等，依切音排列單字法的起始。唐張參於大曆十一年（七七六）撰成《五經文字》，收三千二百三十五字，依偏旁為一百六十部。宋太宗至道三年（九九七）時，遼僧行均著《龍龕手鑑》將部首依四聲排列，部內的字又依四聲為序。但是一直要到明朝萬曆四十三年（一六一五）梅膺祚著《字彙》時，才首創依筆畫數目多少排列部首和各部內的單字。後來經張自烈的《正字通》和《康熙字典》採用這種方法，便成為舊式排檢單字的主要法則。

除此以外，只有小規模的單字排列有時候用別的辦法，如依基本筆形與發筆順序之類。關於漢字基本筆形的分析，過去相傳有晉衛夫人的〈筆陣圖〉，分筆畫為七種。唐歐陽詢的八法則分為八筆。而隋僧智永的「永字八法」更是有名。但這些都是為書法理論而設的，並非檢字的辦法。依筆畫形式與發筆順序檢字的，過去似乎只有衙門胥吏歸納卷宗時用過。他們依照「元、亨、利、貞」四字的首筆橫、點、撇、豎次序排列。十九世紀中葉林則徐的會客簿曾用「江山千古」四字的首筆代表點、豎、撇、橫來登記姓名。

以上可以說是中國傳統檢字方法的大概情形。至於現代中國與西洋接觸後，新的漢字排檢法紛紛並起，最早要算西洋傳教士的羅馬字母注音法，和稍後起的筆形檢字法。明朝萬曆十一年（一五八三）義大利人天主教耶穌會士利瑪竇（Matteo Ricci, 1552-1610）到中國，於二十二年之後，即萬曆三十三年（一六〇五）著有《西字奇跡》一書，和一些用羅馬字母作漢字拼音的文章，開始採用一種新式拼音方案。萬曆三十八年（一六一〇）法國人耶穌會士金尼閣（Nicolas

Trigault, 1577-1628）到中國，於十六年後，即天啟六年（一六二六），出版《西儒耳目資》一書，是一種修訂了利氏方案的注音漢字字匯。這可說是以羅馬字母注音排檢漢字的開始。以後，從十七世紀上半期起，便有少數的外國人用這種方法著作漢文與外文對照的字典。自然，除此以外，日本人用假名排列的音訓索引，也是用拼音排列漢字的方法。

西洋人除了試用羅馬字母拼音排列漢字外，也有參用字形或筆畫地位作為補助方法的。例如道光二十四年（一八四四）瓦西里業夫（W. P. Wassilliew）的《中俄字典》，即按字音排列，同音字再依筆畫的地位與形式排列。後來別的西人還創立了好些新法。

至於近代中國人自己所創新的拼音檢字法，開始於十九世紀末年，如在新加坡半工半讀學過英語、後來又幫助教會編譯過華英字典的盧戇章（一八五四至一九二八），於光緒十八年（一八九二）出版他的《一目了然初階》，改變拉丁字母首創為「中國切音新字」，用來拼寫廈門話。光緒二十一年（一八九五）吳敬恒採取漢字的篆體簡字和自創簡筆作成「豆芽字母」。在這以後，提出新方案的人很多。終於在民國二年（一九一三）三月十三日讀音統一會通過根據章炳麟創設的注音字母，民國九年（一九二〇）十二月二十四日教育部正式公佈「注音字母國音檢字法」。

更可注意的，還是中國人近半世紀以來新創的，多多少少依字形筆畫形狀的檢字法。最早有民國元年（一九一二）前後，高夢旦所作的改革部首草案。民國七年（一九一八）二月二十五日《新青年》四卷二號發表林玉堂（後改名語堂）的〈漢字索引制說明〉，分筆畫為五母筆和二十八子筆。民國十一年（一九二二）前後，特別在廣東方面，新的方法又出現了好幾種，較著名的有圖書館專家杜定友的漢字檢法，後來改作漢字形位排檢法，和沈祖榮、胡慶生的十二種筆畫檢字法等。到了一九二五年六月，王雲五在《東方雜誌》二十二卷十二號發表號碼檢字法。一九二六年一月萬國鼎在同刊二十三卷二號發表漢字母筆排列法（後來略有修改，著有《新橋字典》，於一九二九年十一月由中華書局出版）。王雲五復於一九二六年三月在《東方雜誌》二十三卷三號發表四角號碼檢字法，後來出有中、英文單印本，復於一九二八年五月和十月一再修正，前後改了九次，大量推行。當時J. J. C. Duyvendak在《通報》（T'oung Pao）上發表文章批評反對，認為還不如舊式的依部首與數筆畫為便利。其實也只能說各有短長。一九二六年十月林語堂又在商務出版末筆檢字法。一九二七年三月張鳳發表形數檢字法，又叫「米線點查字法」，利用字中的方塊、線條和點的三種數目為序次。一九二八年二月何公敢發表單體檢字法，分筆畫為八種方向，各給以號碼，故又稱為「八向檢字法」。同年三月陳立夫發表「五筆檢字法」，係依筆順排列，十一月在中華書局出有單行本，又編有字典和書目索引等。同年七月周辨明設計「半周鑰筆法」，廈門大學語言系出版有他的半周字彙索引。同年九月十九日《申報》教育欄消息載有美福成的首尾號碼檢字法。一九三〇年陸費逵、舒新城等有「四筆計數檢字法」。同年葉心發有「四周計頭檢字法」。一九三一年二月燕京大學引得編纂處在洪煨蓮主持下發表「中國字庋擷」法，後來引得特刊都用此法排列。同年陳德芸著有《德芸字典》，試行他早期創立的七筆筆順檢字法。一九四六年左右鄭易里創作一種「簡化部首六筆三易檢字法」，依新定部首和發筆順序用筆形數碼排列，後來在一九五〇年用這方法給他的《英華大辭典》編有中文索引。此外如杜若知的「漢字首尾兩部排檢法」等，不勝枚舉。但以上大致可代表近幾十年來新創的依字形排檢的一些主要方法。

在一九二〇年代裏，報刊上時常有討論檢字法的文章。尤其是上海的《民國日報》「覺悟」欄內曾有熱烈的辯論。主要的作者有張鳳、王雲五、萬國鼎、蔣一前、曹聚仁等。而且萬國鼎、杜定友、洪煨蓮、錢亞新諸人還編寫有專門著作討論漢字排檢問題。至於用西文介紹漢字排檢法，早期有吳光清和沈祖榮的文章。用中文介紹各種新排檢法的，較早的有萬國鼎在《圖書館學季刊》中發表的「四十種檢字法述評」。一九三一年八月《時報》載有蔣一前的「七十二種檢字法」一文，後來於一九三三年十二月又在《圖書館學季刊》七卷四期改寫成〈漢字檢法沿革史略及近代七十七種新檢字法表〉。一九五七年一月《中國語文》所載周勛初〈評漢字筆順排檢法〉一文，說現存的方法已有幾百種了。他認為比較方便的是部首筆順綜合式和首末筆排檢法。一九六〇年代以來，在大陸及香港等地仍繼續有人研究這個問題。如一九六一年八月九日《光明日報》「文字改革」雙週刊便載有明道的〈字形速查法研究的經過〉，但說得過於簡略，而所提議的新辦法也語焉不詳，且所取筆形也有問題。

對於漢字排檢法不但個人紛紛發表著作，並且有集體的研討。過去圖書館協會在專門委員會中設有檢字委員會，每次年會也設有專組討論。一九五〇至六〇年代間，大陸的中國文字改革委員會也曾作過一些類似的努力。

以上是古今中外漢字排檢法發展的大致情況。前人固然已有不少的著作和貢獻，但實際上還缺乏詳盡而有系統的介紹、實驗和比較研究。過去各種方法都不能令人滿意。這固然是由於漢字本身所給予的困難，但一般說來，許多方法，包括傳統的和新創的，往往有下列幾個缺點的一部分：或者是筆母形式太多太複雜，難以記憶；或者太少太簡單，既不夠確定字序之用，又不能不取許多符號或數字才能肯定一個單字；或者是一個基本符號所代表的筆形太多或太雜；或者方法太繁難，不易記憶，即使學會了又易忘記；或者手續太複雜，省不了多少時間；或者於定筆畫與順序時不夠明確，不知如何取法，或例外太多，令人模糊迷惘；或者同筆碼的單字太多，不能給單字以固定的地位。

我在創立「衷」字七筆檢字法的時候，曾儘量設法避免上述的缺點而特別照顧到下面幾個原則。雖然有時為實際情況所限，但總算有意識地注意到平衡的便利：

（一）所取的基本筆母數目，在足夠確定字序的條件下，力求其少。因為用七種基本筆母每字取七筆，已大致可以肯定字序，所以沒有多取基本筆母。本來，如果加用「一」、「𠃌」、「＋」或把「亅」和「フ」分開等，自然可以定出十來種基本筆母，但這樣是否可以簡省每個單字應取的筆畫呢？由於有筆畫相當多的偏旁之故，這樣增加仍舊沒有多少方便之處。

（二）每一基本筆母的定義須簡單明確，它所代表的實際筆畫不太繁雜，順序也須便於記憶。現所用七種基本筆母，多是單筆，只有「口」形例外，但它是封閉形，近於金文中的圓圈，仍可說是個獨立的單體。至於七筆的順序，前四筆「、」、「一」、「丨」、「口」仍是平衡正直筆形，由簡而繁，後三筆「㇏」、「丿」、「フ」則是斜行筆劃。這樣便可當作一種最簡單的漢字的定形字母。

（三）於單字內取筆畫時，其取的順序所採用的原則須簡單而少例外。我起初曾試用過發筆順序；但發現需要預定的條例頗不少，而且對不會發筆的學生仍難適應。若用四角方法，每一單字所取的筆碼雖已減少，但基本筆母的數目便須增多才足夠用，而且四角不明的字也不少，還須增加條例。現在所採用的辦法以上左、下右為基本原則，首先看筆畫的高低，而高低必須有顯明的標準才算，否則取左或右，目的乃在減少規則和例外。而且凡遇筆畫高低不明確時即依左右。此法雖然也不能算十分理想，但如已弄清了原則，便不致有太多的困難。使用人在取後三筆時也許會有弄不清的地方，最好要記住，如不易肯定那一筆較低，便最好先取較右的。「衷」字的後三筆取作「㇏丿フ」，而不先取「フ」再取「丿」，便是這個緣故。我們不注重表面看似誰高誰低，而必須依垂直或交接為準。這個原則似乎很呆板，不過若能嚴格施行，卻可解決好些疑難問題。

（四）這個檢字法之所以採用上左、下右的原則，乃是因為漢字偏旁的組合形式，不外下列五種：一、單體（如心、玉、白、斤）。二、包含體（如固、匡、風、雨、聞）。三、上下體（如雷、衷、筆、草）。四、左右體（如棟、門、兆、辯）。五、斜掩體（如度、病、式、起、近）。此外有包含而兼上下、左右或斜掩（如圓、匯、幽、闊、國），有上下而兼左右、包含或斜掩（如霑、想、率、稟、霆），有左右而兼上下、包含或斜掩（如櫓、隸、涸、涵、燧、鍍），也有斜掩而兼上下、左右或包含（如廬、趣、廳、痼、瘋）等，但仍可包括在上面那五種組合形式之內。這五種形式可用一個「敞」字完全代表說明（即：一、單體：文，二、包含：冋，三、上下：尚，四、左右：敞，五、斜掩：敞）。細看這些組合形式，便知只取上左與下右即可觸及一個單字所含的全部或多數偏旁。若取四角，本來也有這種方便之處，但同偏旁的字將全部分散，而我們的方法卻大致上可保持同偏旁的字在一處或相近（部首在一單字之右或下的極少）。由於這種特點，本法在表面上雖說要查七筆，實際上利用同偏旁的關係，只要注意到三、四筆便可查到一個字。

（五）只直接用基本筆畫作字母，不加用數目字，省去轉譯的過程。

（六）這個檢字法純粹根據字形，使用人不需要具備部首、發筆順序，或讀音等輔助智識。

（七）用一個單字「衷」作例，可以包括全部基本筆母、順序和排檢原則，便於記憶。

以上這些原則大致上算是照顧到了。至於用這九千多字實驗的結果怎樣呢？這當中有兩個值得注意的問題：第一，使人容易從單字裏按順序抽取筆畫嗎？照我們所定蓋罩或交接關係兩個標準來定筆畫的高低，絕大多數的單字似乎可以不發生疑問，但也有少數字體，因筆畫結構不太分明，必須特別留意，才能查到。例如病體旁的字，我們認為左面的「冫」與「广」不相連，所以先取左面的「、丿」，然後再向右面的「广」取。所以凡病體旁的字，前四筆都定作「、丿、丿」。又如豎心旁的字（忄）都先取「、丨、」。肉體旁（月）與月字看作相同，取作「丿フ一一」（或在字下則左面的撇取作直）。阝旁的字皆依左右取，如降（丨フ丿フ／丨一丨），都（丨一丿一／フ丨口）。所有這些都是依固定的兩個標準，而不依常識猜測，用慣了便不會弄錯。只有取後三筆時，也許沒這麼容易。我們決定，凡從上下單體組合的字，後三筆都先取下面一單體中的筆畫。例如鑾（フフ、丨／一丨丿」，秦（丿一一㇏／、丨丿）。這最後一個字有時寫作秦，㇏在一下，便須取作丿一一一／、丨丿）。這是印刷體和寫體不同之處。我們現在以印刷體中最流行的宋體（即日常報紙雜誌及書籍的印刷體）為主，遇有必要時，則更作別體另見。漢字形體應統一，這是除拼音外任何檢字法都需要的。

其次，我們應該關心的是同筆碼的字是否很多。這次實驗的結果，「衷」字法似乎很成功，比目前最流行的兩種檢字法的同筆碼情況好得多。下面這個統計表是拿本辦法和Mathews'同書末的部首筆數索引及《辭源》四角號碼索引來

檢字法	統計字數	同7-9字	同10-14字	同15-19字	同20-24字	同25-29字	同30-34字	同35-39字	同41-57字	總次數
部首筆數	7,785	134	120	60	29	19	17	12	12	403
四　角	8,963	165	123	31	26	8	7	5	6	371
「衷」字	9,500	48	14	1	1					64

比較：

上面這表中「衷」字法所索引的字數本應與部首筆數法的同為七千七百八十五字，但我們加了好些別體和不同的寫法，所以「衷」字法實際上共索引了九千五百字左右。《辭源》用的是一九三七年商務的正編本，全書單字據我估計有一萬

一千三百五十七字，但我計算同筆碼時只計算了四角號碼前面一部分，即〇部到六部的八千九百多字。這樣還沒有「衷」字法的字數那麼多。不過因全書字數比我們實驗的多了兩千多字，所以這兒四角號碼檢字法的同筆碼情況應該略打折扣，才算公平。但表中指出四角法的同筆碼字數比「衷」字法的多了很多。例如七到九個字同筆碼的，在「衷」字法的索引中只有四十八處，在四角法中卻有一百六十五處，多了三倍半左右。十到十四個字同筆碼的，「衷」字法中只有十四處，四角法則有一百二十三處，幾乎多了九倍。「衷」字法中只有一處有十五個字同筆碼，只有一處有二十一個字同筆碼；而四角法則有五十七處有十五到二十四個字同筆碼的。「衷」字法沒有二十二字以上同碼的，但四角法則從二十五個字同碼到五十七個字同碼的共有二十六處。當然，我們取了七筆，四角法只取四筆，在這方面他們要簡單些，不過我們通常取到五、六筆時，早已能找到一個單字，有些甚至只要三、四筆便行了。四角法中有好些例子加取第五筆後同碼的字還有二十多個，例如2722這個號碼下共列有四十八個單字，加取第五筆後，2722_0這個號碼下仍然有單字二十四個，2722_7這個號碼下也有二十一個單字。4422這個號碼下共列有五十七個單字，加取一筆後，4422_7之下仍有四十七個單字，由於加取了這「附角」後便再無角可取，須「按各該字所含橫筆（即第一種筆形，包括橫刁及右鉤）之數順序排列」。這樣一來，總不免複雜。但從上表中可以看出，四角號碼法在同碼這一方面比部首筆數法似乎要好些。再方面，如上文所說，《辭源》和Mathews'部首筆數索引字數不同，因此上面這種比較不能算十分準確，只可供給一個粗略的情形罷了。可是「衷」字法若加取筆畫，又按筆母所代表的筆形次序排列，則可完全消除同筆碼的情況，使每個單字都有特定的位置。這在其他檢字法是往往不能做到的。

在我的實驗中，覺得「衷」字法如用口頭教授，在幾分鐘或十多分鐘內即可把基本原則說清楚。有些外國學生在十多分鐘內便連筆母和順序都記住了。這似乎比別的方法都容易。至於平均要多少時間可查到一個字，還沒有好好統計過，我個人往往需要十秒到數十秒不等。商務以前統計用四角法平均只要十七秒，我想我們可和他們相比，但他們說部首法要七十九秒，筆數法要一百二十八秒，我不知道這些是查多少總字數的索引，目前還無法好好比較。我相信「衷」字法在某些方面可以超過別的檢字法，在各法中算是比較容易學、容易記，也相當簡便迅速而實用的一種。

對於甲骨文和金文，我另有檢字法，這兒不贅述了。

最後，希望大家指正，並歡迎採用和推行。

——一九六七年九月於陌地生威斯康辛大學

——原載《麥氏漢英大字典新索引》（*A New Index to Mathew's, Chinese-English Dictionary*），陌地生：威斯康辛大學東亞語言文學系出版及發行，一九七二年九月

「衷」字七筆檢字法

（一）筆母

從「衷」字取出七筆母，作為排檢漢字的基本符號，與字母的功用相似。其次序係根據下面第二、三條所定辦法得來。

筆母	名稱	代表之筆形	字例	定義及說明
丶	點		淮惱椅策說宗近外金平秦弟亦	未被他筆穿過之點
一	橫		土本耳理堆國	橫畫（或由橫變成斜而尖但不彎的畫）
丨	豎		列本聿畢青呂頁善	垂直而無曲折的畫
口	口		呪國西頁台田	正方形或長方形（耳、門、官等不算）
㇏	捺		文這走榮之分刈	向右下拖之畫（或被他筆穿過的長點）
丿	撇		策月兆沫尚金善立	微曲而一端尖的畫
㇇	勾		捌衣家戈也紅西爻世叉門女乃馬鳥亞近廷予亙臣稚飛	凡曲折一次或數次的畫

（二）取筆畫的順序

前四筆：先取最高的，如高低不明顯，則先取最左面高的。後三筆：先取最低的，如高低不明顯，則先取最右面低的。已取過的筆畫不再取（注意：高低不依常識判斷，須依第三條規定）。

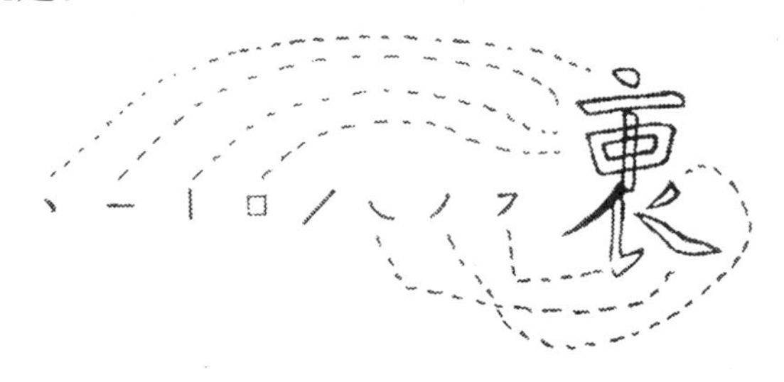

（三）判斷筆畫高低的標準

只有兩種情況可判斷筆畫孰高孰低：

（甲）蓋罩：凡一筆蓋罩在他筆之上的較他筆為高。例如：

、、亅一／フ	汀
、一丿、	六
丿丿、㇏／口	谷

（乙）交接：凡兩筆相交接者，以該兩筆的最高處比較孰高。例如：

一フフ一	巨
丨口	中
丿㇏一口	合

如兩筆雖不相交接，但一筆與另一平橫畫相交接，而他筆則否者，亦可比較：

一フ口　　可(因フ與一相接而口則不接，故フ比口高)

口丨、丿／、、、　　黑（丨與口之上橫相接，而、及丿皆不與相接）

口丨丿一／㇏　　足（丨與口之下橫相接，而丿則否）

若判斷兩筆孰低，則以該兩筆的最低處比較。例如：

、、丿丿／㇏フ、　　泛（フ的最低處與㇏的高度相接，故㇏低於フ）

丿、㇏丿／一丨丿　　釜（丨與末橫相接而丿則否，故丨低於丿）

（四）凡兩筆無上述蓋罩或交接關係者，皆以高低不明顯論，在取前四筆時，應先取左筆，在取後三筆時，應先取右筆。例如：

前四筆：

、丨、丨／フ丨一　　情

、丿、丿／㇏丿一　　疾

、丿丿、／一フ一　　焰

、丿丿フ／、丿　　兆

一丨丨一／一　　正

丿一、丿／フ、一　　符

丿フ、丿／㇏一　　尖

フ丨丨　　山

フ丨丨一／一　　世

フフ丨一　　巴

後三筆：

、、丿丨／㇏フ丿　　波

、、フ㇏／丨丿一　　近
、一一一／口一／　　諸
丨丨一一／一丨丨　　難
丨丨一口／フ、フ　　萬
丨フ、丿／㇏丿フ　　隊
丨フ一一／フ一丨　　閏
丿丨丿フ／フ、一　　低
丿フ一一／、丿口　　臉
フフ、丨／㇏丨一　　縱

（五）取偏旁的慣例

依上述辦法，凡偏旁自成一聯繫單位的，通常皆先取完最上或最左的偏旁後，才開始取較下或較右的偏旁。例如：

、、丿丨／フ丨一　　清（先取完氵）
、、フ㇏／、丿丨　　遠（先取完辶）
丿丨口一／フ丨、　　側（取完亻才取貝）
丿フ口一／フ、、　　駕（取完力才取口）
フ一丿、／一口一　　擅（取完扌才取亠）
フ一丿口／、フ、　　恕（取完女才取口）

（六）單字的排列次序

每個單字皆照「衷」字例，依上述辦法。盡可能取七筆，作為該單字的排檢符號。不足七筆者聽。各單字即依此符號按次序排列，與拼音字母文字的排列法相似。上舉各例單字便是依次排列之例。如兩字符號全同，則各加取第八筆，以資識別；如仍相同，則繼續加取；倘筆畫已取盡，而符號仍相同，則依第一條表格中第三欄「代表之筆形」的次序排列。例如：

筆形		字
、一丿フ／丨丿一		
	、	奕
	丿	旂
、丿丿、／一丨一		
	一、	炷
	一口	煌
丨一一		土（第一橫較士字的短）
		士
丨一丨フ／㇏丨丿		
	フ	棗（豎較棘字的短）
	フ	棘
丨口一丨／フ一一		
		胄（下二橫較短）
		冑
口口一一／、丿		
		唄（口為正方形，列前）
		員（口為長方形，列後）

（七）字體

均照一般報誌書籍印刷用的宋體（著者按：此係為便利閱讀一般鉛字印刷品而設。如為其他情況之用，全依楷書體亦可）。

——原載香港《明報月刊》三卷九期，一九六八年九月，現略有修正

檢字歌

衷字七筆依次抽，
點橫豎口捺撇勾。
前四先取高或左，
後三先取低或右。
高低蓋罩或交接，
否則寧向左右求。

（這次索引初稿多由黃傳嘉女士助理，定稿由王潤華先生和淡瑩女士協助；印刷承任紹廷先生幫忙；並此誌謝。）

——原載《麥氏漢英大字典新索引》，一九七二年九月

四聲雜詠

一九五〇年代中我在哈佛大學工作時，嘗與友好楊聯陞教授、趙如蘭女士等談論中國語文教學，頗多遊戲之作，此其一也。然迄未發表，今檢出寄《明報月刊》，或可資談助耶？

一九八八年十一月作者誌

昔梁武帝蕭衍（五〇二至五四九在位）問周顒（？至四八五）之子捨（四六九至五二四），何謂平、上、去、入，捨對以「天子聖哲」。清江永（一六八一至一七六二）嘗稱：亦可以「王道正直」為對。實則答以「天子暴虐」，亦無不可也。唐楊綰（？至七七七）幼時，就宴座中物指呼「燈盞柄曲」傳為美談。其後王鑒集成語「風灑露沐，民喜歲熟」等作成《四聲纂句》。降至近代，如趙元任、黎錦熙先生等，亦曾依國語之陰、陽、上、去，編集成語及單句，往往極富風趣。惜多未求叶韻，不作篇章。茲略仿前修，集為韻語二十五首，凡一百句。草率無俚，亦便初學記誦及教習之用云爾。

（一）

中文語調，陰、陽、上、去，
高、揚、起、降，非常有趣。

（二）

張、王、李、趙，周、程、孔、孟，
通 同 努 力 ， 都 來 朗 誦 。

（三）

修辭草賦，雕蟲小技，
孫炎反切，周顒體勢。

孫炎（二、三世紀間）始作「反語」之說，本於顏之推（五三一至五九一？）《顏氏家訓．音辭》，為後世所宗。近人章太炎、馬宗霍等則疑許慎（三〇？至一二四？）《說文解字》即有反語。故此句亦可改作「《說文》反切」。又唐封演《封氏聞見記》稱：「周顒好為體語，因此切字皆有紐，紐有平、上、去、入之異。」太炎引此並謂：「收聲稱勢，發聲稱體，遠起齊、梁間」云。

（四）

清、濁、緩、促，淵源有自。
拼 讀 準 確 ， 從 容 考 試 。

（五）

《三國演義》，《封神演義》，

《七俠五義》，《三民主義》。

（六）

英雄好漢，登臺演戲，
青龍寶劍，家傳武藝。

（七）

西皮板快，歡容滿面，
風流雅事，溫柔美艷。

（八）

曰蠻與觸，爭奪打仗，
蝸角左右，中原板蕩。

《莊子．則陽》第二十五：「有國於蝸之左角者，曰觸氏，有國於蝸之右角者，曰蠻氏，時相與爭地而戰，伏尸數萬。」

（九）

災情慘重，荒年米貴，
炊難巧婦，要求免稅。

（十）

天晴雨過，登樓遠望；
山明水秀，心神爽暢。

（十一）

風調雨順，新年百拜，

開門喜氣，村俗可愛。

（十二）

耕田墾地，修橋補路，
生財有道，中華準富。

（十三）

專門手藝，雕龍綰鳳，
東洋寶貝，千年永用。

（十四）

清茶冷飯，番茄炒蛋，
酸甜苦辣，貪人請慢。

（十五）

高朋滿座，雞鳴狗盜，
新郎酒醉，丫鬟傻笑。

（十六）

刁頑嘴利，潑皮搗亂，
爹娘打罵，磕頭搗蒜。

（十七）

妻嘲女笑，昏晨吵鬧，
希奇古怪，居然可教。

（十八）

詩詞寫作，心直口快。
思前想後，飄流海外。

（十九）

關門省過，安貧守分，
編成俚句，催眠解悶。

（二十）

心浮膽大，慌忙搞錯，
斯文掃地，缺乏筆墨。

（二十一）

花紅柳綠，歌柔舞膩，
諸如此類，焉能瑣記。
亂曰：（皆用同音字）

（二十二）

優游有祐，西席喜戲，
先賢顯現，師拾史事。

（二十三）

屋無膴物，悽其起泣，
千錢遣欠，積極給濟。
《詩・大雅・緜》：「周原膴膴。」毛《傳》訓「膴」為

「美」，鄭《箋》訓「肥美」，又〈小雅·節南山〉：「則無膴仕」等，義均相類。

（二十四）

夫伏撫婦，拘局沮懼，
溫文吻問，迂于語喻。

（二十五）

非肥匪費，失時始飾！
香翔想像，衣宜倚藝。

——一九五九年三月在美國波士頓
——原載香港《明報月刊》二七七期，一九八九年一月

附錄一

周策縱教授簡歷

周策縱，教育家、作家、詩人，1916年1月7日（民國四年十二月初三）生於湖南祁陽。父鵬，母鄒愛姑，妻吳南華，女聆蘭、琴霓。

學歷：1942年中央政治學校學士
　　　1950年美國密西根大學碩士
　　　1955年美國密西根大學博士
　　　2000香港浸會大學榮譽文學博士

經歷：重慶《新認識》月刊總編輯（1942-1944）
　　　重慶市政府專員秘書兼編審室主任（1943-1944）
　　　《市政月刊》總編輯（1943-1944）
　　　重慶行政學院教育長（1944）
　　　《新評論》雜誌主編（1945）
　　　國民政府主席侍從編審（1945-1947）
　　　哈佛大學歷史系訪問學者（1954）
　　　密西根大學副研究員（1955）
　　　哈佛大學研究員（1956-1960）、榮譽研究員（1961-1962）

哥倫比亞大學榮譽研究員（1957-1960）

威斯康辛大學客座講師（1963）、副教授（1964-1965）、教授（1966）（東亞語言文學系教授兼歷史系教授）、東亞語言文學系系主任（1973-1979）、威斯康辛大學榮休教授

香港中文大學客座教授（1981-1982）

新加坡國立大學客座教授（1987-1988）

史丹佛大學客座教授（1989）

中央研究院中國文哲研究所訪問教授（1991）

榮譽：（中國）政府榮譽獎章（1946）

（美國）福特基金會學術獎（1956-1957）

（美國）卡內琪基金會學術獎（1959-1960）

（美國）古根漢學術獎（1966-1967）

（美國）科學院學術獎（1982）

（美國）現代語學會、亞洲學會會員

（新加坡）新社名譽會長

主要著作：

英文：*Election, Initiative, Referendum and Recall: Charter Provisions in Michigan Home Rule Cities.* Ann Arbor: University of Michigan, Institute of Public Administration, 1958.

The May Fourth Movement: Intellectual Revolution in Modern China. Cambridge: Harvard University Press, 1960

Research Guide to The May Fourth Movement. Cambridge: Harvard University Press, 1963.

Wen-lin: Studies in the Chinese Humanities, ed, vol. 1. Madison: Department of East Asian Languages and Literature, University of Wisconsin, 1968.

Wen-lin: Studies in the Chinese Humanities, ed, vol. 1. Madison: Department of East Asian Languages and Literature, University of Wisconsin; Hong Kong: N.T.T. Chinese Studies, The Chinese University of Jong Kong, 1989.

A New Index to Mathews' Chinese-English Dictionary (according to a new method of arranging Chinese characters, with a discussion of the history of various methods), Madison: Department of East Asian Languages and Literature, University of Wisconsin, 1972.

Report on the First International Conference on the Dream of the Red Chamber, 16-20, June 1980. Madison: University of Wisconsin, 1980.

中文：《子產評傳》（大學時代作，全稿二十萬字，燬於大陸五十年代土改時，其中兩章發表於《新認識》月刊）

《梁山伯與祝英臺》（改編地方劇）（1956年稿）

《林紓年譜》（1958年稿）

《拜倫〈哀希臘〉詩漢譯彙集》（兼新譯與注）（1956-1959年稿）

《海燕》新詩集。香港：求自出版社出版，1961年。

《論對聯與集句》。香港：友聯出版社，1964年。

《釋「無以」與「來」——兼說「必也」與「歸去來兮」》。陌地生：威斯康辛大學中文系，1965年。

《破斧新詁（《詩經》研究之一）》。新加坡：新社，1969年。

《論王國維人間詞》。香港及臺北，1971年。

《海外新詩鈔》（選編，手稿）。1973年。

《〈說文〉祭祀詞彙考釋》，1978年。

《五四與中國》（合著）。臺北：龍田出版社，1980年。

《五四運動史》（偷譯本）。臺北：臺北時報文化出版公司，1979年。

《五四運動史》（中譯本），上冊。香港：明報出版社，1981年。

《五四運動史》（全譯本）。臺北：桂冠圖書公司，1989年。

《首屆國際紅樓夢研討會論文集》（主編）。香港：中文大學出版社，1983年。

《（紅樓夢）大觀》（合著）。香港：百姓出版社，1987年。

《古巫醫與六詩考：中國浪漫文學探源》。臺北：聯經出版社，1986年。

《胡適與近代中國》（合著）。臺北：時報文化出版公司，1991年。

《梅花詩》（自藏版中學時代作）（1991）

《白玉詞》（自藏版）（1991）

《棄園文粹》（1997）

《紅樓夢案》。香港：香港中文大學出版社，2000年。

翻譯：《西詩譯萃》（中譯英、美、德、法、俄、希臘、羅馬等國詩一百五十首，部分發表於紐約《海外論壇》、新加坡《南洋商報》、臺北《聯合 報》、《中國時報》、香港《文藝》等報刊）（1948-1950年稿）

《螢》（中譯泰戈爾詩集）。臺北：晨鐘出版社，1971年。

《失群的鳥》（中譯泰戈爾詩集）。臺北：晨鐘出版社，1971年。

《奧德賽》（中譯荷馬詩集，譯完前三卷，部分發表於香港《大學生活》及新加坡《南洋商報》），（1972年稿）

單篇論文、講演及訪談：

1948年5月出國以前，論文及紀錄稿八十多篇，分別刊載於國內報紙及書刊。

1948年出國以後，論文、講演及訪談一百六十多篇（內英文三十多篇），分別刊載於美國、香港、臺北、新加坡、馬來西亞、德國、法國、中國大陸等國家和地區報紙及書刊。

新詩及舊體詩詞：

自三十年代至現在國內外發表新詩及舊體詩詞共三百多首。

附錄二

周策縱全集書目

周策縱全集

（全集還在編輯中，暫定卷目，有＊號者曾經出版）

（一）紅樓夢案：棄園紅學論文集＊

（二）詩經考釋

（三）古巫醫與「六詩」考：中國浪漫文學探源（364頁，已由台北聯經出版1986，1989再版，待訂正。）＊

（四）易經、諸子（論語、墨子、孟子、莊子），與中國醫學史考論

（五）棄園古今語言文字考論集＊

（六）五四運動史＊

（七）五四與中國知識份子及文化論集

（八）新舊詩文評論集

（九）論對聯、集句、與回文（附創作）港版1964年，共84頁，待訂正。＊

（十）棄園詩存：包括（1）初葉集（1929-1947），（2）去國集（1948-1952）（3）每悔集（1953-1955），（4）啼笑集（1956-1962），（5）教棲集（1963-1972），（6）風雪集（1973-1979），（7）拈紅集（1980-1984），（8）落哀集

（1985-1989），（9）非默集（1990-）

（十一）白玉詞（附詞論）論王國維人間詞，已有港、台版，1972。＊

（十二）給亡命者及其他（原名《海燕》，1961，新詩集共145頁，待訂正。）＊

（十三）胡說草（新詩集）

（十四）書法與篆刻論稿

（十五）論學書札、序跋，與少作殘留

（十六）棄園自傳（包括自定年譜及口述自傳）（附：訪談錄）

（十七）海外新詩鈔編著（即《白馬社新詩選》）＊

（十八）梁山伯與祝英台（改編地方劇）

（十九）失群的鳥（譯泰戈爾詩集）（中英對照）有港、台及大陸版1971、1994，共326頁。＊

（二十）螢（譯泰戈爾詩集）（中英對照）同上，共254頁。＊

（二十一）西詩譯萃（選譯希臘、羅馬、歐、美古今詩，中英對照）（附：拜倫〈哀希臘〉在中國）

（二十二）首屆國際紅樓夢研討會論文集（已由中文大學出版社出版，1983）＊

英文編著

（二十三）古代祭祀詞彙考釋

（二十四）首屆國際紅樓夢研討會紀實（英文及中文）（編著）陳永明中譯。＊

（二十五）文林：中國人文研究（第一、二卷）（編著）再版中＊

（二十六）中英文名人小傳（包括嚴復、陳獨秀、胡適、聞一多等。）*

（二十七）棄園著述目及所藏書

附錄三

國際漢學大師周策縱：學術研究的新典範

王潤華

一、前不見古人，後不見來者：再也找不到學識淵博，貫通古今中外，多／跨領域的研究，又具國際視野的漢學大師。

周策縱教授博學深思、治學嚴謹。他百科全書式的記憶與學問、分析與批評時，驚人的機敏睿智，為人又好俠行義，是學者的學者，教授的教授。即使國際學術界不同行的人，對其學問淵博，橫溢的詩才、教學研究的成就，沒有不深感欽佩與敬仰。像數學大師陳省身教授與他從未見過面，也景仰他的學問與舊詩才華。[1]周教授的朋友與學生，更一致的感嘆，今天從中國大陸到港臺，從北美到歐洲，再也找不到一位像他那樣學識淵博，貫通古今中外，多領域的學問，跨領域的研究，同時又具國際視野與創新觀點的漢學大師。[2]目前全球的大學在理工典範下的人文教育與學術研究，從大學開始，太注重專一的知識，像這樣的古今中外精通的大師，無論在中國、臺灣或其他地區，恐怕不會再出現了。今年我的老師已九十歲了，多年前我重返母校威斯康辛大學訪問，站在十八層的望海樓（Van Hise）上眺望，我禁不住想起陳子昂作的〈登幽州臺歌〉：「前不見古人，後不見來者，念天地之悠悠，獨愴然而涕下。」

國際漢學大師周策縱教授在一九九四年退休前，擔任威斯康辛大學的東亞語文系與歷史系的雙料教授，這是少之又少的學術榮譽。周教授的教學與研究範圍，廣涉歷史、政治、文化、藝術、哲學、語言、文字、文學。對我們研究文學的人來說，就覺得其中以文學成就最大，而在文學、文化、語言文字等領域，首屈一指享譽海內外的，要數有關現代中國的思想、文化、文學的《五四運動史》、《紅樓夢》、古典文學與理論研究及對古文字與經典的考釋。幾十年來，周教授以各種學術職位，利用各種場合，以不同方式、不同角度，積極研究與發揚中國文化。他在一九九四年退休前，在美國威斯康辛大學東亞語言文學系，開設中國文化史、佛學史、哲學史、五四研究、中國書法、《易經》、中國語言學史、中國文學批評、研究資料與方法、五四時期的文學等課程，另外他又在歷史系研究所開設了中國歷史的課程與指導歷史碩士／博士論文。他以淵博精深的學識，帶引中外學子們跨越時空，以創新的視野，重新詮釋中華學術問題。

周教授由於他著述立論謹慎，所出版的著作不算多，平生由於學問淵博精深，品德崇高，處事公正，好俠行義，除了自己的教學研究，把很多時間用在評審期刊論文與學位論文、教授升等著作審核等方面的學術服務上，像香港、新加坡、馬來西亞的大學的中文系，相互爭取他擔任校外考試委員。所以我說他是「學者的學者，教授的教授」。再加上他自己喜愛閱讀，幾乎無書不讀，無學不問，由於堅持漢學的學術精神與方法，立論謹慎，研究要專、窄、深，往往一篇論文寫了幾十年，像〈中文單字連寫區分芻議〉，竟然一九四一年提出，一九五四年寫於哈佛大學，一九六八年一月發表在《南洋商報》報紙上，正式發表在學術刊物上已是四十五年以後的一九八七年。[3]他探討扶桑的那篇論文〈扶桑為榕樹綜考〉，[4]據我所知，六十年代我還是他的學生時即開始寫了，一直搜索資料，發表時已是西元一九九九年了，這是名副其實的，使用大量原始資料，屬於窄而深的專題（monograph）的典型研究。許多他要寫的專書或論文至今近九十大壽了，還沒有時間寫，其中有一本大書是英文的《中國文學批評史》，在六十年代末就積極進行，他的論文〈詩字古義考〉"The Early History of the Chinese word shih（poetry）"[5]就是其中的一章。《古巫醫與六詩考：中國浪漫文學探源》也是構想中國文學理論與批評時想出來的章節，[6]由於他決心用他擅長的名物訓詁，繁瑣的考證的古代，深入古典文獻中確定許多中國文學觀念，可是這樣就需要非常漫長的生命才能完成這項浩大的工程，將近九十高壽時，他已明顯的不得不放棄了。

周教授目前已發表中英文的著述[7]來分析，他淵博精深的學識與研究領域，涉及的範圍極廣，包括文學理論、詩詞考評、經典新釋、曹紅學、古今文字學、史學、中西文化、現代化、以及政論、時論。他在另一領域裏，造詣也非常淵博，如書法、繪畫、篆刻、對聯、集句、迴文、新詩及舊體詩詞等。我們也不能忘記，周教授也是一位重要的翻譯家，印度詩人泰戈爾《失群的鳥》與《螢》，[8]還有至今未成集出版的許多西方古今的詩歌《西詩譯萃》。當然周教授也是著名的新詩、舊體詩詞的作家、書法家。他的篆刻、繪畫都有不凡的作品。目前周教授正在編輯的暫定二十七卷的《周策縱全集》，其所包含，事實上超越這範圍。

二、多元的學術思考與方法：從中國訓詁考據學考據到西方漢學傳統

周策縱教授在一九四八年五月離開中國到密芝大學攻讀政治學碩士／博士前，已對中國社會、歷史、文化，包括古文字學有淵博精深的造詣。他的學術研究可說繼承了中國注重版本、目錄、註釋、考據的清代樸學的考據傳統，主張學問重史實依據，解經由文字入手，以音韻通訓詁，以訓詁通義理。《棄園古今語言文字考論集》[9]中〈說「尤」與蚩尤〉與〈「巫」字初義探源〉可說是這種治學的集大成。出國後，西方漢學加強同時也突破了這種突破傳統思考方式，去思考中國文化現象的多元性的漢學傳統。

西方傳統的漢學的強點，是一門純粹的學術研究，專業性很強，研究深入細緻。過去西方的漢學家，尤其在西方往往窮畢生精力去徹底研究一個小課題，而且是一些冷僻的、業已消失的文化歷史陳跡，和現實毫無相關。因此傳統的漢學研究如研究者不求速效，不問國家大事，所研究的問題沒有現實性與實用法，其研究往往出於奇特冷僻的智性追求，其原動力是純粹趣味。周教授的一些著述如《論對聯與集句》、[10]《破斧新詁：《詩經》研究之一》，[11]《棄園古今語言文字考論集》中討論龍山陶文的論文，[12]就充分表現「專業性很強，研究深入細緻」西方漢學的治學方法與「奇特冷僻的智性追求」精神。

周教授把中國傳統的考據學與西方漢學的治學方法與精神結合成一體，跨國界的文化視野，就給中國的人文學術帶來全新的詮釋與世界性的意義。其英文論文“The Early History of the Chinese Word Shih（poetry）history”，[13]他所編輯的兩本 *Wen Lin: Studies in the Chinese Humanities*（《文林：中國人文研究》）的學術研究，[14]代表當時他自己主導的歐美漢學家的學術研究的新方法、新方向。

三、超越中西文明為典範的詮釋模式：包容各專業領域的區域研究與中國學

上述這種漢學傳統在西方還在延續發展。美國學術界自二次大戰以來，已開發出一條與西方傳統漢學很不同的研究路向，這種研究中國的新潮流叫中國學（Chinese Studies），它與前面的漢學傳統有許多不同之處，它很強調中國研究與現實有相關，思想性與實用性，強調研究當代中國問題。這種學問希望達致西方瞭解中國，另一方面也希望中國瞭解西方。[15]

中國研究是在區域研究（Area Studies）興起的帶動下從邊緣走向主流。區域研究的興起，是因為專業領域如社會學、政治學、文學的解釋模式基本上是以西方文明為典範而發展出來的，對其他文化所碰到的課題涵蓋與詮釋性不夠。對中國文化研究而言，傳統的中國解釋模式因為只用中國文明為典範而演繹出來的理論模式，如性別與文學問題，那是以前任何專業都不可能單獨顧及和詮釋的。在西方，特別是美國，從中國研究到中國文學，甚至縮小到更專業的領域中國現代文學或世界華文文學，都是在區域研究與專業研究衝

激下的學術大思潮下產生的多元取向的學術思考與方法，它幫助學者把課題開拓與深化，創新理論與詮釋模式，溝通世界文化。[16]

第二次世界大戰以後，上述「中國學」的這種研究中國的新潮流的發展，哈佛大學便是其中一個重要中心，到了一九五〇年代，正式形成主流。周教授在這期間，也正好在哈佛擔任研究員，[17]他的成名作《五四運動史》（*The May Fourth Movement: Intellectual Revolution in Modern China*）[18]的完成與改寫出版都在哈佛的中國學的治學方法與學術思潮中進行，他的〈中文單字連寫區分芻議〉，發表於一九八七年，竟然一九五四年就寫於哈佛大學，[19]此類專著或論文，完全符合中國研究與現實有相關，思想性與實用性，強調研究當代中國問題的精神。另一方面，區域研究思潮也使本書超越以西方文明為典範而發展出來的專業領域如社會學、政治學、文學的解釋模式，同時更突破只用中國文明為典範而演繹出來的傳統的中國解釋模式。所以《五四運動史》成為至今詮釋五四對權威的著作，成了東西方知識界認識現代新文化運動的一本入門書，也是今天所謂文化研究的典範。

《五四運動史》對中國社會、政治、思想、文化、文學和歷史提出系統的觀察和論斷。本書奠定了作者在歐美中國研究界的大師地位。這本書使用大量原始史料，包括中、日、西方語文的檔案資料，這是窄而深的史學專題（monograph）思想文化專題的典範著作。周教授研究《五四運動史》中所搜集到的資料本身，就提供與開拓後來的學者研究現代中國政治、社會、文化、文學各領域的基礎。因此哈佛大學東亞研究中心也將其出版成書《五四運動研究資料》

（*Research Guide to the May Fourth Movement*）。[20]另外不涉及道德的判斷或感情的偏向，凸顯出客觀史學（現實主義史學）的特質。周教授在密芝根大學念的碩士與博士都是政治學，因此社會科學（政治、社會、經濟學等）建構了他的現實客觀的歷史觀，這正是當時西方的主流史學，這點與費正清的社會科學主導的客觀史學很相似。[21]而且被奉為在中國研究中，跨越知識領域研究、文化研究最早的研究典範。周教授有關中國社會、政治、文化和歷史的觀察和論斷其他論文，將收集在《周策縱全集》第七冊《五四與中國知識分子及文化論集》，另外像《新舊詩文評論集》、《中英文名人小傳》等文集中，甚至古典研究如《紅樓夢案》。在這些著作裏，周教授都是在區域研究與專業研究衝激下的學術大思潮下產生的多元取向的學術思考與方法，把課題開拓與深化，創新理論與詮釋模式，溝通世界文化。

哈佛大學東亞研究的美國「中國學」的學者主要從外而內研究現代中國的歷史，如費正清（John King Fairbank, 1907-1991），或文化思想如史華慈（Benjamin Schwartz, 1916-1999），只有海陶瑋（James Hightower）研究中國古典文學，但著述不多。這一代哈佛的西方學者，他們的研究如費正清從很創新的如政治、經濟學等社會科學觀點出發，但對於中國的歷史和文化缺乏深厚的知識，又不精通古代漢語與古典文獻，更無能力涉及名物訓詁的問題，因此只有周教授能結合中國研究、西方漢學（Sinology）與中國傳統的考據學（或樸學）去開拓中國古今人文研究的新領域，尤其語言、文字、文化、文學的新領域。

四、結合中國研究、西方漢學（Sinology）與中國傳統的考據學：開拓中國古今人文研究的新領域，尤其語言、文字、文化、文學的新領域。

在周教授的研究中，特別強調綜合性的研究的重要意義。他的「曹紅學」研究如代表作《紅樓夢案》所展現，多元思考與方法、跨領域跨學科的綜合研究，比其他的紅學專家具有更強的洞察力與創見性，使他的研究更具首創性。

「紅學」這名詞在一八七五年已流行使用，主要以評點、題詠、索隱為主。胡適在一九二一年發表〈《紅樓夢》考證〉，以校勘、訓詁、考據來研究《紅樓夢》，被認為是新紅學的開始。而周教授從一九五〇年提出以「曹紅學」來稱呼他的新的紅樓夢及其作者的研究，他繼承胡適的「新紅學」，加上嚴格的西方漢學嚴格的態度與古典文獻考證精神、西方社會科學多元的觀點與方法，在考證、文學分析和版本校勘幾個領域開拓了新天地，同時也把語言學、文學批評、比較文學、電腦科技帶進曹紅學的研究。

今天紅學完全忽視詠紅詩，周教授卻注意到《紅樓夢》讀者的題詠，具有今西方流行的讀者反應批評（reader response criticism）的價值：「任何文學作品的評價，都不能脫離讀者回應，因為評論者和文學史家本身也就是讀者，都不能脫離讀者的回應。題詠當然也是讀者回應之一。我當然不是說，題詠可以取代紅學中考證、文論、評點等主流。」[22]關於《紅樓夢》前八十回與後四十回作者的是否曹雪芹與高鶚的爭論，周教授始終反對後四十回的作者是高鶚的結論。他放棄不可靠的考據，先後用兩種科學的方法來尋求答案。

他是世界上最早採用電腦來分析小說的詞彙出現頻率，來鑑定前八十回與後四十回作者的異同。[23]另外周教授又採用清代木刻印刷術來考驗從文獻考據出來的結論的可靠性。根據文獻，程偉元出示書稿到續書印刷出版，只花了十個月左右，根據當時可靠的刻印書作業時間，單單刻印，最快至少要六個月，其實私家印書，字模設備難全，可能更慢。這樣高鶚只有四個月，如何續書二十回？《紅樓夢》情節複雜，千頭萬緒，人物就有九百七十五人。如果曹雪芹花了一、二十年才寫了八十回，高鶚在四個月完成續書二十回，怎麼可能？[24]周教授政治學出身，社會科學治學方法與精神主導其資料分析，講究事實證據，始終嚴格監控著紅學界望文生義的、憑臆測、空疏的解讀。胡適及後來的學者，對清代一首舊詩中的註釋：「《紅樓夢》八十回以後，俱蘭墅所補」的「補」字肯定為「補作」(即續書)，而不是修補。[25]

周教授不但是學者，同時也是有實際創作經驗的作家與藝術家（繪畫、新舊詩、書法、篆刻)，對東西方古今文學理論與作品有深入地研究。他研究《紅樓夢》，以他欣賞純文學的洞察力，常看見別人忽略的問題。譬如脂批本由於出現較早，一般紅學學者就以版本的珍貴價值來決定它的文學價值較高，目前大陸為廣大讀者群出版的《紅樓夢》，竟然把脂批本前八十回代替程高本的前八十回。從小說藝術欣賞與評價的角度，周教授認為程高本較好，如果這是作者的改定稿，那就不能隨意忽略。只有收藏家才說手稿愈早的愈有價值。[26]

這是周教授的治學視野與方法：「凡古今中外的校勘、訓詁、考證之術，近代人文、社會、自然科學之理論、方法與技術，皆不妨比照實情，斟酌適可而用之。」以他的紅樓夢研究為例，最能代表他的學術精神。另外他的《棄園古今語言文字考論集》也開拓了研究古今語言文字考證的新典範、新途徑。由於他對經典古籍，非常熟悉，同時又精通古文字，所以他能根據實物上的古文字，參考經典誤傳、誤讀、誤釋之文，探索古代未顯的社會生活與思想。從古文字來瞭解古代文學思想的〈詩字古義考〉（"The Early History of the Chinese Word Shih（poetry）"）[27]及〈古巫對樂舞及詩歌發展的貢獻〉就是最佳的研究範例，從古文字（銘文考釋）瞭解古代文物如盛藥酒之壺有〈一對最古的藥酒壺之發現：河北省滿城漢墓出土錯金銀鳥蟲書銅壺銘文考釋〉。[28]從考釋陶文證實古代有賜靈龜為禮物的文化，如〈四千年前中國的文史紀實：山東省鄒平縣丁公村龍山文化陶文考釋〉。[29]

五、世界華文文學的新視野

由於周教授與世界各地的作家的密切來往，本身又從事文藝創作，他對整個世界華文文學也有獨特的見解，具有真知灼見。他一九四八年到美國後，就自認要繼承五四的新詩傳統，聯合海外詩人，尤其紐約的白馬社，繼續創作，他所編輯的《海外新詩鈔》就是中國文學發展的重要的一章，不可被完全遺漏。[30]一九八九年新加坡作家協會與歌德學院主辦世界華文文學國際會議，特地請周教授前來對世界各國的華文文學的作品與研究作觀察報告。他對世界各地的作品與研究的情況，具有專業的看法。在聽取了二十七篇論文的報告和討論後，他指出，中國本土以外的華文文學的發展，已經產生「雙重傳統」（Double Tradition）的特性，同時目前我們必須建立起「多元文學中心」(Multiple Literary Centers)的觀念，這樣才能認識中國本土以外的華文文學的重要性。我後來將這個理論加以發揮，在世華文學研究學界，產生了極大影響。

我們認為世界各國的華文文學的作者與學者，都應該對這兩個觀念有所認識。任何有成就的文學都有它的歷史淵源，現代文學也必然有它的文學傳統。在中國本土上，自先秦以來，就有一個完整的大文學傳統。東南亞的華文文學，自然不能拋棄從先秦發展下來的那個「中國文學傳統」，沒有這一個文學傳統的根，東南亞，甚至世界其他地區的華文文學，都不能成長。然而單靠這個根，是結不了果實的，因為海外華人多是生活在別的國家裏，自有他們的土地、人民、風俗、習慣、文化和歷史。這些作家，當他們把各地區的生活經驗及其他文學傳統吸收進去時，本身自然會形成一種「本土的文學傳統」(Native Literary Tradition)。新加坡和東南亞地區的華文文學，以我的觀察，都已融合了「中國文學傳統」和「本土文學傳統」而發展著。我們目前如果讀一本新加坡的小說集或詩集，雖然是以華文創作，但字裏行間的世界觀、取材、甚至文字之使用，對內行人來說，跟大陸的作品比較，是有差別的，因為它容納了「本土文學傳統」的元素。[31]

當一個地區的文學建立了本土文學傳統之後，這種文學便不能稱之為中國文學，更不能把它看作中國文學之支流。因此，周策縱教授認為我們應建立起多元文學中心的觀念。華文文學，本來只有一個中心，那就是中國。可是華人遍居海外，而且建立起自己的文化與文學，自然會形成另一個華文文學中心；目前我們已承認有新加坡華文文學中心、馬來西亞華文文學中心的存在。這已是一個既成的事實。因此，我們今天需要從多元文學中心的觀念來看詩集華文文學，需承認世界上有不少的華文文學中心。我們不能再把新加坡華文文學看作「邊緣文學」或中國文學的「支流文學」。我後來將這個理論加以發揮，在世華文學研究學界，產生了極大影響。[32]

六、開拓國際學術／文學事業

周教授對中國學術研究的貢獻並不限於他個人的著作。他的學術事業也一樣重要，其所產生的影響是國際性的。[33]他首先以威斯康辛大學（University of Wisconsin, Madison）為基地，在長達三十一年（1963-1994）的教學與研究的生涯中，發展以語言文學為思考角度的中國人文研究的國際學術重鎮。這是故意為了與他出身的哈佛以近現代歷史思想出發的研究不同。周策縱教授在一九四八年離開中國到密芝根大學攻讀政治學碩士／博士，一九五四至一九六二年中間，他在哈佛大學研究，以五四運動為中心的中國現代化變遷為研究中心，以回應與挑戰的模式來解釋中國現代化的進程。一九六三年到威大任教後，他明顯的從以費正清為中心的研究近代中國的變遷，從外而內，西方影響下的回應與挑戰的模式，轉向中國人文研究，尤其語言文字與文學的領域。他結合了以中國傳統歷史文化為重心的歐洲漢學與清代的考據學。他出國前，已對中國社會、歷史、文化，包括古文字學有淵博精深的造詣。他的學術研究可說繼承了中國注重版本、目錄、註釋、考據的如樸學的考據傳統，主張學問重史實依據，解經由文字入手，以音韻通訓詁，以訓詁通義理。周教授從一開始就從中國文化一元論與西方中心論走向多元文化的思考與方法，主張在西方文化對照下研究中國傳統文化，但在西方文化建立的詮釋模式不能充分解釋、西方漢學與中國學從外而內的方法也有缺點，常常反溯到中國傳統是必要的進程。

一九六〇年代中，鑒於中國以外的歐美有兩百多所大專學院有中文系，加上第二次大戰後，大量中國學者居住在歐美，使到東西文化交融，因此西方與華人學者，通過國際性創新的視野，多學科的思考與研究方法，這有助於重新探討中國文化的必要，尤其中國的人文問題。[34]所以周教授除了以個人的教學與研究，另外領導威大的學者，主編《文林》，推動西方學者以多角度多方法的中國人文研究（studies in the humanities），使到威斯康辛大學當時成為西方重要的研究重鎮。[35]

由於周教授的教學與研究範圍，廣涉歷史、政治、文化、藝術、哲學、語言、文字、文學，而且古今中外的從人文、社會到自然科學都有興趣，各種各樣的學術服務，如校外考試委員、評審期刊論文與學位論文、教授升等著作審核等方面的學術服務上，從北美、歐洲到澳洲，從像香港、臺灣、新加坡、馬來西亞到後來開放的大陸的大學及研究機構，相互爭取他。至於在研討會發表論文、學術期刊的邀稿，那就更多。由於他好動隨和，做人行俠好義，都積極參加。

很多學術領域的發展，如五四運動、紅學研究、古文字考釋等等教學課程與研究，就從威斯康辛到歐美，到亞洲，都與他的推動分不開。譬如中國文學批評國際研討會在處女島舉行、紅樓夢國際會議在威大於哈爾濱的舉行，主編《文林》，推動西方學者以多角度多方法的中國人文研究。

周教授另一項貢獻是其他學者所沒有的，就是鼓勵與推動文學創作。他與世界各地、各個世代的作家，從歐美、臺灣、香港、新加坡、大陸都保持密切的聯繫。在一九五〇年代開始，由於中國大陸的封閉，他就積極參與美國華人的文學藝術運動。文學方面有白馬社，文化方面有《海外論壇》。他將自己與黃伯飛、盧飛白、艾山、唐德剛等人，一九四九年留居海外的詩人看作負著繼承大陸五四以後白話詩的傳統的使命，並編有《海外新詩鈔》。[36]由於長期與世界華文作家的交流與鼓勵，很多年輕作家後來都到威大教書或深造，臺灣有鍾玲、高辛甬、黃碧端、瘂弦、羅志成、楊澤、古蒙人、蔡振念，馬來西亞／新加坡有王潤華、淡瑩、黃森同，香港有何文匯，大陸有陳祖言等。周教授的新詩常發表在《明報月刊》、《香港文學》、《新華文學》、《聯合副刊》、《創世紀》等刊物。同樣的，周教授也跟世界各地的舊詩人與書畫家有密切的關係，新加坡的潘受、大陸的劉旦宅、戴敦邦，香港的饒宗頤，臺灣的董陽孜等，她對書畫不止於興趣，也有其專業性，如在一九九五年臺北書法界要編一本民初書法，特別請周教授回來臺北住了幾個月，把《民初書法：走過五四時代》編好。[37]

因為當今學者沒有開拓過這個領域，當他的學生們預備為他出版一本「七十五壽慶集」時，他建議以創作作品，後來便成為香港大學出版的《創作與回憶》，裏面也收集了周教授的新舊詩及書畫作品。

周策縱教授不但是學問淵博的學者，在讀書、研究、生活、文學藝術創作上，對同輩或晚輩，具有無限的魅力。世界各地的中國學者都不遠千里前來拜訪那個稱為「棄園」的家，威大所在地「陌地生」在世界華文文學上，幾乎就等於周策縱的「棄園」，一個充滿傳奇的文學性的地方，啟發了不少學者與作家。

七、開拓、突破與延伸：從研究到創作，從古文字到世華文學

周教授的著作，目前還在編集中的《周策縱全集》，共二十七卷，應該被肯定為現代中西日漢學研究的一個極重要的起點，也是集大成者。他的全集可大概看出這些研究領域：

（1）文學理論：《古巫醫與「六詩考」：中國浪漫文學探源》

（2）紅學研究：《紅樓夢案：棄園紅學論文集》、《首屆國際紅樓夢研討會論文集》（編）、《首屆國際紅樓夢研討會論文集》（編）

（3）中國現代社會文化思想：《五四運動史》、《五四與中國知識份子及文化論集》

（4）古今語言文字訓詁考釋：《棄園古今語言文字考論集》

（5）新舊詩文評論：《新舊詩文評論集》、《詩經考釋》

（6）古文獻與醫學：《易經、諸子與中國醫學史考論》

（7）雜體舊詩研究：《論對聯、集句、與回文》（附創作）

（8）書法篆刻：《書法與篆刻論稿》、《民初書法：走過五四時代》（編）

（9）其他雜著：《論學書劄、序跋，與少作殘留》、《棄園自傳》〔包括自定年譜及口述自傳〕〔附：訪談錄〕

（10）舊詩詞創作集：《棄園詩存》、《白玉詞》

（11）新詩創作集：《給亡命者及其他》、《胡說草》、《海外新詩鈔》（即《白馬社新詩選》）（編）

（12）翻譯：《失群的鳥》〔譯泰戈爾詩集〕〔中英對照〕、《螢》〔譯泰戈爾詩集〕〔中英對照〕、《西詩譯萃》〔選譯希臘、羅馬、歐、美古今詩，中英對照〕

（13）英文編著：

①《古代祭祀詞彙考釋》

②《首屆國際紅樓夢研討會紀實》〔英文及中文〕〔編著〕陳永明中譯。

③《文林：中國人文研究》〔第一、二卷〕〔編著〕再版中。

④《中英文名人小傳》〔包括嚴復、陳獨秀、胡適、聞一多等〕。

⑤《棄園著述目及所藏書》

周教授的學術研究，如《五四運動史》的現代中國研究，使得西方的漢學或中國研究，不再停留在只是傳教士或外交官的專利，暴露了他們語言、資料運用、中國知識的限制。他們不是不懂古文、不能使用古典文獻、只能做一些小而專的問題研究，更打破中國傳統學者與西方漢學家的局限，他能從內而外、外而內去觀察思考問題。當他踏進紅學，又暴露了中國或西方紅學家許許多多的弱點，由於學問太過狹窄，他們無法跨越版本考據、純文學的思考或社會歷史，甚至印刷術、電腦科技，只有周教授能進能出，從下面這段文字，我們知道除了對中國的古文字、歷史文化、經典文獻深厚的知識（這是目前東西方年輕學者的致命傷），更重要的是治學的方法。他採用涵蓋面很廣的詮釋模式，多元的分析方法：「凡古今中外的校勘、訓詁、考證之術，近代人文、社會、自然科學之理論、方法、與技術，皆不妨比照實情，斟酌適可而用之。」

註　釋

1 吳瑞卿，〈周公好詩〉，見王潤華、何文匯、瘂弦（編）《創作與回憶：周策縱七十五壽慶集》（香港：中文大學出版社，1993）p.61-62。
2 參考《創作與回憶：周策縱七十五壽慶集》所收文章。
3 羅慷烈主編《教學集》（香港中文大學教育學院二十週年紀念專刊）（香港：中文大學教育學院，1987），pp.135-152。
4 《嶺南學報》第一期（1999年10月）。
5 Chow Tse-tsung, "The Early History of the Chinese Word Shih（poetry）history," in Chow Tse-tsung（ed）Wen Lin: Studies in the Chinese Humanities（Madison: University of Wisconsin Press, 1968）, pp.151-210.
6 周策縱《古巫醫與〔六詩〕考 —— 浪漫文學探源》（臺北：聯經出版社，1982）。
7 參考本文末附錄〈周策縱全集書目〉。
8 二集由白先勇推薦給臺北晨鍾出版社於1971年出版。
9 《棄園古今語言文字考論集》（臺北：萬卷樓，2005）。
10 《論對聯與集句》（香港：友聯出版社，1964）。
11 《破斧新詁：《詩經》研究之一》（新加坡：新社，1969）。
12 〈四千年前中國的文史紀實：山東省鄒平縣丁公村龍山文化陶

文考釋〉《明報月刊》1993年12號-1994年2月，pp.136-138，92-94，108-111。

13 Chow Tse-tsung, "The Early History of the Chinese Word Shih (poetry) history," in Chow Tse-tsung (ed) *Wen Lin: Studies in the Chinese Humanities* (Madison: University of Wisconsin Press, 1968), pp.151-210.

14 第一本由University of Wisconsin Press, 1968出版；第二本由香港中文大學出版，1989。

15 杜維明〈漢學、中國學與儒學〉，見《十年機緣待儒學》(香港：牛津大學出版社，1999年)，頁1-33；余英時〈費正清的中國研究〉及其他論文，見傅偉勳、歐陽山（邊）《西方漢學家論中國》(臺北：正中書局，1993)，1-44及其他相關部分。

16 同前註，頁1～12。

17 周策縱於一九四八年到美國密西根大學政治系，一九五〇年獲碩士，一九五五年博士，《五四運動史》，原為博士論文，在完成前，一九五四年，他在哈佛大學歷史系任訪問學者寫論文，畢業後，一九五六至一九六〇年又到哈佛任研究員，一九六一至一九六二年任榮譽研究員。

18 Chow Tse-tsung, *The May Fourth Movement: Intellectual Revolution in Modern China* (Cambridge, Mass: Harvard University Press, 1960; Stanford: Stanford University Press, 1967.)

19 羅慷烈主編《教學集》(香港中文大學教育學院二十週年紀念專刊)(香港：中文大學教育學院，1987)，pp135-152。

20 Chow Tse-tsung, *Research Guide to the May Fourth Movement* (Cambridge, Mass.: Harvard University Press, 1963).

21 參考余英時〈費正清的中國研究〉，見上引《西方漢學家論中國》，pp.1-44。

22 《紅樓夢案》，p. xviii。

23 見前註12。

24 〈《紅樓》三問〉，《紅樓夢案》，24-30。

25 〈胡適的新紅學及其得失〉《紅樓夢案》，p.40。

26 〈《紅樓》三問〉《紅樓夢案》，30-34。

27 見前註4.

28 《大陸雜誌》62卷六七期（1981年6月），pp. 1-12。

29　《明報月刊》，1993年12月號，1994年1月及2月號分三期刊登，頁136-138, 92-94及108-111。

30　出版時被改名：《白馬社新詩選：紐約樓客》（臺北：漢藝，2004）。

31　王潤華等編《東南亞華文文學》（新加坡：歌德學院／新加坡作家協會，19989），pp359-362。

32　王潤華《從新華文學到世界華文文學》（新加坡：潮州八邑會館，1994），256-272。

33　余英時〈費正清的中國研究〉，見上引《西方漢學家論中國》，pp.15-17。

34　在美國另一位文史精通的學者余英時也有這種抱負:「我自早年進入是麼額領域子後，便有一個構想，即在西方（主要是西歐文化系統對照之下，怎樣去認識中國文化傳統的特色。」余英時〈總序〉《文史傳統與文化重建》（北京：三聯，2004），p.4。

35　出版了兩集，*Wen Lin: Studies in the Chinese Humanities,* vol. 1 and vol.2（Madison: University of Wisconsin, 1968, 1989）.

36　黃伯飛教授曾說：「策縱兄希望把艾山和我其他幾位的詩放在一起，作為一九四九年以後居留海外的同好們，繼承五四以後白話詩的傳統的一個集子」，見《創作與回憶：周策縱七十五壽慶集》，p.117.在臺北出版易名為《白馬社新詩選：紐約樓客》（臺北：漢藝，2004）。

37　周策縱（編）《民初書法：走過五四時代》（臺北：何創時書法藝術文教基金會，1995。

國家圖書館出版品預行編目資料

棄園古今語言文字考論集 ／周策縱著. -- 初版.
-- 臺北市：萬卷樓, 2006[民 95]
面； 公分
ISBN 957 - 739 - 552 - X (平裝)
1.中國語言 - 論文,講詞等

802.07 94025390

棄園古今語言文字考論集

著　　者：周策縱
發 行 人：許素真
出 版 者：萬卷樓圖書股份有限公司
臺北市羅斯福路二段 41 號 6 樓之 3
電話(02)23216565 · 23952992
傳真(02)23944113
劃撥帳號 15624015
出版登記證：新聞局局版臺業字第 5655 號
網　　址：http://www.wanjuan.com.tw
E－mail：wanjuan@tpts5.seed.net.tw
承印廠商：晟齊實業有限公司
定　　價：240 元
出版日期：2006 年 3 月初版

ISBN 957 - 739 - 552 - X